TRACE

一座城市、一個影像、一段見聞、一首詩……
在**TRACE**系列裡，一個新發現，就是一個美麗新世界

如同**TRACE**這個字的涵義，是微觀的探索，是過往的痕跡
是一個清晰的圖樣與描述，也是一段追蹤、回溯與新發現

穿梭米蘭昆

張釗維著

目次

1971年華盛頓遊行

異形份子

陳光興

　　台灣有一群經歷了八〇年代社運高峰期的學運份子，他們沒有選擇進入正統的政治體制，成為當今的統治者，反而因為那個經歷了那個大變動的時代，無法選擇「正常」的工作，試著在走自己的路。你說他們是在堅持理念，會有點矯情，比較準確的說，他們在找尋適合自己生命形成的路子。有些人進入了運動團體，有些人去了NGOs，有些人成為所謂的文史工作者，釗維的路數跟這些人又不同，他也一直在找另一種可能。

　　八〇年代末，九〇年代初確實是個變動的年代，現在回頭來看那時候個個場域的開放性遠遠比現在來得強。我認識釗維的時候，他剛從清大理工科畢業，在歷史所念碩士，那個時候學院還有些空間，沒有那樣的專業導向，他九二年完成的碩士論文也才有可能是我這個非歷史專業的人共同指導。在他寫論文的當時，那個研究領域幾乎一片空白，所有的研究方向及資料的收集都需要從零開始，也就足足花了四年才畢業，但是四年的努力並沒有白費，《誰在那邊唱自己的歌——1970年代台灣現代民歌運動史》，在1994年入選時報年度好書榜，2003滾石文化出版社又重新出版，該書已然成為研究台灣當代本土音樂及當代知識史的重要著作，所有研究1970年代台灣的文化狀態都免不了要參考這本書。

　　釗維的碩士班階段是台灣本土化運動的高潮時期，他不僅參與學生運動，同時也在組織第一代的台灣研究社社團，他的論文可以說是那個時代的產物。你知道那時候的台研社是什麼意思嗎？在所有的學

運社團中，台研社無疑是最獨的，用句現在的政治語言來說，那時的釧維和他的同僚們不只是愛台灣，而且是熱愛台灣；然而清大台研社走了所謂文化的路線，後來也很少人進入政治團體。或許本土化的燒發得早些，後來釧維的文字、影像反倒有些開闊的感覺，踏出了台灣的本土邊界，走向香港、大陸、亞洲......，雖然他的台灣觀點、本土情懷依然清晰可見，但是台灣這個直到現今還是在精神上那樣相對閉塞的空間，已經無法封住釧維這種想要尋找更為寬廣的平台、能夠展翅飛翔的異形份子。

坦白說，對於離開清華後的釧維，我不是很清楚他到底在幹嘛，偶爾在些進步小眾場合中會看到他在忙著拍照，有時會看到他的名字出現在像公視電視節目結束的製作名單中很快晃過，或是破報這樣的邊緣空間中的評論文字。我記憶中的認知是這樣的：或許他在音樂的研究中不免感受到文字所能傳達意念的侷限性，於是在他服完兵役後決定去英國唸書，專研紀錄片，開始接觸影像媒體。在過去的不到十年間，釧維的創作算是相當多，透過影視節目的製作，他對於台灣當代的文化有了更深一步的理解，也對文化工業的實際運作有了他獨特的看法與觀察。除了投身影視工作之外，釧維並沒有放棄文字工作，也跟上了快速變動的新媒體，創辦了南方電子報及米蘭昆電子報，也長期在誠品《好讀》、《破週報》、《搖滾客》等文化刊物撰稿，這本書是他在台灣非主流的批判空間中不時現身的集結。這次一口氣讀完他多年積累的文字，有點像是在聽他說他這些年來幹了些什麼事，在想些什麼問題。這麼說吧：釧維過去十年的文字工作已經走出了自己的風格，甚至是某種非學院派知識分子能過走出不同路子的新方式。

學院派的書寫，往往是把人生命中遭遇的衝動，很壓抑的轉化成所謂理性的研究當中，來遮蓋書寫的驅力，所以邏輯說理的背後經常隱藏著慾望流動的影子。釧維的書寫常常是透過日常生活中的片面，讓讀者很具象的進入他的想像世界——這或許是因為他對紀錄片這個行當的執著——不過你得小心，現在好聽的故事很可能在後面話鋒一

轉，成為反思的媒介，例如透過看似不相干的事物思考台灣當前的政治問題，乃至於資本主義文明所帶來的千瘡百孔。這本書可以說是釗維生活中的工作記錄，或是工作中的生活記錄，對他來說這兩件事不是分開的，他在工作中生活，也在生活中工作，這也正是他的文字中何以充滿生命力的原因。

如果你對他的搞法有什麼批評的話，你可以說：釗維可以說是台灣少有的那種少年老成的奇葩，他老是用峰迴路轉的方式，很自然的把腦子轉向，要去思考那種聽來不太上道的本質性問題，但是他也不斷的在可以操作的層次中，尋找越過政治正確的新方向。讓我用釗維描寫吉普賽人的語彙來概括他和那一開始提到的學運份子，所走的那條路：「他們一直保持住自己流動的文化特色、生活方式與族群認同，絕不輕言融入所謂的主流價值；這或許是非常有自覺意識的向下沈淪，但是這似乎更貼近台灣人民的移民本質以及如蟑螂／變形蟲般頑強的生存性格」。

所以，他們當然也就不可能會是那個釗維文章中，在香港機場尋找的李白。

（2004年九月於新加坡）

在北威爾斯的城堡

推薦序二
激情一點，更好看

陳坤厚

因爲計劃拍攝一部紀錄片，需要求助許多人給予意見、感想、觀點，於是雙手合十到處找人幫忙請求指導，黃志翔（一位對台灣觀點非常堅持的朋友）介紹了釗維，並當天mail了他的學經歷給我。收到了，看了，似乎不太對（是自己看錯了，還是志翔介紹錯了）：清華電機學士、清華歷史碩士……做紀錄片？有點搭不上。直覺，是個怪胎，吧。見到本人，根本的老實樣，一點也不怪胎。

十幾年前，我拍電影拍電視，想拍紀錄片，和一位二十幾歲以來的好友（現爲有名的影視大亨，至今仍保持聯繫），我們在他的豪華宅第談及對影像文化的憧憬，他不開玩笑的、不悲觀的、只是說出他的認爲「台灣人是不看書的！文化不值錢！」我很訝異，曾經拍電影也拍電視的我，長久以來總是希望「透過影像媒體將知識、觀點、文化傳遞給大眾」，如今即便年過花甲仍然雄心大志；而他說「文化不值錢！」？我們喝了杯好茶，緬懷一些過往，我退出他的豪華宅第（我呢，40年如一日，住的是當年的田間老房子，多年前門口開了大馬路，對面開了大醫院，剛好方便我老來看病），心裡想的是那一句「文化不值錢！」。

十多年後，我認識釗維，還有海峽兩岸一批批紀錄片工作者，大家經常就自己觀察到的社會、世界交換想法，從中抓取方向希望找到紀錄的切入點，我看到那份我從未放棄的對文化的憧憬與投入，終於，值不值錢是做生意人說的，我們說：文化是值得貢獻的。

釗維三不五時會寄一些他的文章給我，我經常從文章尋找發現一些觀點（也許是我想看到的，也許是他計劃告訴我的），尤其是許多在紀錄片產業上的他的看法。認識釗維一年多，每次的他總是不急不徐的出現、講話、討論（甚至辯論），隨然不急不徐，觀點卻處處到位；我也是不急不徐的出現（但那是因爲年紀大了），我也講話、也討論（偶爾辯論），但總是胡言亂語、前後顛倒。我想說的是，能在今天，或說是我的創作晚年（請別見笑。精確地算一算我的從影時間，已邁入第四十五年，而我不曾一刻離開過這影像產業）認識釗維，眞的是讓自己「活到老學到老」了。

　　雖然釗維不像是「不」的姿態的總和，因爲他溫和地不像搖滾樂家滿心叛抗，但是他激進地想藉由文字、影像將訊息傳遞出去的姿態，又像個搖滾樂家。就像他在字裡行間偶爾出現的諷刺（眞的是偶爾出現），這樣的表現別人看來也許憤世嫉俗，其實我感受其中對事件主題無盡的關懷（原本想用「愛」又覺得俗不可耐，但確實如此）；有人以爲紀錄片工作者首先該將「紀錄」的工作做好，意指必須客觀，但我認爲一部紀錄片必須是情感的總和，情感的表現可以出發個人（來自編導來自主角），但觀點的確立則必須具備對社會的關懷，否則將流於極小視界的演出（容許我多說一句，台灣紀錄片要擠身國際，首先要大視界格局）。因此我樂於看見釗維在文字影像中透漏閃爍的諷刺，這讓我安心，安心這個條理分明、邏輯清晰的紀錄片工作者，也是個情感充沛的人。

　　激情一點，更好看。

　　在這本書之前，我都是看釗維mail給我的他的文章；在這樣e-mail的往返之間，我發現我值得爲釗維在我的電腦裡建立一個檔案留存他來的任何資料，這個檔案夾叫做「釗維的文章」。待會，我會打開電腦，進入「釗維的文章」，進入「更名」，改叫：釗維的自在穿梭。

（2004年十月於台北）

自序

石頭

　　從有記憶以來，父親就常常不在家。他是個進出口商，每隔兩三個禮拜就需要出遠門去談生意、做交際。但每次他回來，總會從沉重的行李箱當中拉出一些小東西，讓我們感到驚喜。在記憶中，他回家的那個晚上是最開心的時光，就像聖誕老公公降臨，一下子是泰國的人偶、一下子是英國的火柴盒小汽車、一下子是荷蘭的小木鞋、一下子是日本的甜點……。

　　我想，父親是個喜歡旅行的人。

　　1970年代末，冷戰結構中的台灣歷經了第一波的經濟成長與石油危機，中小企業在美援與政府政策的帶動下，已經站穩了腳步；台灣的小資社會正在形成，國民的自主意識逐漸在滋長，許多原本戒嚴時期對於市民生活的限制，漸漸在撤退。那時候，政府開放觀光護照的申請，父親利用這個機會，跟著旅行團展開一次環遊世界的旅程。在出發之前，他問我：「你想要什麼禮物？」

　　我那時候是國小六年級，從教科書或課外書上聽說過一些國外的

2003年在威瑪，與歌
德、席勒合影

名勝古蹟；但是對於環遊世界這檔事，其實沒什麼概念。不知怎麼地，我回答說：「我想要石頭。你到的每一個地方的一塊小石頭。」

父親答應了。

也不知過了多久，大約在我考完兩次月考之後，他繞完地球一週，回來了，照樣拉著沉重的行李上樓。在點著六十瓦燈泡、全家聚集的臥室裡，父親打開行李，「這個要給大伯……，這個要給舅舅……，這個要給姑媽……」這樣地分配禮物；但不管怎麼分，行李箱的空間似乎並未減少多少。最後，他從衣服底下拉出十幾個塑膠袋：「這是釗維要的石頭。」行李箱一下子空出一大片，而全家人眼睛都亮了……。

我是個拘謹的小孩，不會「摟著爸爸歡叫」之類的動作；只會喜孜孜地抱著這一大堆石頭，放到自己的書桌上，仔細地觀看。父親在略事休息之後，過來跟我說：「這是從金字塔下撿的……，這是希臘神殿的……，這是比薩斜塔的……，這是倫敦大英博物館台階上的石頭……，這是紐約自由女神像底下的石頭……，這是大峽谷的……。」我跟著用小塑膠袋，一個一個放進去，並標上地點；然後，找個小盒子裝著，收在書桌底下。家人一直在嘟嚷：「真不知道這個小孩，要這些石頭做什麼？真奇怪。」

我那時並不意識到自己的奇怪，不時還會把幾十顆石頭拿出來摸摸看看；每一顆都不太一樣。現在我還記得，金字塔底下的那顆比較嶙峋、偏黃；神殿那一顆，比較白、有光滑的觸感；比薩斜塔那一顆，烏灰色、圓圓的、像常見的鵝卵石、但又比較潤澤；大英博物館

2003年德國，在馬丁‧路德老家前面

那一顆，四四方方、沒什麼特色、有點無聊；大峽谷的，是一套當地的礦石標本，硫磺、青磷、赭鐵、石英……，斑斕多彩；還有另一套，有五六個印地安人的石製箭簇，看著鋒利的石質箭刃，最引人遐思。但無論是哪一顆，都跟台灣的石頭不太一樣；把玩這些，就可以讓一個小男孩消磨掉一個週末下午的時光。

如果說，因為這些石頭，我就可以盡情懷想關於這些名勝古蹟的種種情狀，進而透過這奠定世界文明基礎的材質，來捕捉世界的風貌，那就太神奇了。這些石頭並不是阿拉丁的神燈，我在撫摸它們時，並不會有一個Dr. Know跑出來，告訴我每一顆石頭背後的故事。我只是單純地感受它們，稍稍想一下，它所曾經在的那裡，大致是一個什麼樣的地方；企圖把手上的這塊石頭，跟那個巍峨神聖的文明建築意象連結起來，如此而已。

於今想起來，如果真要說有什麼意義的話，我現在漸漸可以體會到，當時的我，不經意地，或者說，下意識地，渴望透過對於實體物質的肌膚接觸，來認知、感受外在未知的世界，而不僅僅是透過課本、課外書，或是影像。而這實體物質，是經過人的巧手精心雕琢過的。

石頭正是這樣一種媒材。父親帶回來的這些，是在千百年前，由那些不同膚色、不同語言的工匠，一刀一斧敲出來的。然後再把它，以及它千千萬萬的兄弟姊妹，一一親手嵌入一道牆、一條步道、一座地基，或是，放在箭頭上。今天我們很容易可以看到金字塔、希臘神殿、比薩斜塔、大英博物館……的種種形象，也很容易可以聽得到它們所被傳誦的、詮釋的種種悲歡離合的故事：英雄美人、君主奴僕，

國中畢業那一年，與家人同遊日韓。在漢城韓戰紀念廣場留影。

效忠或背叛、愛情或仇恨。而建構起這些形象，收納這些故事的容器，正是由這些石頭所構成的。一顆顆石頭像是一粒粒原子，有了千千萬萬的它們作為基本單元，一個個文明的生態體系，或大或小，或輝煌或平凡，於焉被建構、被展開、被包容。

在後來我學習與拍片的生涯中，有幸遊歷了不少地方。面對那些容納無數歲月與人事的文明象徵，都會忍不住伸出手去撫摸，以肉體的實感去體會人與這文明呈載體的關係。不管是蘇格蘭城堡、日本城堡，陝西土房、德國土房，排灣石板屋、雲南石板屋，荷蘭風車、西班牙風車…；它們或者粗礫，或者溫潤，或者因為風沙的消磨而剝蝕、因雨水的打淋而褪色，但仍然可以感受到，當年創建這些文明承載體的工匠，如何雕琢這些材料，讓它們可以彼此神妙地契合在一起，共同渡過千百年的時光。而當曾經在裡頭上演的歷史大戲、家國糾葛等種種分分合合，終因時間的流逝而消失在這空間當中，留下一片空無；但那些石塊、木板、土方，乃至屋瓦、窗架、門板，依然歷歷健在。

只不過，後世的人們記住的，多半是在那空氣中看不見摸不著的兒女情長、英雄氣短，乃至那些關乎忠孝節義、族群與道德的微言大義；至於承載了這些主角靈魂與義理氣味的實體空間，以及當年辛苦構築這空間紋理的工匠，即使可能近在眼前、伸手可及，但多半不會對它們有太多細膩的認知。

我想像我所從事的紀錄影片工作也是如此。我們一如撫摸石頭般地親歷現場，接觸社會、文化與歷史變遷的真實肌理，把玩、認知其

研究所時代，在社團留言。約攝於1990年左右。背後那個「悲」字，是電影「悲情城市」的廣告布條。

流變的動量與形貌，還有這一段時光與那一段時光相互嫁接的來龍去脈，然後以一種工匠的技藝，將影像素材一一琢磨、建構起來，然後最終，就如建築物一般，成為一種詮釋。而對我來說，僅僅去掌握那詮釋是不夠的，我更想進一步掌握那物質性的肌理。

上了國中之後，有一次老師要同學們一一上台，選一個自己喜歡的題目作口頭報告。那時候，我正著迷於看各種戰史，常常跑圖書館去借軍事的書籍來看，我報告的題目是，1944年6月6日的諾曼地登陸戰。現在還依稀記得，為了準備這篇報告，我還好好地研究了當天諾曼地海灘的狀況；我站在台上，半緊張、半興奮地講了個半天，也不管底下的同學跟老師懂不懂。後來我在想，那一陣子K的課外書，恐怕種下了往後我成為一個歷史癖的遠因。

但我喜歡讀戰史，還有一個物質性的因素。剛上國中不久，在同學的引誘之下，我迷上軍事模型。製作那些嬌小的、塑膠原料的戰車、士兵、大砲與飛機，成為我課餘最大的娛樂。我甚至還企圖DIY、土法煉鋼地造出一個戰場的地景，但是由於草皮的製造一直無法得到解決，因此成果並不是太令人滿意（當時現成的模型草皮太貴了，我捨不得買）。而僅僅作模型還不夠，漸漸地，我開始迷上各種關於戰爭歷史的書籍，乃至注意電視上的戰爭影片。

玩模型的經驗，使得歷史對我來說，從一開始就不只是文字的知識，而是包含著圖像與實體之間的相互映照，以及在組裝過程當中，所需要的一種組合的邏輯、細心的巧手，以及完成一個彷如承載了歷史意涵之實體模型的滿足感；就好像一面把玩那些石頭，一面懷想，

國中時代自己摸索做
的軍事模型佈景

一個文明如何從這樣一些不起眼的零件，積沙成塔地在歷史時空當中矗立起來。於是，文化與社會的觸感，便無法僅僅由文字語言產生；它們之被實體化、具像化，被真正感知到，還要來自那些親歷、親手、親眼的過程。而在這些過程裡頭，所有的工匠都站在第一線上，但，他們始終不被後人看見。

這種不被看見，就如同我在多年的紀錄片工作之後，終於又想起那些因為多次搬家，而不知被收藏到哪裡去的石頭。回憶起當初拿到石頭的快樂，突然之間，我開始想到一個問題：當年遠遊的父親，在那些名勝古蹟底下一一撿起它們，小心地放進行李箱，上機下機、出關入關，飛行十幾個國家、繞了地球一週之後，終於交到我手上，對他來說，這個小兒子的交代，到底，有多沉重？

但，令我永遠遺憾的是，如今我已經錯失了詢問父親的機會了。

（2004年九月於淡水）

Part 1
穿梭自遊

1996年，在雪菲爾

疆界的穿梭

疆界的穿梭，對我來説，在這十年來，愈
形重要；並不是我不想被固定在某個領
域，而是因為心靈中一種無法完全平撫的
不斷偏航、岔出。這過程，充滿著摸索、
猶疑、三心二意與跳躍；我想，這是人道
的。

疆界本身的阻隔感，在這穿梭過程中逐漸
變得通透；而疆界與疆界之間的野地，也
長出一些花花朵朵，可能不起眼，但，那
是生命出發的地方。

這裡所將呈現的，就是這些穿梭的痕跡，
以及，更重要的是，通過每一次的穿梭，
逐漸沈積出新的視界，以及，讓外在的疆
界阻隔感變得通透的思考。當原有的疆界
通透之後，那真正具有實體感的土地才會
出現。

我這樣盼望著。

在北威爾斯的城堡

在祁連山腳

探險新世紀

　　「揹上背包旅行去⋯⋯」。近期與一些朋友聊天，總不約而同地談到這個話題：一種關於新生活、冒險、奇遇、見證異文化的追尋夢想，在許多人的心底蔓延、發癢。其實，自助旅行在台灣的發展也超過十年了，但在最近兩三年，隨著社會經濟發展，以及網路與出版資訊的湧入和流通，而有更加規模化與深化的趨勢。從《經典》雜誌「鄭和下西洋」、「發現南島」等系列專題的製作，MOOK雜誌贊助個人旅行家，去年五月跨世紀號帆船完成華人首次的環航一周，到年初「尋找成吉思汗」探險隊歸來⋯⋯似乎在這廿一世紀初，台灣的民間社會正張開好奇的眼睛，像是成長中的青少年，急切地張望四周，並伸出手指來碰觸所身處的這個世界。

　　「好奇」，其實並不僅僅是個人的事，而更是一種社會的氣質。因此，當屬於旅行與探險的好奇漸漸滋生的時候，我們或許會看到這個社會的氣質變化。一如十七世紀以降，西方國家的探險，先是從少數幾個不要命的航海家與海盜開始，逐漸擴散成十九世紀布爾喬亞階級

《經典》雜誌「鄭和下西洋」
專題

的「壯遊」（grand tour）時尚；然後到廿世紀中後，年輕的背囊族（backpacker）動不動就揹起背包遠行去，成為一種普遍的生活習慣，甚或是必經的成年禮。三、四百年來，西方社會的旅行與探險已經沉澱到社會的最底層，其所造成社會氣質的變化，從中世紀的躁動到現代趨於沉穩，在許多嚴肅作品與通俗文化產品上頭，都可以看得到。

然而，當代西方背囊族的旅行與冒險，不管怎麼樣輕鬆自然，絕大多數還是脫離不了數百年來殖民主義的祖先們所遺留下來的陰影。首先，英文幾乎是所有背囊族共通的語言，這基本上就反應了長久以來國際權力的不均衡。而近年來自助旅行的蓬勃，有賴於旅遊與交通運輸產業的發達，以及國家對旅遊者在外的權益保障能力、外交交涉能力等等。最後，什麼樣的社會能夠年復一年容許大量年輕人有兩三年的時間不事生產，對家庭生計、國家經濟成長率毫無貢獻，只是為了浪遊？當然是國家整體的財富累積到相當程度之後，才有可能；而這種累積，難道不是來自數百年來不平等的資源掠奪過程？

但是，也正是在這樣的陰影底下，我們可以看到許多背囊族，其實是帶著自省的眼光與謙虛的心靈踏上旅程的；而這樣的旅程，往往也帶給自己、甚或帶給社會，一些重要的變化。許多背囊族在旅行之後，甚至是在過程中，成為旅遊當地活躍的NGO組織工作者；像二十六歲的澳洲女孩莎拉，在亞洲與中東浪遊多年，最近加入國際性的醫療援助組織CARE，前往甫從印尼手中獨立的前葡萄牙殖民地東帝汶，進行醫療組織的串聯與協調工作。

另外，近年來反抗資本主義全球化的草根集結，有許多也是透過背囊族的形式與管道在進行的。每每在歷次的串聯當中，我們總可以在網路上看到當地組織者呼籲徵集資源與空間，以供來自世界各地的背囊族歇息、聚會、交流。甚至一些示威或節慶的形成本質，就是依循著浪遊的傳統來發想與進行的，比方說，在澳洲展開的「烏瑪拉2002」。

因而，從這些角度來看，背囊族代表的，其實是在全球化的氛圍

與交流底下，新一代年輕人對跨國的平等、自由、草根、生態的關注與投入。

作為一個工業後進國，在西方進入後工業社會的時間點上，因著近十餘年來東亞經濟的崛起，而逐漸與背囊族足跡接軌的台灣，其實與西方的浪遊有著相當不同的文化與社會背景。在這個階段，我們要如何看待那些關於探險、奇遇、異文化接觸與背囊族的夢想？

如果我們以為浪遊是一種社會成年禮的過程，那麼相對地，就會去期待有越來越多拋開社會與經濟的束縛，走上漫漫旅程的三兩年輕人，在承受一段個人生命與心靈的考驗轉折之後，能夠漸漸匯聚成一股改變這個社會氣質的能量——透過對世界與自然的好奇與觀看，來建構這個社會對他者的認知，以及累積與他者碰觸、被他者觀看與辨認的感受，一步步結構出社會性的、集體的成年禮；從口腔期進化到鏡像期，讓我們能夠學到如何沉穩不躁動地看待這個世界。

而這經驗，必然不會僅僅是在殖民主義陰影下形成的，因為我們是來自台灣的亞洲華人或南島人；說真的，對世界其他地區來說，如何在浪遊的脈絡底下（而不是透過貿易）去接納與認知這批人，恐怕是一種新的異文化體驗呢！

（2002年，發表于誠品好讀）

在阿姆斯特丹車站，
2001年十一月

河西走廊長城第一口，攝影機壞了

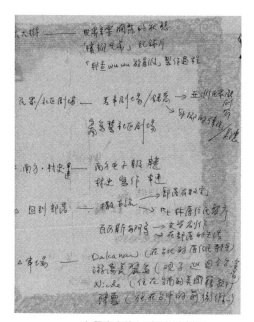

在餐廳桌墊上討論提案構想

一個電視紀錄片工作者
的內部觀察

　　據我所知，在台灣文化研究的領域中，對於廣告、音樂、文學、電影、新聞等等文本的分析，都已經累積了一定的成果，但是在電視節目上面，似乎就比較少見到深入的研究。一些相關的論述，大多集中在是否有暴力色情、是否造成壟斷、是否誤導……等等倫理道德或公平正義的外部判準上；而對於「一個節目如何誕生」或「一個節目為什麼這樣做」等等內容構成的問題，少見由內而外的分析。在此，我願意不辭疏漏，以一個電視紀錄片工作者的立場，提供一些個人的內在觀察，俾使對此一領域有興趣的學者，能夠切入這個領域，促進學界、文化界與這個文化產業的對話。

　　簡而言之，電視是這個時代最接近「大眾」的一種媒介。且先不論「大眾」的意義為何，這樣通俗、普及、三教九流、雞鳴狗盜的性質，往往讓許多本地的文化人或知識份子望之卻步。在我的經驗中，跟朋友閒聊時談到「我已經很久不看電視」或者甚至是「我家沒有電視」這樣的話題，所在多有。誠然「看不看電視」或「有沒有電視」可以是個人選擇的問題，就好像有些人至今仍然沒有電腦或手機一樣；然而，對從事這個工作的筆者來說，所面對的是「如何透過影像將知識、觀點或文化普及化」這樣的課題，因而，是萬萬不可能繞過電視而行的。

　　然而，這並不僅僅是在說，「電視是必要之惡」這樣消極性的說法，而更是積極地去思考與嘗試：面對這個觀看對象龐大到難以被準確掌握的媒體，如果還試圖運用它作為一種發聲、創造或溝通的工具

或管道的時候，究竟，可能性有多少？能量有多少？如何可以做得更好？還有，什麼是「更好」？

這些問題是複雜萬端的；首先面對的當然是「精英vs.通俗」的拉扯。今年中，有個機會參與某商業電視台系列專題片的製作，當完成部分影片的粗剪，邀請經理前來看片之後，經理含蓄地表示，我所做的片段太有氣質、太像公共電視了；當下我不禁啞然一笑。

乍看之下，這似乎是呈現了商業與非商業的分野；部分論者或會說，商業電視台就是要媚俗的的東西，這壞習慣是永遠也改不了的了。然而，從另外一個角度想，做電視節目，不就是要儘可能讓大多數人都可以看到嗎？在參與這節目的短暫過程中，見多識廣的製作人不斷跟我談到他多年的經驗，包括：如何在短時間之內抓住觀眾的眼光、如何將深層的文化意義埋藏在浮面的通俗影像之後……等等。而這些經驗，是筆者在其他的工作環境當中所不易學到的。

後來我所參與的這個專題片在收視率調查當中，有著不錯的成績（播出的並不是原先我所剪的那個版本），這當然是經理藉以判斷「什麼是該電視台所需要之節目性質」的最重要依據；同時，也說明了製作人的經驗之所在。

另一個例子是，多年以前，另一商業電視台為了爭取以年輕族群為銷售對象的廣告客戶，製作了一系列走遍台灣大城小鎮的探索性紀實節目。這個製作團隊上山下海到處跑，造成一時的轟動，同時也順利拉到他們所要的廣告客戶，可說是面子裡子都拿到了；這是今天我們看到，許多以台灣或中國大陸為拍攝場景之紀實節目的濫觴。幾年

廢墟地圖/影像

的發展下來，據該節目當中一位資深工作人員說，台灣的景點與題材大約都已經被拍盡；同樣的故事、人物、甚至類似的鏡頭影像，在不同電視台的類似節目中都依稀可辨，只是主持人不一樣而已（但他們都必須具備「草根性」）。然而，這類的節目如今依然頗受歡迎，並且在最近兩年的金鐘獎當中，連續打敗公共電視所製作的紀實節目，拿到「最佳文教資訊節目」的獎項。

在現實環境中，老實說，我願意對這些事實，以及對這事實所代表的、製作人與工作團隊的多年經驗表示服氣；然而，在服氣之餘，仍想進一步思考與嘗試：在「有氣質」與「沒氣質」之間、在「媚俗」與「脫俗」之間、在公共與商業之間，那差距所代表的意義是什麼？表現在節目的影音構成元素上，分野何在？如何更進一步找到一個最大公約數？

其實，不管在商業體制或是在非商業體制，許多紀實節目的工作者心中都會有個若隱若現的標尺，那就是在台灣的頻道上很容易可以看到的Discovery或國家地理頻道。上述第一個例子中的資深製作人，最大的願望是做出華人世界中Discovery級的節目，而第二個例子中，該電視台後來甚至打出「台灣地理雜誌」這樣的口號來。

顯然，一個「如何透過影像將知識、觀點或文化普及化」的殷切期盼是存在在這些從業人員之間的；而Discovery或國家地理頻道等等似乎也證明了這個理想的可行性。更重要的是，這兩個頻道老少咸宜（筆者日前在日月潭附近的山間小村造訪某人家，客廳中的阿婆正盯著Discovery上的海龜看得津津有味），並且是有獲利可能的商業頻道。

因此，這樣的願景其實不僅僅存在於製作人、導演等等核心人物當中，在我本身的經驗中，攝影師、攝影助理等技術人員在閒聊時，也會不時談到在這些國外頻道上所看的新東西，熱烈地討論「他們是怎麼做到的」。

他們是怎麼做到的？其實是一個關於產業know how的問題。如果是攝影師、導演等等問這問題，那是屬於製作技術的層面；如果是經

理或總經理問這問題，那是屬於經營管理的層面；如果是新聞局或文建會問這問題，那是屬於政策規劃與願景的層面。而不管是哪個層面，在台灣對這問題的認知，還有許多待開發的空間。

　　以我較熟悉的製作技術而論，對筆者來說，紀實節目的核心know how首推企劃編劇（writer）。簡單地說，就是如何將知識、觀點與文化用通俗有趣的影音語言表達出來；這其中，比方說，當面對龐雜的觀點、現象或知識體系，旁白要如何寫得精簡有力、深入淺出，又能夠具有環環相扣的戲劇性，不是一件簡單的事。正因為如此，前兩年，當新加坡立意要成為亞洲電視紀錄片運籌中心（我個人的說法）時，該國的政府部門就曾經不惜禮聘英國BBC電視台紀錄片部門的資深編劇前來開班授課；而在台灣，我們還沒有看到這樣的觀念與做法出現。

　　企劃編劇尚且如此，其他諸如導演在影像語言與敘事結構上的掌握、技術人員在影音錄製與後製技術上的精進、主持人本身功力與親和性的深化、製作人對題材與資源的操作能力……等等，那就更不用說，都是不斷要去學習的功課。

　　其實，從整個大環境來說，台灣某方面似乎是具備了這種知識濃度較高的紀實節目可以落腳的空間。且不說台灣是Discovery在亞洲地區數一數二的大客戶，光看台灣的出版市場，每年有各種或深奧或通俗的知識書籍、各種琳瑯滿目的期刊雜誌被擺上書架；學術市場上，留學回來的高學歷人士滿街跑，甚至多到找不到適當的職位；政治市場上，有著號稱博士密度最高的內閣……；筆者怎麼都無法相信，這樣一個看似愛好知識的地方，在電視紀實節目上會發展不出更具穿透

在殷海光故居

Publieksprijs
Audience Award
organised by Stichting Alter Ego

2001阿姆斯特丹國際紀錄片影展傳單

力（不管是在精英層面或通俗層面、不管是面對台灣觀眾或是國際觀眾）的自主產品來，而還必須像十幾年以前的社會氣氛一般，要靠外來的和尚來唸經（前陣子Discovery與國家地理頻道相繼來台拍片，報紙就登得好大；而本地紀實節目的新聞，就只能是影視版的花邊）。

那是在哪些環節上造成了斷裂與阻礙？製作技術？經營管理？整體電視產業的願景？當文化產業成為熱門話題的時候，以「知識、觀點與文化的普及化」為目標的電視紀實節目，要被擺在哪個位置？在這個全球化的時代，透過紀實節目，我們如何重新看待過去被不斷重複放大的鄉土與草根，以及它們與當下世界脈動的關係？

在這篇短文裡頭只能先拋出幾個點，供有心者一起來思考。這僅僅是筆者思考相關問題的一小部份；但是，總而言之，言而總之，是希望大家能夠從內在的操作過程來面對電視節目與電視產業，由內而外地認識它的處境與條件，進而在物質基礎之上去分析意識型態的構成原因。筆者這裡所提僅僅是紀實節目，其他如戲劇片、娛樂節目、新聞節目，乃至其他文化創造領域，相信也當作如是觀。

（2003年，發表于政大新聞系「傳播研究簡訊」）

在美國國家檔案館

Part 2

穿梭音想

1997～1998

1998年，拍攝公視「跨」系列之「廢墟地圖」

廢墟地圖

時間
1998年，公共電視「跨-藝術櫥窗」系列，公視節目部製作

簡介
　　1998年初夏，公共電視招考編導，我也報名了。但是在考試前一晚因拍片而失眠，隔天早上竟然睡過頭……。

　　後來，當時的主考官把我找去參與一個塊狀節目「跨-藝術櫥窗」系列的製作。當時，我所主導的幾集拍攝了包括地下樂團、廢墟藝術、替代空間、非台北藝術家等專題。

　　「廢墟地圖」這一集，主要呈現藝術家們如何利用廢墟作為創作的背景或素材，對他們來說，廢墟激發出什麼樣的創作慾望與意念。北濱海的禮樂鍊銅廠、淡水沙崙的飛碟別墅、新店的兒童樂園、華山酒廠……等等，這些曾經人聲鼎沸、車馬喧嘩之地，如今都成了廢墟。幸賴藝術家、攝影家、電影導演、劇場導演之靈感，讓這些已經傾頹

畫家連建興在禮樂鍊銅廠

的空間，呈現出異樣的神采與奇特的生命力，它們或神秘、或夢幻、或繁麗、或草莽……。

訪問節錄

林靖傑：我覺得這個都市有幾個地方是廢墟蠻好的。讓我們生活在台北這個都市，有時候還會有機會喘息一下。

李永萍：廢墟之所以會對藝術創作者產生魔力，是因為它所提供的這種危險感。

姚瑞中：其實他滿足了創作者的一種夢想，這種夢想，來自於對自由的渴望。

王墨林：其實這種感情是比較屬於心靈世界的，而且是在一種處於模糊地帶、曖昧不明的空間裡面，我們一點一點一點地，走到更深的地方去。

藝術創作者姚瑞中
在三芝廢棄工廠

「跨」第六集 剪接腳本大綱

影部	聲部	字幕	
△黑。Fade into華山某景（有廢汽車的那個）鏡頭從地下室入口中拉出。黑白。風格化地開始遊走/切換場景....	*音樂。鼓點似的聲響，襯以緩慢、冷靜的旋律。 *連建興、姚瑞中、王墨林....等人對廢墟的簡短言說	詩意般的文字。點出廢墟的精神狀態 主題：	00.00
(A. 禮樂煉銅廠與三芝) △Fade黑 △Cut至車拍濱海公路接近禮樂煉銅廠 △Cut接禮樂煉銅廠遠景。中景。近景。 △Fade into某個房間、遊走...定在某個角落/局部（絕緣器）	*現場音 *音樂起		03.00
△fade out/into連建興的畫，同一個景鏡頭拉出至全幅 △dissolev連的照片 △dissolve現場，連已入鏡連建興帶領鏡頭遊走 △走至頂端/定住（連在鏡頭內） △fade out/into「在彼岸」畫作 △cut至連的畫室，最新畫作/局部/全貌	*連建興談當初畫這幅畫的經過 *連建興談對這個空間的感覺邊走邊談----廢墟的靈性與創作 *連談這幅畫 *連繼續談未竟的話題 *音樂起		10.00

△從某幅畫中fade out △fade into現場 △fade out/into 天打那的劇照 (從像廢墟神殿女神的那張開始) △cut至三芝景 ，姚瑞中在他的作品前 (周圍棄置的小東西不時插入) △漫遊三芝景 ，劉時棟不經意入鏡 △隨著劉時棟瀏覽他的作品 (***類同) △三芝全景 △fade out/into 風格化華山黑白空鏡	*姚瑞中談對廢墟的感覺 * 劉時棟談廢墟與創作 * 音樂起	詩 意 小 結 ： 關 於 廢 墟 與 創 作 之 間 的 關 係	17.00
(B. 新店兒童樂園) Fade out/into 新店山路 鏡頭晃遊在兒童樂園內。一些生鏽特寫不時插入。晃到旋轉輪 ，定住 fade out/into 劇照全幅/局部 fade out/into樂園現場 摩天輪緩慢地轉動(不時插入渥克們在廢墟中晃動的短cut) fade out/into 風格化華山黑白影像	* 音樂轉爲浪遊快板腳步聲 * 插入渥克們的訪談/嘈雜地/短促地剪接 * 長燕的訪談逐漸從背景聲中脫穎而出(音樂及其他人聲全部淡下來 ，背景只剩下摩天輪的卡卡聲) * 音樂驟入	說明渥克 曾在此拍 劇照	22.00

		說明「拾月」的演出
（C.淡水廢船廠與怪別墅/跨書房）		
fade out/into 怪別墅現場（車拍與定鏡）與「拾月」劇照對cut	* 黎煥雄、李永萍等人的訪談----對「拾月」的回憶	
逐漸cut入少許解嚴前後新聞照		
逐漸閃出現場訪談的畫面	* 王墨林談「拾月」以及對廢墟的想法 * 王墨林點出廢墟的社會歷史意義及其相關創作的精神狀態	
Dissolve陳界仁的合成照片		
照片中陳界仁的特寫	* 陳界仁談他的創作	
fade out/into陳界仁本人特寫，拉出.... cut to 陳界仁在廢墟中的遠景 fade out/into日本戰後廢墟相片（相片中最好有人） 閃入舞踏劇照數張 superimpose 陳界仁在廢墟中的行走	* 音樂起 * 王墨林以日本舞踏為例，談廢墟中的人及其精神與肉體/襯以舞踏音樂	40.00
（剪接速度越來越快） 閃入「奶精、儀式」劇照 在某張照片中突然定住 fade out	* 音樂驟止	43.00
		跨書房：「都市、身體與劇場」
fade into 王墨林訪談	* 王墨林：這本書的形成背景與主題內容。戒/解嚴脈絡下的身體與精神狀態。廢墟、台灣與台灣人	
「鬥弟深深」、「惡女列傳」裡在廢墟中的主角鏡頭，對cut		跨影展：53.00

(D. 板橋與華山酒廠) 「鬥弟深深」、「惡女列傳」片段畫面、拍攝現場以及導演訪談，交叉互剪 「鬥弟深深」片段	＊阿關、阿傑談影片中的人與廢墟，以及他們自己對廢墟的感覺 ＊噪音音樂起	字幕介紹板橋後工業藝術季	60.00 65.00
板橋後工業藝術季----以怒罵沼澤、condom、zslo、ltk為主，尾巴接中偉interview fade out/into板橋捷運站工地	＊音樂起	Roll 工作人員字幕	84.30
end			85.00

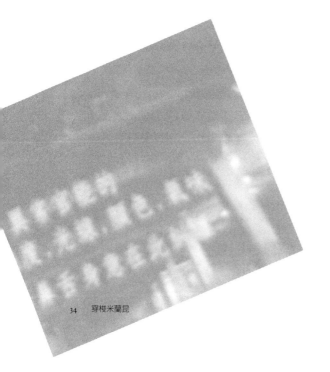

暴風雨前的飛翔

時間
1997年，英國北方媒體學院畢業作品

簡介

    1995年，我還在「久久酒一次」當那不太成功的餐廳經理。一天晚上，打烊之前，有一個長頭髮的中年男子進門來，說要找我。他是郭達年，香港黑鳥樂團的主唱。「黑鳥」這個名稱，台灣人並不熟悉，但對我來說，卻如雷貫耳。

    兩年之後，我在選定畢業作品的主題時，決定拍攝「黑鳥」。於是，在1997年春天，一行人搭乘票價最便宜的孟加拉航空，花了兩天時間，從英國飛到香港去，進行將近兩週的拍攝。

    本片主角是香港的獨立樂團「黑鳥」，核心人物郭達年。本片主要以該樂團在1997年春天，香港回歸之前的活動為主軸，帶出主唱郭達年對於搖滾樂、對於人生、對於社會，乃至對於香港回歸的態度。片

郭達年：因為人的生命有
限，平均只有七十年

尾落在黑鳥「暴風雨前」演唱會現場，當時距離回歸，還有三個月。

訪問節錄：

郭達年：我想，唯一可以衡量生命的，是時間。因為人的生命有限，平均只有七十年。所以，到底我們要如何出賣我們自己的時間，始終會是一個問題——當我們生活在這個資本主義社會時。

《暴風雨前的飛翔》片名畫面

飛向何處？

——香港「黑鳥」樂團的現況

1998年二月上旬，我從香港的中環搭一個小時的渡輪抵達離島大嶼山。新機場及海景豪宅在山的另一面，平民房子及觀光客棧在山的這一面，郭達年牽著腳踏車在碼頭接我。見面寒暄幾句，我問他，最近都在忙些什麼？他笑著回答說，找工作賺錢還債。

郭達年，我們都叫他Lenny，是香港獨立樂團「黑鳥」的靈魂人物。年約四十多，蓄長髮，跟樂團的另一位成員也是他的愛人同志Cassi住在十來坪一個家的國民住宅裡。兩個孩子一個在九龍唸中學，一個在台灣唸大學。

在堅持獨立創作與發行音樂作品、堅持音樂與生活理念一致、堅持音樂是一種溝通而不是商品、堅持批判國家霸權與代議政治的這條路上走了近二十年，去年1997，繼89年六四之後的一連串音樂下鄉行動，「黑鳥」再度在香港歷史的轉折點上投入了他們全部的時間、資源與精力，以嚴厲而沉重的歌曲與搖滾樂音來回應香港的回歸。這一年，從年初自日本演唱回來之後，他們在三月、六月、十月、十二月

郭達年在梅窩家中

分別舉辦了四場演唱會，剪接完成第二支一百多分鐘的紀錄片，製作出版第六張專輯〈暴風雨前〉並自己發行，接受海內外大大小小媒體的訪問等等。

他們借錢來實現97年的這些計劃；97年過去了，計劃完成了，也欠了一屁股債。那麼，98年就是他們的還債年囉？

我到的時候，他們正在家裡為一個電視節目編寫及錄製配樂（目前他們大部份的音樂作品都是在家裡錄的）。我跟Lenny約定兩天之後他們工作暫告一段落時見面進一步詳談；兩天之後，我依約到他們家吃晚餐，Lenny卻因前一天一整個晚上工作沒睡而顯得精神不繼，Cassi在廚房裡弄菜飯，另外燉了一碗潤肺的草藥湯給Lenny調理身子。對他們來說，97年的工作太過緊湊了，98年，是該要休息一下，讓身體及音樂的精力能恢復過來。但是，現實的情況似乎並不容他們有較長時間的喘息；除了還債並維持一家四口的生活之外，整個香港人心的變化，已使得他們必須認真面對「黑鳥」何去何從的這個問題。

事實上，在抵達大嶼山的第一天，Lenny幫我邀了一位「黑鳥」長期以來的友人阿寶來跟我見面；我們四人，包括Cassi，在他們家一起談了兩個鐘頭。

談話中，Lenny承認「黑鳥」的音樂已無法吸引年輕的一代。他認為，90年代的年輕人在MTV、Channel V等大量媒體訊息的地毯轟炸之下，已不再擁有像80年代那一輩那樣在資訊匱乏的環境中，親身對新的音樂進行發掘、探索與嘗試的冒險樂趣。雖然還有年輕人對他們感到興趣。像隻身住在大嶼山村落中打工謀生的年輕女孩Veda，但那已

Cassi在美濃煙樓錄音室

是少數。

　　而另一方面，聽「黑鳥」音樂長大的一代目前在這資本社會中大多有穩定的工作與家庭生活；「黑鳥」的音樂曾經深深地烙在他們的心中——特別是在六四前後。但隨著時間的流逝，那激昂的呼喊、嚴肅的議題與深沉的樂音卻逐漸成為他們平凡生活中無法承受的重。三十出頭、目前在中學教數學也教學生彈吉他的阿寶，自80年代中認識了「黑鳥」以來，組了一個樂團叫Aliens，曾在去年十二月的演唱會中與「黑鳥」同台演出；他就覺得《暴風雨前》這張新的專輯令他感到十分沉重。

　　Lenny，面對這樣的現實，斬釘截鐵地認為這不完全是「黑鳥」自己的問題；人民有選擇的自由與權利，「黑鳥」不可能以強迫或媚俗的方式，讓群眾聆聽或接受他們所談的議題——即便絕大部份的香港人依舊習慣浸泡在庸俗的大眾文化與被矮化的民主政治當中，而對自主的文化創造沒有反應。而在另一方面，「黑鳥」對待音樂的態度是一種立場，從一而終，是不可以向資本主義體系或國家靠攏的。就算像有些獨立的藝術工作者跟官方或民間的藝術中心申請補助的作法，也不會是「黑鳥」要走的路。Lenny不斷強調，「黑鳥」就是要證明，文化工作者可以完全不仰賴任何機構或體制，而可以直接從群眾的支持來尋求存活與發展的空間。

　　我們也談到了廣東話入歌的問題。Lenny、Cassi及阿寶均認為，廣東話因為音韻的關係（如：有許多字眼的音節相當短促），使得它不容易寫成歌，就算寫成了，變來變去也只能有那幾種曲調，發展性不

黑鳥《連眾顛覆》

大。因此「黑鳥」及許多其他香港獨立樂團的歌大多是國語或英文的。這對來自一個本土文化昂揚之島嶼的我來說，簡直是不可想像的：如此，一個樂團要如何與在地民眾進行有效的溝通？

Lenny對這些侷限與現實條件都心知肚明，但要怎麼因應呢？在對談中，阿寶不只一次地向Lenny說：「黑鳥」應當致力於跟香港的群眾建立更好的互動關係；Lenny則回答說：「如果你有什麼好的作法，我也很想知道呀…」

自從那天下午聊過之後 ，我再也沒有時間跟Lenny及Cassi深談。在往後幾天的時間裡，我走訪了幾個從事社運、獨立音樂或社區劇場工作的人，了解他們的狀況，間或也會談到「黑鳥」。

在靠近沙田的一個由傳統村落所改建的現代社區裡，我見到了Sally、Billy及阿譚；他們年紀都接近三十吧。其中，Billy正在撰寫有關「黑鳥」、香港民眾劇場及錄像力量（香港一個以紀錄片來介入社會運動的團體，成立於90年代）這三個屬於文化行動主義（culture activism）之團體的論文，他同時也參與社運，也為一些運動團體寫歌；阿譚曾經是錄像力量的一員，目前則在撰寫關於「嘯聚街頭」這個活躍於96、97年之婦女街頭劇場計劃的論文；而Sally則是「嘯聚街頭」計劃的成員之一，也跟中國及香港的工人與社區組織有密切的合作關係，我見到她時，她正在看《福氣個屁》這捲來自台灣工人團體之錄音帶的內文。

從他們口中 ，我約略認識了自80年代初以來香港文化行動者的歷程。簡單地說，「黑鳥」及民眾劇場在80年代曾是焦不離孟、孟不離

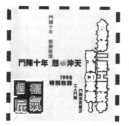

黑手那卡西《福氣個屁》，1998年

焦，他們共同引領了一些文化行動的議題，如：反核、人權等等；同時也吸引了一批當時還是學生的年輕人投入這個場域，像Lenny所參與創辦的《結他》（Guitar）雜誌就曾是當時渴望聽到不一樣聲音之年輕人的一扇窗戶。然而，進入90年代之後，卻再也沒有一個議題或力量可以把他們（包括年輕人）兜在一起並持續地幹下去。大家都各幹各的。然後在某些議題上或某些時候會有短暫的合作。

對Sally、Billy及阿譚來講，這似乎是一個自然的發展，因為每個人都會有他／她不同的想法與作法；而我的觀察是，當初投入這個領域的年輕人，一開始的時候還在摸索學習，時間久了，他們也會發展出自己獨立的判斷與實踐策略，從而與他們起跑的原點分道揚鑣。

這些選擇從事社會運動工作的年輕人，依然關心「黑鳥」、關心民眾劇團他們都仍然共同抱持著社會改革的理想，彼此也都還有聯繫，但已不再是百分之百的同路人了。比方，他們直率地指出，對社運來說，「黑鳥」與香港社會的關連性是很薄弱的；而有些工人對這類與主流大大不同的音樂團體有所期待，但是他們想要聽到或享受到的，是像《福氣個屁》這樣，由工人跟樂手在抗爭或活動的過程中共同完成的東西，對他們來講，「黑鳥」的方式與樂風仍是太有隔閡了。

就我的觀察。被「黑鳥」吸引的觀眾大約以某部份的大學生與白領階級居多；他們多半會去思考諸如人權、理想性的草根民主、言論自由、文化自主等等這類不直接涉及階級，以及當下社會實際情況與問題的理念，而這些正是「黑鳥」一而再、再而三地在討論與傳達的訊息。在他們的歌詞中，「人民」、「民眾」這類的字眼經常出現，然而，這多半是相對於國家機器的壓迫與文化工業的宰制來說的，其意義顯然與社會運動中富有階級意識的「人民」、「民眾」不同。

不過，和許多為社會運動團體製作歌曲的人一樣，在音樂做為訊息傳達及討論媒介的前題之下，「黑鳥」並不十分致力於音樂語言的探索與發揚；我覺得他們有點像拿來主義，用自己的方式去運用或拼貼別人的語彙。Lenny宣稱他們並不侷限於少數幾種音樂型式，而且，

以他的說法來講，所用的音樂事實上是蠻「通俗」的。我們可以從他們的專輯中聽到英國叛客、廣東南音、牙買加雷鬼、美國民謠、即興實驗、台式梵唱、唸詩等等不同的樂風與唱腔被這三個人的組合（名單詳後）重新統一在搖滾的基礎之上。

有時候，我會覺得他們的某些歌曲總少了些什麼，或就差那麼一步而無法更加淋漓盡致。比方說，Lenny的中文歌詞有時只顧傳達訊息而寫得並不順暢，或不夠貼合韻律，而他的咬字總帶點廣東味，這就減弱了歌的表現能力與感染力。

或許因為這樣，也或許因為他們不追求最流行或最新的音樂潮流，香港搞另類獨立音樂的人，雖然大都知道「黑鳥」，但是並不太在意他們。像成立於93'年左右的「黑與藍」（Black and Blue）──他們的一首歌曾收錄在《七月一日生》這張台灣製作的專輯中──對「黑鳥」的印象是：政治意識很強，但音樂已經有點過時了。而專門賣西洋、日本及本地另類、獨立及冷門唱片的「助聽器」唱片行老板Alan，聽了二十幾年的另類搖滾也編過《助聽器》這本地下的音樂刊物，則直率地指出，「黑鳥」是80年代香港Punk風潮中的代表性團體，他們的音樂是很容易玩的，因此對新一代的樂團沒什麼吸引力。很早就接觸「黑鳥」音樂的他，覺得「黑鳥」對80年代的年輕人有影響，但現在已經跟獨立音樂界沒什麼關係了；雖然他們的唱片還是賣得不錯的。

Alan認為，香港搞獨立創作音樂的樂團大部份都是跟著歐美另類音樂的潮流在走，特別是英國的，沒什麼自己的生命。像90年代初

《七月一日生》合輯，黑名單工作室統籌，夏潮聯合會製作，1997年

Britpop崛起，就有好幾個團起來搞類似的東西，唱片公司見有利可圖也加以支持，開了不少演唱會也發了不少片子；而這陣子西方沒有新的東西出來，也就消沉許多了。白天工作晚上練團的「黑與藍」目前適正處在這低潮期當中，再加上團員工作的時間無法配合得好，以致最近一個月練不到兩三次，更加雪上加霜。

誠然「黑鳥」跟搞另類音樂的人是漸行漸遠了，但是，我在想，像「黑與藍」這樣的年輕樂團如果到最後撐不下去了，而老「黑鳥」依然高飛，那又意謂著什麼呢？也就是在這樣的對比之下，我才有點理解，Lenny何以那樣回應我對「黑鳥」唱腔與歌詞所提出的疑問——他說，「黑鳥」不是所謂的專業音樂人，不打算把太多的時間跟資源花在那上頭。

這大約是「黑鳥」目前所面臨的處境：跟既有的聽眾、新一代的年輕人、基層社運組織、獨立的另類音樂團體都漸漸失去緊密的關係。在這種情勢下，Lenny領悟到，這恐怕是「黑鳥」要重新佈署陣地的時候了；他跟我提到，「黑鳥」將在這一年反省並調整策略，可能將工作的重心轉移到台灣及中國，重新尋找並串連「黑鳥」的潛在聽眾。一直以來，「黑鳥」的主要支持者都是香港人，但在台灣或大陸（甚至在亞洲的其他地區以及歐美）也有一些零星的、志同道合的聽眾朋友，而且他們的歌曲創作也多半以國語為主；現在，他們打算訴諸兩岸三地所有朋友的支持。

對一些本土意識比較強烈的人來說——不管是在台灣或香港的，或許這是不可想像，甚至是無法接受的：一個文化工作者如何可能離

Black and Blue《HOPE IN JUST ONE DAY》，音樂傳訊製作，1995年

開「自己的土地」？Lenny說他自己是個國際主義者，雖說香港是他的故鄉，也仍會是他心繫之所在；然而當「黑鳥」的理念與作法不再有足夠的迴響、逐漸變得孤立，而他們又不願改變或找不到適合自己的本土出路時，也只有選擇出走了。

做為一個台灣人，我無法正確地揣度他們此刻的心情。Lenny說，台灣一直是他的精神原鄉之一：他在黃春明、周夢蝶、七等生、楊牧、侯德健、楊祖珺、羅大佑等70年代及80年代初之台灣文化人的文章與歌聲中成長，他最好的朋友在台灣，而相對於香港，台灣的自主文化也有較好的發展空間……。

但是，不知道台灣人會怎麼看他們？政治經濟在「強本西進」與「戒急用忍」之間跳恰恰的這個島嶼，媒體美華報導化或泛鄉土主義化的這個島嶼，文化操作講求策略運用的這個島嶼，會怎麼看待這個向來以資本主義商品文化及國家霸權（特別是中共）為批判對象且不肯改變做法與態度，而又打算從自己的「故鄉」出走的死硬派？

同時，在四十多歲的時候選擇出走，那是一種什麼樣的決定？

這讓我反省到：人跟他所創造的文化，以及與他所身處的社會，可以有著什麼樣的關係？那些對社會與文化變革抱著理想性的人，在面對內在關照的自我與外在連動的環境時，如何去置放自身呢？如何跟一個自己所熟悉的社會情境保持介入的可能與批判的距離，並在必要的時候重新描繪超越既有疆界的行動地圖，重新出發呢？那是在什麼樣的個體、歷史與社會條件底下，一種生命中可能存在的不得不然？

除了金錢、地位、主流價值之外，還有許許多多關於個體、文化

郭達年離家前往演唱會場

創造與社會之間關係的言說與想像，諸如：「有機知識份子」、「組織工作者」「基層人員」、「專業藝術家」、「心靈導師」、「文化仲介」、「教育者」、「鼓吹者」、「寄生蟲」、「個體戶」、「玩票」……等等現成的講法；但這些講法都無法用來形容像「黑鳥」這樣的團體。在音樂的背後，他們對「獨立」、「另途」（香港對alternative的翻譯）、「生活」與「文化」的界定和長期實踐，帶給我最大的刺激；這是我的社會與生命經驗所無，但又隱隱然在騷動著我的；我無法完全體會與理解，但確實存在。

　　「黑鳥」的意義因而在此；他們的存在成為一個活生生的參考座標，讓一些對個體、對文化以及對社會的思考與想像，不再僅僅存活於書本或炫目的語句（特別是那些來自西方的）當中。在台灣，我想這樣的座標要怎樣，以及會怎樣跟前述的那些講法產生關係，是一個值得思考與探索的課題。

黑鳥成員：主唱、吉他、鋼琴　　　　Lenny
　　　　　貝斯、小提琴、二胡　　　Cassi
　　　　　客座鼓手　　　　　　　　Peter Suart

（1998年完稿）

剛洗完頭髮的郭達年正在練歌

最後的旅程

　　六月初，我又來到香港。在離開簇新龐然的赤臘角新機場之後，我開始尋找前往山的另一邊的公車站牌。推著沈重的行李裡裡外外繞了一圈，終於找到了。車子隨即出發，離開機場後，沿著僅容一車的狹小公路，彎彎曲曲、上上下下地繞了一個鐘頭，總算抵達我的目的地：梅窩。

　　才剛把行李弄下車，就看到黑鳥樂團的主唱郭達年向我衝過來，咭式（郭達年的愛人同志、黑鳥的bass手）推著腳踏車跟在後面。我想：這麼巧！我是來找他們的。但是他上氣不接下氣地跟我說：「啊！你及時趕到，船快開了，我們要趕去旺角的練團室排練！」於是我連忙將行李寄放在碼頭旁的一家士多store（老闆的女兒是咭式小提琴家教班的學生），只抓了攝影機就跟他們買票上船了。

　　我是來拍攝六四的十週年音樂祭活動的，黑鳥是活動的催生者之一。一如往昔，他們自己找器材、搞場地、弄宣傳、找空檔排練，一切DIY。這天下午，我跟著他們到練團室跟鼓手彼得小話會合；排練完之後，與彼得小話分開，趕往影印傳單。接著搭公車去新界跟朋友借音箱；在下班的塞車時間當中，花了一番工夫找了輛小發財運回旺角的小辦公室寄放之後，稍事休息，又步行到廟街去找小販，購買舞臺裝置用的煤氣燈。

　　入夜，拖著疲憊的身子再搭一小時的船回到梅窩，郭達年跟我說：「本來晚上還要在家裡跟咭式排練的，但是今天太累了，所以要

延到明天早上才排練。」

　　在這一天的下午，我如影隨形地跟著他們，親眼看到了一個堅持一切靠自己與朋友的支持，而不願投向文化工業或官方文化單位懷抱的樂團，是怎樣在運作的。或許你會問：花了這麼多時間與精力去做原本是唱片公司或娛樂公關公司的宣傳、製作助理……等等一拖拉庫工作人員該做的事，那他們有時間去創作、去練習嗎？他們的音樂會好嗎？

　　兩天之後，音樂祭結束後的隔天，在對郭達年的訪問當中，他理直氣壯地指出：「這就是生活，我們的音樂，反應的是這生活的過程，而不是一個被完成的作品。在民間，這種完成了的作品幾乎不存在，只有在商業市場裡才有。」也因此，他根本就不會刻意要去練琴，或者是為創作而創作，「我們只有演出前才練習，因為我們要自己負擔錢及時間……，有一種censorship是：我還沒排練好，不去唱：很多朋友的夢因此就不見了。黑鳥就是不接受！我們在有限的資源之內盡力去做，完成以後，頂天立地，如果你不喜歡，沒關係！」

　　雖然郭達年對這樣的生活與音樂的結合，有著堅定的信念，但是，對於外界，特別是年輕朋友，屢屢要以音樂美學的標準來要求黑鳥，他仍然是耿耿於懷。去年，《暴風雨前》這張專輯出版之後，有個年輕人寫e-mail給他們，覺得詞曲都非常好，但是唱得太爛了。對於這樣的批評，郭達年懇切地給了回應，解釋黑鳥的音樂與生活理念。

　　但是，從這樣的反應裡，他同時也感受到一種危機。對他來講，現在的年輕人受到資本主義文化的影響太大了，這對搖滾文化來說是

黑鳥1998年發行的《暴風雨前》

一個最大的傷害；過去六、七〇年代，有許多中立的發行管道，任何音樂人或樂團都有發聲的自由、權利、空間與傳播機會；受到歡迎，就有可能大紅大紫，沒什麼人聽，也沒關係：整個搖滾文化的氛圍，還是會鼓勵人們自主而自在地用他們自己想要的方式——不管是傳統的或前衛的、精緻的或粗製濫造的，去表達他們的想法與情感。但是演變至今，現在的文化工業，一一既壓制又收編地馴服了各種「另類」的管道與聲音，這過程中逐漸篩選出一些制式的、典範式的美感標準。過去任意發聲的可能性消失了，而籠罩在當代無遠弗屆之文化工業底下的年輕人，不但因此越來越缺乏真正的、對另外一種聲音的體驗與欣賞能力，反而用文化工業所炮製出來的美感標準——即便它是「另類的」——來要求黑鳥，甚且認為他們不尊重聽眾（的美感經驗）。對於這種徹底被邊緣化的感覺，郭達年說：「感到壓力很大。」

但是，壓力再大，黑鳥走了近20年，也撐過來了；未來，還是可以走下去吧？！

「……今年的這張專輯，可能是以黑鳥為名所做的最後一張作品了。」郭達年望著窗外，無限感慨地這樣告訴我。我瞠目結舌，幾乎說不出話來。我知道，這大多是因為彼得小話決定在秋天離開居住了二十多年的香港，搬到他血緣上的母國——英國——去定居的緣故，但還不至於讓黑鳥完全停擺吧？！鼓手有那麼難找嗎？

我帶著疑惑與無法釋懷的情感回到台灣，在之後繁忙的工作中，仍不時會想起郭達年的這番話。直到前幾天，收到他們即將來台灣演唱的消息，新聞稿上寫著：「這是黑鳥最後的巡迴演出……。」

在感傷之餘，我仍然在思索著我的疑惑。我想，對黑鳥這樣的樂團來說，要找一個鼓手，恐怕不是像更換卡式墨水匣或抽換抽取式硬碟那樣容易。多年來，彼得小話幫黑鳥打鼓，但他並不認為自己是黑鳥的成員，而是把這樣的參與視為參加一個音樂上的長期合作計畫。彼得自己另外有屬於他自己的音樂與劇場作品，自己的美學觀，以及自己的文化、社會與政治觀念；他與黑鳥之間雖然接近，但又不盡相

同。就我的觀察，簡單地講，彼得像是無政府主義中的人文主義者，對藝術創作的養成有較高的美學要求，而黑鳥則是深受左派影響的無政府主義者，他們對美學的看法一如前面所提到的。

這樣的合作模式，在西方或者是日本的搖滾文化氛圍裡，或許不難構成；但是在香港，乃至在整個華人地區，恐怕是要經過長時間的考驗才能成形。更何況，這樣的合作伙伴，在今天，恐怕是越來越難找了。

朋友告訴我，一個樂團解散，是常見的事，無須太感傷；黑鳥走完這一段，絕對有它歷史性的成就了。但是，對我來說，歷史還沒有過去，它還在繼續當中；少了具有標竿地位的黑鳥，這段未來歷史的空缺，我們要如何來填補？

（1999年完稿）

「搖滾樂」的再思考

　　大選前一天，所有候選人的至親好友全都露了臉，來為自己的親友拉票站台；據報是某個「搖滾」樂團貝斯手的宋的女兒也終於站上父母身邊。在手上的電視選台器轉來轉去的過程中看到這景象，我跟M說，「想想看，假設宋當選了，我們就會有個女兒是『搖滾』樂手的總統……。」那會是什麼樣的情況？可能會蠻有趣的。而今，陳當選了，那麼，他是不是會延續過去陳市長時代的作法，在總統府音樂會裡頭找來一堆年輕小伙子，在凱達格蘭大道上又敲又打又「搖」又「滾」的？而另外，較不為人所知的是，我們將有一位曾經在1970年代末翻譯過一本書叫《搖滾樂》的某某部長或某某秘書長（目前還未知），他的名字是邱義仁。

　　似乎，隨著這次的大選，「搖滾樂」在台灣的政治或社會位置，或許已經從某些個外人不容易察覺到的點開始在醞釀著新的變動；而這或許是整個變天效應中的一環。與此同時，伴隨著唱片公司、MP3 網路媒體、金曲獎等等文化工業集團對本地創作「搖滾」的興趣

Bob Dylan《HIGHWAY 61
REVISITED》，SONY

與關注，年輕一代的「搖滾」樂手與創作者似乎要比過去辛苦打拼的前輩們有著更為開闊的天空……。

或許讀者你已經注意到了，我在「搖滾」這兩個字眼上都加了引號，代表了我的某種保留態度。是的，沒有錯；但，我保留的是什麼呢？

一言以蔽之，現今在台灣，其實已經不太說「搖滾」了；那彷彿是上個世紀的字眼。我們或許會說一點「地下樂團」或「地下音樂」（儘管有許多樂團不承認這個字眼的正當性），又或者，「創作樂團」、「獨立音樂」等等之類的。不太有人去討論「搖滾」，儘管這些樂團仍忠實地保留著「搖滾」樂團四件式的基本配器，以及音樂和表演風格。

特別是在大眾看待伍佰、張惠妹、動力火車等等這些其實「搖滾」味十足的大牌歌星時，在媒體眼中，他們是現下台灣流行樂壇的天王天后；而我們因而可以預知，當亂彈、五月天、脫拉庫等等這些抱著「搖滾」的形式還在努力中的樂團逐漸可以竄紅時，他們將無疑地被歸類於籠統含糊、大小通吃的「流行音樂」範疇裡，而更加遠離了「搖滾」。那麼，「搖滾」這個詞在台灣還會有什麼意義與地位呢？大約只剩下用來指涉或膜拜那些西洋的樂團、樂風與次文化情境罷了。

這也正是目前台灣關於流行音樂或民眾音樂的中文書籍的困境。儘管，近年來翻譯了幾本頗受文化研究學界好評的流行音樂研究書籍，如《搖滾樂社會學》以及新近出版的《搖滾樂的再思考》，但是這些書中所陳述、分析、論辯的複雜社會情境與文化脈絡，似乎都離台灣太遠了，遠得連「搖滾」這個詞都變得疏離起來——彷彿那是某些外星人的洋玩意兒，而與本地無涉。

《搖滾樂的再思考》，Peter Wicky著，揚智出版

或許有些人會說，那是因為這些書都太過學術了，或者，直言無妨，太過學究了，妨礙了「搖滾」做為年輕人共通語言與夢想的達成；「搖滾」，應該是超越語言、種族與國界的……，而不需要什麼勞什子長篇大論，去論證它的正當性，甚或神聖性。但我卻要指出，正是這些似是而非的、簡單的「超越」論述，妨礙了本地對於「搖滾」的深切體認與表現。

　　去年的夏末，我在北京碰到當地知名的地下搖滾評論與觀察者郝舫。這個唇紅齒白、貌似書生的年輕作家，自己開了一家書店叫「電動方舟」，有點像台大附近的唐山書店；雖然規模小得多，但是卻令我大開眼界。印象最深刻的，是看到許多關於美國六〇年代「敲打的一代」（the Beat Generation，大陸翻作「垮掉的一代」）的代表性作品與評論，這其中包括中國人自己寫的。

　　我想起自己在台灣成長，認識搖滾的經驗。我們多多少少都聽過敲打的一代，有些知名文人在六〇年代末還撰文作詩大加宣揚。但是，或許受限於當時的政治氣氛，我直到最近才曉悟，這些台產的敲打派，其實對美國的敲打派進行了嚴重的意識型態閹割；在這種情形下，我們如何可能準確地認知到敲打派透過作品以及身體力行，對美國社會與文化的深切反省與批判，以及他們對搖滾樂等一些文化形式與論述所產生的重要影響與啟發，比方說，（同樣受到此地某些人士大力宣揚的）鮑伯・狄倫？

　　五、六〇年代美國的敲打派論述，出現在九〇年代北京的一些地下次文化圈裡，我想有著重要的意義。那次的首度會面，我和郝舫在

Bob Dylan《Bob Dylan》,
SONY

他書店隔壁的茶館裡聊天。劈頭他就談到六四事件中，他那中彈身亡的大學室友，言語間充滿了無限的追思，以及隱而不顯的悲憤與無奈；這嚇了我一跳，我還以為，得要拐彎抹角地引誘，才能探聽到一點他對六四的看法呢。在六四之後，唸哲學出身的郝舫對於集體的政治或社會行動有了深刻的反省。他開始覺得，社會與文化的變革，不能靠一兩次大規模的運動，或者革命；他寧可經營一點點、一點點看似不起眼的次文化圈圈；人心的變革，與轉化的動力，也就蘊生在這裡頭。於是，他花了大量時間，寫成《燦爛涅槃——柯特·科本的一生》與《傷花怒放——搖滾的被縛與抗爭》兩本書；下一個計畫，則是撰寫the Doors的Jim Morrison。

在我所瞭解的範圍裡，本地的「熱門音樂界」自50年代起亦步亦趨地跟隨美國以及英國的腳步，輸入各種搖滾的形式與論述以來，還未出現過一本由本地人自己寫的重要搖滾歌手的傳記；而本地搖滾書籍的論述深度與廣度，也遠遠落在《傷花怒放》之後。這給我一個初步的預設結論：在台灣，是不存在搖滾的；至少現下沒有。

在《傷花怒放》裡，郝舫鉅細靡遺地陳述了自有搖滾以來，歐美主流社會對這種音樂的敵意，以及這種音樂所展現的爆發力與衝突性的意識型態——不管是性慾的、非道德的、左翼的、暴力革命的……。在他眼裡，這些與主流社會之間的衝突與抗爭，乃至不同搖滾流派與意識型態之間的衝突，是構成搖滾本身內涵的重要元素。

是的，衝突與抗爭，其實就是我要強調的。搖滾樂，在它的核心裡頭是一種不滿、不爽、不屑、不屈、不顧、不理……等等諸般「不」

《傷花怒放——搖滾的被縛與抗爭》，郝舫著，江蘇人民出版社

的姿態的總和；是一股發自某個社群之內心怨靈的集體反抗之聲——不管是意識上的，或是潛意識裡的；不管是政治正確的，或是政治不正確的；不管是左翼、右翼或是無政府主義。

在《搖滾樂的再思考》這樣的書裡頭，我們可以看到搖滾樂這個怨靈在英美兩國之不同時代所附聲的大大小小社群集體：戰後試圖逃出美國夢底下之僵固教化體系的一整個世代（這也是搖滾最先附身的所在）、然後是用庸俗炫麗的美國夢來反抗僵化保守中產階級社會的英國勞動階級小子、英國藝術學校裡反叛主流美學與商業邏輯的爛學生、60年代吸大麻唱反戰歌曲的波西米亞學生、騎斯庫達油頭粉面找不到出路的工人階級Mod族……等等。此外，在英美白人的搖滾傳統之外，晚近以重金屬與硬蕊搖滾重回種族主義與希特勒懷抱的歐陸光頭黨、追求中美洲黑人政治與社會地位的雷鬼、代表美國基層黑人心聲的rap、擁抱歐美搖滾樂的日本安保世代……還有還有，根據郝舫的說法，改革開放後失去既有社經優勢的共軍大院（可能接近本地的「眷村」）文化（代表人物崔健）、歷經文革等各種鬥爭而破敗的北京胡同族（代表人物竇唯），以及近年隨著大量的下崗失業工人而來的各地龐克搖滾小子風潮。

回到台灣，就「搖滾」的音樂形式而言，我們也不乏各種「反」、「不」的姿態，如黑色羅大佑的音樂、趙一豪與新聞局幹上的「把我自己掏出來」、濁水溪公社驚世駭俗的音樂劇、瓢蟲對著麥克風與台下的陽具們高唱著「fuck」、「春天的吶喊」中玩瘋了的阿度仔與本地年輕學生，乃至抗議運動場合中，邱晨的「過橋！」、朱約信的嘻笑嘲諷、

崔健《無能的力量》，中國唱片總公司，1998年

竇唯《黑夢》，魔岩中國火，1994年

黑手那卡西的「福氣個屁！」與交工樂隊的「衙門再惡也照樣屌！」……等等。然而，我們要問的是，這些個最初是發自個體內在的怨靈之聲，發展至今，是否已經對映出各個面貌清晰的社群集體，而使得這些「搖滾」的樂音成為社群內部普遍的溝通、互動、自我表白、相互激勵的媒介了？抑或，只是培養出一個個彼此互不相干的鬆散歌迷而已？

說真的，相對於駕車砍人的飆車族、打扮逛西門町的哈日族或者鎮日埋首漫畫的高職美工科學生來說，前者的音樂雖然「搖滾」，然而，我們可以想像，假設有朝一日，當後者這些性格與形象鮮明、已經存在社群次文化表現的傢伙想到要拿起電吉他與鼓棒創造自己的音樂時，那集體怨靈所展現的爆發力與社群能見度，會遠遠超過前者；而那樣的聲音，我們才能真正稱之為搖滾。但是，在劉德華、伍佰、小室哲哉與濱崎步滿天飛的既有現實環境中，他們如何會帶著對自己社群的自覺，走到拿起電吉他與鼓棒的那一步，並且保持對文化工業說「不」的潛在能量？

或許，面對台灣的現實，又何必曰「搖滾」呢？「創造性、溝通和社群感」（《搖滾樂的再思考》，第118頁）這樣的關鍵概念，與搖滾樂基本音樂型態之間的耦合，有它歐美在地的社會與文化脈絡；而我們，在這快速資本主義化的社會當中，如果心中真有怨靈，那麼無論是傳統客家音樂、那卡西、原住民的吟唱，甚且高凌風的「泡茶」式歌曲、劉德華或劉的花、伍佰陸佰柒佰……都可以是創作發聲的基礎媒材。重要的是，那「反」、「不」的動力與基礎是否存在？那社群集體的性格是否可能鮮明？這兩個問題，就不是這篇文章可以處裡的了。

（2000年，發表于破週報）

影徂心在：千里之遙

2004年，從5月底開始我就不在台灣，在外地勘景。在外旅次也不方便上網。

我在哪裡呢？

底下一段前兩天聽到的對話，供大家參考，想想我在哪裡。

A農民問B農民說：「今年你挖到多少罐子？」

B農民說：「不多欸！！」

那口氣，彷彿是在問，「今年你收成多少？」

PS.此處的罐子，指的是新石器時代或是漢代的陶器。

Part 3

穿梭水流

1998～1999

苗栗後龍溪上游一隻孤單的白鷺鷥

苗栗後龍溪上游，枯水期

放水流、清流行動、捍衛家鄉的溪流

時間

1998-99年，公共電視「水資源」系列，多面向藝術工作室製作

簡介

　　1998年到99年之間，參與了李道明老師所主持之多面向藝術工作室的「水資源」系列拍攝。我所拍攝的幾集，多半都要接觸最髒、最陰暗、最下游的角落。再加上同時間拍攝「廢墟地圖」，當時經常跟我出機的攝影班，一聽到是跟我，都會開玩笑地問：是不是又要去垃圾場？

　　後來，有機會參與吳念真電影公司一系列城鄉風貌宣導片的製作，這幾個案子下來，讓我足足繞著台灣跑了三圈。其中有一大半又跟水有關。那時候，全球氣候的變化已經開始讓台灣不時打噴嚏，表現在水的現象上，就是旱澇不穩再加上都市化與過度開發，讓我有感而發，在案子結束之後寫了「水的文化、水的政治」。

台南市運河

水的文化、水的政治

之一

　　日前因為拍片之故，得以有機會乘坐阿輝伯平日用來撈捕紅蟲的小舢舨，作了一次基隆河之旅。細細小小的紅蟲，用來釣魚或餵金魚，以前只有下水道裡才有，現在則遍佈基隆河兩岸。

　　在和煦的春日午後，我們出發；聽說五十年前，運煤的輪船可以藉水道直上汐止，而今坐著乘載量不滿五人的舢舨，只能到松山。春風微微，異香撲鼻，從位在污水放流口的碼頭啟航，沿途經過右岸雄偉火燒過的圓山大飯店，有一對新人在橋墩下拍婚紗，河中漂流著樹枝、空罐與保麗龍碗，左岸新近完工河濱親水公園，有人民在散步騎腳踏車——該處視野遼闊，有山、有水、有大草坪、有人工間歇噴泉，是連在國外知名都會市中心也難得一見的賞心悅目好風景；阿扁準備在此親自划龍舟以取悅全國媒體，以及媒體所操弄的老百姓。對面擋水牆上「基隆河的故事」壁畫中，屈原以優雅的姿勢投水。

　　接著我們繞了好幾個彎，有一些抽沙的工程正在進行。岸邊被放生的烏龜，以及灰灰的白鷺鷥與暗公鳥看到有稀客來，跳水的跳水、展翅的展翅，紛紛逃生去；只有一兩隻有點狼狽的白番鴨（也是被放生的），既無法跳水也無法展翅，只能拼命划動雙腳。在我看來似在優雅前進，那純白在河水與河岸烏黑的對照之下，令人頓時有超現實之感——好像浴缸裡的塑膠白鴨鴨。

　　兩岸下水道放流口不斷有潺潺水流，阿輝伯眼尖看到出水口兩側淤沙連綿不斷，浮著大片大片的腥紅色塊，那就是紅蟲；牠們靠吃污

泥維生。舢舨作了個小轉彎,靠岸,阿輝伯下水,不戴手套地跟黑黑污泥中的紅紅紅蟲打招呼,順便撈出幾尾翻白的鯽魚和吳郭魚。

烏的、白的、紅的,烏白紅,構成基隆河岸動物生態的三原色;這是此時此地這片好山好水賜給我們的天然色彩,也會是保育團體賞景時的視覺焦點。

我並不很想用反諷的筆調來描述這一切。但這似乎是在面對這片飽受污染的好山好水,以及阿輝伯因長年浸泡在髒水之中而紅腫的手掌時,唯一可以暫時聊以自慰的心情吧。

在一些其他的訪查當中,我知道了台北市正致力於下水道的建設;暫且不論髒官與刁民會使建設打多少折,這些訊息的確讓我開始幻想:在我有生之年,可以看到基隆河上飛鳥成群、鴨子聒噪、帆影點點、渡船忙碌,其中有一艘是阿輝伯重操舊業、撈補蜆仔與魚鮮的小舢舨……;而投水的屈原也可以高高興興撈粽子吃,因為他是真的淹死的,不是臭死的。

我順著微微春風,在撲鼻異香當中屏息想像這一切,不禁心曠神怡起來,悠然做起白日夢;突然碰一聲,小舢舨似乎卡到什麼東西。阿輝伯一邊皺著眉頭把馬達抬起來檢查,一邊咒罵這個笨桶政府;他解釋說,基隆河淤沙嚴重,而兩岸不知何故存在的的消波塊一路鋪到河底,這些都使得螺旋槳很容易碰壞。上次他求償八萬塊,只得兩萬。他把竹竿插入水中再拔出來,水位不到五十公分。

天色突然稍暗,霞雲掩映;小舢舨的速度慢了下來,阿輝伯指著水中央某處說,當年拆橋沒有拆乾淨,鋼筋沒拆掉,有的冒在水面上,有些則淹在水面下,躲避官員的檢查,所以他必須小心翼翼地避開這些詭雷。

我看到了一根,醜惡地冒生在水面上,於是了悟了我先前的幻想有多天真。要叫此地的政府與人民把上有污染下有暗樁、危機處處的基隆河徹底整治成人與魚蝦可以通行的河川,簡直是癡人說夢;還不如另外開一條運河給佛牙繞境巡行用。

這是徹底的絕望了——除非革命，否則我們無法有夢。或者，在現況之下，咱們就死心塌地做一隻終日惶惶惑惑、用力求生存，但不知何時會被踩扁的蟑螂，隨著污濁的河水浮沈漂流吧。但小心別卡在河底。

後記

兩年前，接拍公共電視的水資源系列節目；我負責的一集是關於下水道。為此，我們走訪了曾經在台北市下水道出入的阿輝伯；上面這篇文章，就是那時候的所見所聞所感，後來曾刊登在「石皮客」上頭。

前陣子報載，台北市文化局長龍應台也走訪了這個位在劍潭基隆河畔的三腳渡以及阿輝伯，說是想要把這一帶弄成一個具有歷史、文化、生態等意義的親水公園。照片上看到幾位官員坐上港邊的小舢舨，阿輝伯依舊站在船尾馬達邊他的老位置；只不知，他們是否有出港一遊？

龍應台想藉用水來活化台北的文化氣質，這其實是一個不錯的出發點；真正在基隆河上泛舟，且先不談那些暗樁、污泥、異臭與死魚，對我個人來說，要比泰晤士河或塞納河都來得舒服，來得開闊，更讓心靈有飛翔的空間；但是，我們逃得掉暗樁、污泥、異臭與死魚嗎？或者，有人會說，那些不屬於「文化」的範疇，因為那不是文化局（=文化人士？）該管、管得了的事？

如果是這樣，那我會覺得深深的悲哀——為我們逐漸在起步中的中產階級城市文化。

近十數年來，透過國民觀光與學者文人廣告界的大敲邊鼓，我們不斷地用歐美文藝青年的眼光來審視、想像自己，想像自己也可以有「左岸咖啡館」（現在在淡水捷運站旁，面對著滿是墳墓與電塔的觀音山，將來還可能有快速道路切過眼前），以及各種「河畔美景」；因此基隆河濱公園也蓋了高高的噴水池，引進自來水，讓來到河邊、但無

法以阿輝伯的方式來跟河水親近的市民，好歹也摸得到水……但無疑地，這是一種阿Q式的、自我閹割的文化想像。就好像，藉由高科技之賜，我們看到了墾丁珊瑚下蛋，但無視於核電廠以及墾丁日漸觀光化、異化的扭曲場景一般。

那麼，這種文化閹割，就是這兩三年來紛紛成立的縣市文化局，乃至傳說中的文化部所要幹的事嗎？抑或，我們的文化建設其實根本就是自我閹割，而我們的文化局也將（很不幸地）等同於阿Q局？我想，這不會是寫過《野火集》，做過百年思索的龍應台要幹的；但是，她如何面對現實與理想之間，巨大而且明顯得無法逃避的落差呢？

然而，這不是龍應台一個人可以解決得了的；那種自我閹割，似乎普遍存於大多數人的意識深處。親水公園這東西，在我後來拍其他片子的過程裡，也曾成為主題。有一次，我們來到台南的鹽水，憑著地方報紙上說此地將有親水公園的建設，就隨意詢問了路邊的年輕人，想知道這公園的預定地何在；這幾位年輕人這樣回答：「你們有沒有搞錯？親水公園不是在宜蘭嗎？很遠呢！那個叫什麼河的（我們回答：冬山河）……對啊對啊。我們這種小地方，哪會有什麼親水公園？」我們幾個聽到都傻了。

從現今帶著一點點進步性的中產階級美學角度來說，當然可以嘲笑這些年輕人是井底之蛙；就好像嘲笑新竹關西那已經蓋了近十年的「親水公園」，當年落成之初曾被驕傲的展示在外國來賓的眼前，但事實上，跟許許多多台灣河川的現況一樣，這個親水公園不過是把溪的兩岸用水泥包得緊緊的，再種上一排不合時宜的柳樹與路燈罷了；或者嘲笑水泥消波塊把美麗的花東海岸弄成四不像（而那曾是金曲獎得主陳建年曾詠歎過的海洋）。但是，顯然這種井蛙或自我閹割式的文化想像，已經成為普遍的人民現狀，那我們的文化建設單位，是要去「配合」這想像、然後自我閹割地做出一點諸如親水公園之類的政績來媚俗一番呢？還是不知好歹地去改變這深層的意識型態以及整體環境（那會是文化法西斯式的雷厲風行、包山包海的全面管制與橫掃嗎）？

又或者，應當重新檢討的是，我們腦袋裡、眼睛裡的文化，到底是什麼，而文化建設單位又是什麼？

　　面對我們的溪、我們的河，以及四面環海的島嶼們，我們端出來的是什麼樣的關於水的「文化」，而背後，又是什麼樣關於水的政治？

（1998年完稿）

苗栗後龍溪下游，
怪手採砂石

水的文化、水的政治

之二

　　小小的台灣四面環海，島內大小溪流數百條，湖泊池塘無數，水庫也有幾十個，親水公園一個接一個在誕生，每年颱風十幾回，下雨的日子上百天，土石流可以淹掉幾十個村莊，保特瓶裝的水比汽油還貴⋯⋯一言以蔽之，台灣是水的島嶼。

　　水的島嶼會有水的音樂，這聽起來是再自然也不過的了。

　　日前，在金曲獎的頒獎場合，來自美濃的交工樂隊兩度上台領獎。獲得非流行類最佳作曲人的主唱林生祥在致詞時，開宗明義便反諷地說：「感謝水資局不當的錯誤政策，讓我們可以得到這個獎⋯」。不知道台下以及電視台前的大部份觀眾是否聽懂了這句話？首先，大部份可能聽不懂什麼是「ㄕㄨㄟˇ-ㄗ-ㄐㄩˊ」；而如果知道，大概也會想：水？水跟音樂有什麼關係？會是一張描寫高山流水、古箏琵琶般悠揚的專輯嗎？或者是用長笛來描寫幽靜的湖面、用鋼琴來模擬輕快的小溪？

　　後者大約是主流社會對於水跟音樂之關係的刻板想像；而這想

交工樂隊《我等就來唱山歌》

像，似乎有意無意地複製在金曲獎「流行類 VS.非流行類」的劃分裡頭：以原住民加上R&B唱腔做出「海洋」專輯的陳建年，勇奪「流行類」最佳男歌手，而交工樂隊以客家傳統音樂結合現代民謠搖滾做出反水庫的「我等就來唱山歌」，則在「非流行類」中獲獎。

海洋對來自花東海岸陳建年來說，有著三十年不可分割的生命情感與真實記憶，簡單地說，陳建年唱的，是他生活環境中真實存在的海洋；但是這張專輯中的音樂表現手法，恰恰是迎合了那已遠離了海洋真實面貌的城市中產階級，對於海，乃至對於水的虛擬浪漫想像——純淨、悠遠、湛藍，而且不會有消波塊與垃圾堆。

交工的音樂，卻不是去詠歎一個消逝中的美好景象，或者虛擬幻境，而是面對現實的水資源鬥爭過程，以及當中糾葛的歷史記憶與社群情緒。這是城市中產階級所不易觸及，也難以想像的；也因此，儘管評審之一的楊忠衡在明日報為文盛讚交工在音樂上的成就，但他還是必須割去關於反水庫運動的這部份，把焦點放在「音樂本身」：「我對社運沒有意見，但從這些樸拙的音樂中，我清楚感受到沈寂已久的民間音樂，終於展現新生命了！……不論過程如何，音樂本身已獨立於抗爭運動而別具價值……」楊忠衡進一步認為，「多年來，大部分學院派的所謂作曲家，最大的問題就是活在自己的象牙塔裡，作品往往是只有技巧、沒有靈魂的行屍走肉。交工樂隊的音樂未必要成為將來創作者的標竿，卻對傳統創作生態帶來解構的功能。『無心插柳柳成蔭』，也許水庫之事未成定局，交工樂隊卻先把多年來阻滯創作的攔水壩給拆了。」

陳建年《海洋》

楊忠衡的論點對既有的音樂界，以及大多數城市中產階級的耳朵來說，或許是有效的；然而，我想交工所帶來的啓示，絕不僅僅在於音樂本位的「以非學院打敗學院」而已。事實上，交工樂隊中的嗩吶手，有幾位是高段的「學院派」嗩吶手（當然也有美濃當地的土產嗩吶手），而交工在創作過程中，也曾不斷向民族音樂學者請益；這種跨界，我想，對現今文化界來說是了不起的舉動，但是對交工來說，恐怕只是必須要作的基本功罷了，更重要的，還在於那對於水的歷史、水的生態以及水資源分配之正義的深刻認識與參與。

　　而我們的音樂界，在碰到這樣的社會或政治議題時，縱使有心，大約也只能做做慈善義演、擺擺捐款箱、民粹地以自己的「名望」與「能力」來「號召」聽眾，而缺乏足夠的視野與能力，去思考自己的音樂表現與這個議題之間，有何更進一步的內在關連。

　　因此，到底「阻滯創作的攔水壩」是什麼？恐怕不僅僅是學院音樂界在音樂本位上的食古不化、抱殘守缺，而更在於整體社會意識型態的在所謂「文化」領域的自我閹割。這個閹割，正如同，只看到要親水公園，而不去看明明就近在眼前的整體河流，目前到底變成什麼畸形的樣子；只享受舒緩原始的海洋之聲，而不去面對在近十年來，封山禁海的政策改變之後，被資本家扭曲得無法辨識的海岸線。而這個相應於自我閹割的實質環境改變，將會至少延續上百年。

　　可憐啊！這些個原本水水的島嶼們。

（1999年完稿）

島國的水性

「在挪威，每七個人有一艘船；在台灣，每九個人有一輛車……」海峽南端一艘甫出港的雙桅帆船上，某個打赤膊的老外對著鏡頭這樣說道。姑且不論這數據是否完全正確，但是當中透露出來的，就好像是用陰陽五行來詮釋民族性：挪威人是屬水的，而台灣人是屬土的。

同樣有著討海人與當海盜的祖先，並且黑水溝的險惡也跟北海不相上下，然而進化至現代，兩地的子孫們對水的認知與情感卻完全不同。北歐的兒女，一到夏天，紛紛往水上跑；台灣的兒女，則多半是陸行動物。說起來，這個島國的子民，對水的敏感度並不是太高。

我們在這裡指的敏感度，應該是知水、識水的程度，以及跟水互動的強度。老實說，在媒體上我們很容易就可以看到各種關於水的宣導：小心不要溺水、要懂得省水、雨季要防範淹水、飯前洗手要用水……等等，都相當地苦口婆心。但是這類的宣導所透露出來的，是一種小心翼翼的、防範的消費者心態，其程度雖不到將水視成怪獸的地步，但總不免讓我們想起這批子民的先輩們，曾經在傳統民謠當中所吟唱的：

> 思想起　黑水要過幾層啊　心該定　碰到颱風攪大浪
> 有的抬頭看天頂　有的啊　心想那神明
> 思想起　神明保佑祖先來　海底千萬不要作風颱……

從歷史的過程來說，台灣雖然是個海島，但是在民眾記憶的深處，對於水的恐懼與不解，就好像當年唐山過台灣的祖先們對「黑水溝」的恐懼與不解一般。的確，台灣海峽自古以來就是東西方水手視之為畏途的一條水道（也因此近日打撈華航611班機殘骸以及遺體是特別的困難）；而台灣的溪流短促湍急，遇暴雨就成災，並且形成南北之間的交通障礙；每年夏天十來趟的颱風，每一次都要讓人們心中充滿水患的陰影；而近代以來在政治環境中形成長久的「海禁」與「封山」政策，更使得大多數居住在平地的民眾，對於水的源頭與水的歸向感到極度陌生。

　　也因此，在漢人的民俗藝文傳統裡頭，多的是農耕社會當中關於土地的典型意象與情感：農田、三合院、黃牛、赤腳……，而缺乏將河流、湖泊與海洋視為主體的細緻體會。渾然不像中南半島同為水稻民族的百姓那樣，可以依水而居、因水而歌；也不像太平洋上其他同為海島國度的島民那樣，以水為一切生活的泉源、透過水形成認知世界的複雜網絡。

　　這種主客觀因素所造成的對水的不熟悉，部分解釋了在進入工業社會之後，我們會極容易將水視為一種資源，從而可以在經濟發展的大前提下，以利用、消費水來取代親近、認識水；畢竟，以消費的姿態出現，要比跟水之間進行複雜而長久的互動，要來得簡單而少麻煩。但是，這並不是長久之計；畢竟，在今年六月初，當我們看到，在海邊，同一座山南邊的台北在鬧嚴重的水荒，而北邊的基隆在淹大水的時候，難道不該好好想想，我們跟水之間，到底出了什麼問題？

水戰爭

　　在一個專門註解各個英語名詞的網站“World Wide Words”上面，收錄了「水戰爭」（water war）這麼一個片語。上面提到，「水戰爭」這個詞是從環境主義者口中說出來的，雖然它所指涉的具體事件尚未真正發生，但是預計在千禧年過後不久，就會隨著水資源的短缺

而出現。聯合國環境總署就曾警告，五十年之內，全球將有三億人口因缺水而受苦受難；世界銀行（World Bank）的副主席伊斯麥（Ismail Seregeldin）在幾年前也說過，廿一世紀的戰爭將是「爲水而戰」。

世界銀行主張將水的生產與傳輸加以私有化，讓市場決定水價，如此人們就會珍惜水資源，不會輕易浪費。此一新自由主義的構想在上個世紀末，由跨國集團貝特公司（Bechtel）於玻利維亞的第三大城柯恰班巴（Cochabamba）著手實施。一九九九年一月貝特公司接手，水價立即提高了一倍；這個五十萬人口的城市，有些人所付水費佔收入的兩成。同時在世銀的壓力之下，政府不能補貼水費，連水井也要安裝水錶以便付錢給貝特公司。

翌年元月，受不了高水價的市民群起抗爭，政府也出動軍警強力鎮壓，激化了進一步的對立。一個由四十五歲的機械工人奧利維拉（Oscar Olivera）所領導，結合了環保團體、經濟學者、律師以及鄰里組織的「水與生命保衛聯盟」（CDAV，Coordiadora de Defense de Aguay la Vida），帶領市民挺到了四月；政府終於讓步，將水權收爲公有，並把貝特公司請了出去。

在這千禧年的第一場水戰役上，小市民暫時贏了第一局；而由跨國營利組織的「水資源私有化」策略所引發的戰火，才剛剛要燎起。

水援助

全球醫院病床上，有一半的病人是因爲不潔的水而住院的。在中國、印度與印尼（這些國家人口都超過一億），因爲腹瀉疾病而死亡的人數，比因爲愛滋病死亡的還多出一倍。

在亞洲，有一半的人口還未能享有適當的公共衛生環境。有人想要把水當作可以換錢的資源，有人則主張水權是人權的一部分；然而，與此同時，還有許多人想求一滴乾淨水而不可得。目前，全世界有十四億人生活在缺乏潔淨飲用水的環境底下，每年有七百萬人因缺水或喝了不衛生的水而致病死亡；而第三世界國家的居民所患的疾病

中，大約80%直接或間接與飲用不合格水有關。

於是，一如絕大多數以國際援助為主題的網站，在「水援助」這個NGO組織的網站首頁上，我們看到的依然是幾個第三世界黃皮膚或黑皮膚孩童的相片，被擺在顯眼的位置來作為一個象徵與召喚。

總部設在英國的NGO「水援助」（Water Aid），從一九八一年開始，在非洲以及南亞幾個國家協助建設乾淨飲用水的網絡。同時，它們也成立了「水之要務」（Water Matters）這樣一個行動陣營，希望將水的問題推入今年九月將在南非約翰尼斯堡舉行的「世界永續發展高峰會」的首要議程當中。

印度獨立之父甘地說過：「衛生要比獨立更重要。」世界衛生組織主席布倫特蘭（H. Brundtland）也說：「乾淨的水和適當的衛生條件是最基本的人權。」在歐美國家，像這類關注全球窮人水問題並提供援助的NGO組織是越來越多；美國的「民眾之水」（Water for People）也是一例。在世界各地衝突日益升高的廿一世紀初，不要忘了，水的問題不僅僅是民生問題或美學問題，在資源重分配的過程中，它也會是國際政治經濟重要問題的一環。

水節慶之一：潑水節

緬甸、寮國、泰國、柬埔寨，以及中國雲南的西雙版納，都是南傳上座部佛教（即大乘佛教眼中的「小乘佛教」）盛行的區域；也都會在每年四月份大肆慶祝潑水節。而在廿世紀後期，先是隨著中南半島難民的漂流擴散，然後是跟著移住勞工的腳步，潑水節也傳播到周邊的區域去，比方說澳門與台灣。

潑水節日期的選定，除了來自佛教與印度教的深遠影響之外，也跟傣曆當中太陽與月亮運行時間的分布有關；同時，在這些普遍種植水稻的國家，傳統上這個時間正逢旱季與雨季的交界，舉行這樣一個慶祝的祭典，也是感謝上蒼賜予豐沛的雨水、並祈禱今年能夠順利豐收。無疑地，在這些國家，有著瀾滄江—湄公河、怒江—薩爾溫江、伊洛瓦底江

……等等名川大河流淌在土地上，水必然會是人民的生活命脈與最親密的夥伴，潑水節也因而成為這個地區最重要的民間節日。

但是，隨著近年來現代化經濟與產業開發的擴張，山區森林大量砍伐，帶動了氣候環境的變化，使得雨季的來臨不斷延遲，有時甚至遲至九月。某些地區就會因而缺水，無法好好地過節；但某些地區到了雨季又會因為水土保持不良、河川嚴重氾濫，而飽受水災之苦……。

水節慶之二：地下水節

地殼表面的淡水總量當中，將近70％是冰川、冰山、高山上的雪；湖泊與河流只佔了0.3％，土壤中的含水以及沼澤則有0.9％，剩下的30％，全是地下水（ground water）。

一九八〇年代初，在美國某些州裡頭，地下水遭到污染的消息接二連三爆發；這些污染源除了來自工廠排放的廢料之外，還包括殺蟲劑以及肥料。根據當時內布拉斯加州一位醫生的追蹤調查，初步認為當地白血病與淋巴瘤患者的增加，跟地下水的污染之間有密切的關聯。這樣的消息與調查激發了當地社區居民的危機意識，保護地下水源的民間團體紛紛成立，並且在許多地方是透過鄰里組織在推動的。

二十年後，他們的活動仍然持續不懈，其中包括了為兒童舉辦的地下水節。在活動當中，年輕的一代透過模型建造與遊戲，來學習污染的出處、涵水層的結構、挖井取水的原理、飲用水如何形成……等等；讓小孩子的玩水有另一種「深層」的含意。

其實，這一整套節慶的設計，同樣也可以搬到世界其他地區去推動。只不過，在台灣如果要辦這種另類「親水」的節日，大約還可以加上一個項目：超抽地下水可以造成什麼驚人的效果。

（2002年，發表于誠品好讀）

瀾滄江、湄公河發
源地，青海

瀾滄江、湄公河出海口，越南

山之瀾、水之湄

按：2001年，在一位影視界前輩的悉心指導之下，我們寫了這麼一個紀錄片的策劃案，全部十集，關於瀾滄江-湄公河。但後來因為外在客觀環境的突然改變，因而胎死腹中……。底下是當初寫的一些文字，與第一集的大綱；暫且收錄在這裡，不知何年何月，可以轉成真實的影像？）

製作宗旨：

這裡曾經是謎一樣的地方，有著神秘的香格里拉與萬象的國度；

這裡曾經是千奇百樣的生物與人種穿梭交雜的伊甸園，有著大片的原始森林，數不清的壩子，長年為瘴癘之氣所蔽；

這裡曾經在山間不時迴響著達達的馬幫、清脆的銅鈴，以千年積累的蹄痕書寫著不為外人所熟知的文明交流史；

這裡曾經有過許多的愛恨情仇、文爭武鬥，為愛情、為民族、為信仰，留下遙遠而迷離的神話傳說；

這裡曾經有過無數慘烈的爭戰，在茂密的森林與崎嶇的地形之中，所有外來的入侵者莫不吃盡了苦頭，不知戰事將伊於胡底；

這裡有著複雜的族群文化，色彩斑斕、十里不同天；

這裡也有著尚未被發現的物種、神秘的動植物，依然在深山幽谷之中，靜靜地渡過它的二十一世紀……。

這裡是瀾滄江-湄公河流域，連串了青海、西藏、雲南、緬甸、老撾、泰國、柬埔寨、越南等省份與國度，流經地球表面上民族與物種複雜度最高的區域；在這新世紀之初，我們將以攝影鏡頭對準這個地

方,去探訪那重重面紗背後,活生生而動人的面貌與神態。

選擇在這個時候進入這個區域,似乎跟許多開發的腳步適正同步:在中國,西部大開發的戰略方針正如火如荼地開展;在國際間,湄公河綜合開發計劃受到各國的支援,正要在交通、水資源與旅遊等各方面大力推動。一個新的中國西南以及中南半島,可望在不久的將來以脫胎換骨的姿態重新站起;在這過程中,身為影像工作者,似乎更容易找到切入點以及立足點,藉助現代工商業文明的力量,去照亮這個曾經在主流文明的眼中,長期被雲霧遮掩的地帶。

我們知道,開發有助於這個區域內人民生活的改善,然而,我們並不是亦步亦趨地依循著現代文明的腳步,來親近、認識這個區域的。我們並未將這個區域看成是資本主義主流價值底下的「落後地帶」;相反地,從這個區域固有的歷史、社會、文化、生態等等各方面的沈積出發,我們看到的是許許多多超前於我們所習慣身處之現代文明的良好價值。

而這也是驅使我們進入這個區域的最主要動機所在;與其說,我們是用電子媒體去幫助他們,不如說,我們是帶著學習與反省的準備,去挖掘這個地區豐富的人文與生態面貌、社會與歷史經驗,從而將它們帶出來,提供給不斷向全球化進程靠攏的當代世界,一個全方位的省思與參考。

因為這個地區是如此地不同,在目前二十一世紀人類飛快發展的軌跡中,顯得如此的珍貴,我們因此更要珍惜這個大自然,或者上帝,所賜給我們的寶庫;以一顆謙虛的心跟他們結緣。這正是我們製作這一系列專題紀錄片的基本心態。

大河的身世

這全長4880公里的世界第六大河,上游飽含豐富的林木、生物與礦藏,下游則是有「中南半島米倉」之稱的湄公河三角洲;從中國的青海到越南,這條大河供養了流域內九十個不同的種族:漢、藏、

白、壯、傈僳、拉祜、納西、阿昌、傣、撣、越、高棉、孟……，總計將近一億的人民；被西方譽為「東方的多瑙河」。

在許多人心目中，從發源地到出海口：青海、西藏、雲南、緬甸、泰國、寮國、柬埔寨、越南等等，這條母親河一路上都有著最壯麗的山川、最宜人的盆地、最柔美的平原，以及最溫和善良的人民。小乘佛教由印度半島的東北端傳入中南半島，然後再沿河北上，與上游的藏傳佛教相接鄰；而此一路徑，自古也是連接東西方交通的「南方陸上絲綢之路」，千年以來達達的馬蹄聲在山林間不斷迴響。下游三角洲附近，吳哥窟遺址見證了近千年前一個以湄公河作為灌溉網絡水源的偉大王國，出海口處更是「海上絲綢之路」的航線上，往來船舶停留整補的重要據點，也是東南亞最重要的穀倉。

從山之瀾到水之湄，這條河集合了普天之下所有的絕美-豐富的色澤、自然景觀、動植物、人種、物產、慶典、文物、飲食、樂舞……，每一吋的肌理都令人目不暇給、心動不已。這個區域已經成為當代旅行者心中的樂土，終其一生必遊之地。

然而，也正是這樣的位置，使得瀾滄江-湄公河流域也成為歷代統治者與帝國主義者借道或必定要征服與控制的地方：

上游西藏的昌都，有著吐蕃國進出征戰的遺跡；

再往下的大理，自古以來是雲南地方的首府，控制了中原與印緬之間交通的樞紐，也一直是烽火漫天的古戰場，元朝忽必烈征南宋，即曾經以大迂迴戰略借道於此；再往下，靠近怒江的險峻河谷，二次大戰時，曾經在中國軍的英勇抵抗下，灑下斑斑血跡，粉碎了日軍由緬甸經雲南挺進四川大後方的戰略構想；越過中國邊境，瀾滄江改名湄公河，流到緬寮泰交界的金三角，如前所述，是二戰之後各方勢力勁逐之地；接著湄公河成為泰寮界河，在中段的泰國山區，有著犧牲眾多孤軍子弟的考牙山戰役，那硝煙還瀰漫在山嶺中；再往南，接近出海口處，曾經令美國大兵聞風喪膽的胡志明小徑隱然可見……。

而每一次衝突與征服，就讓流域內的人民與文化進行一波新的遷

移與混雜，給整個區域增添新的風貌；千年以來，遂沿著河流沉積成孔雀般炫麗斑斕的色彩與妖嬈多姿的身段。

像六百年前率領龐大艦隊七下西洋的鄭和，即在雲南出生；他的祖先是隨著元朝的鐵騎，從中亞搬移過來的伊斯蘭突厥人。鄭和的祖先在這個地方落戶，娶妻生子之後不久，一支由明朝大將沐英所帶領的部隊從應天府（南京）南下，攻克蒙古軍在中國西南的最後據點。明太祖朱元璋遂將雲南封給沐英作為封賞，而這支軍隊當中有許多人也隨之在瀾滄江畔落地生根，並漸漸地與當地的少數民族混居、通婚，擴大了中華民族這個大家庭的陣容。

這批來自應天府的漢人後代，其中有個石家七兄弟，在清中葉度過瀾滄江前往瀾滄縣，渡江途中四人溺斃，只剩三兄弟抵達拉祜族居住地，漸漸溶入這個邊疆民族裡頭。將近一百七十年後，在中國內戰的烽火中，又有部分漂流到湄公河畔，再漂流到台灣。這批流亡千里的中國西南邊疆土司家族，其中的一個女兒，因緣際會，在二十世紀演活了「星星知我心」這部全體華人熟悉的電視戲裡頭，一個吃重的角色。

新世紀的河水

河水是自由的。從青海的源頭滴一滴水入瀾滄江-湄公河，不捨晝夜，不畏攔阻，很快就能抵達越南，匯入蔚藍的南中國海。

河水是寬容的。它所經過的地區，不論是高山或是平原，不論是政府軍控制或是叛軍佔領，河流都給予同等的滋潤與洗滌。

河水是接納的。瀾滄江-湄公河吸收了無數大小支流的貢獻，無論湍急或平緩，咆哮或低吟。

河水是對話的。在河的兩岸，人民共享同樣的資源，因而可以成就共同的關懷與話題。

最後，河水是超越的。雖然它可能成為人為的國界，但是文化與自然生態分布，始終都不受疆界的限制，而會依著它本身的質地與個

性，沿著河的流動而延展。

全片基調：孔雀開屏

> 孔雀，Pavo muticus；
> 屬動物界、脊椎動物門、鳥綱、雞形目、雉科、孔雀屬；
> 分布於東南亞，在中國僅見於雲南西部與南部。

孔雀是一種吉祥的鳥類，身長可達兩米。其頭頂翠綠，羽冠藍綠而成尖形；上體大都爲輝亮的青銅和翠綠色，富有雜斑。尾上覆羽特別長，形成尾屏；其羽支分離，成金屬綠色並具銅紫色反光，近羽端處具眼狀塊斑，各斑中部深藍色，外圍以銅褐、青藍、金黃等色的圈形緣；各種顏色爭奇鬥妍、斑爛繽紛。

我們打開瀾滄江-湄公河沿線的區域地圖，其中多采多姿、千變萬化的自然生態與民族文化，正沿這數條主幹大河，形成高緯度收束、低緯度開展，南北向扇面般散列的星羅棋布，各自在山嶺、壩子、河谷、平原與三角洲之中綻放耀眼的光芒；就好像孔雀開屏一般，每一根羽尾都炫麗奪目，各有其姿態與特色。

這給了我們一個啓示：我們將要打破一般大河文明的呈現方式當中常見的直線型敘述邏輯，我們將不以上中下游、一條鞭的思路順序來作爲分集的依據，我們將轉而直接面對區域內豐富而複雜的文化素材，從中擷取最具代表性的十個主題，就好比孔雀尾羽上一個又一個亮麗的羽斑，讓形成「山之瀾、水之湄」系列電視紀錄片的十個主題可以並排展開、各自發揮，同時釋放出最極致的能量。

第一集 水的子民

△ 內容大綱

一

　　我們在盛夏的雨季當中，乘著柬埔寨民謠的翅膀來到洞里薩湖（金邊湖）。每年春天，這裡的水位就會高漲，淹沒附近奇諾洛村的道路良田，村民卻毫不在意。因為他們架空搭屋，何況湖水上漲會為他們帶來賴以維生的上天恩賜——隨著雨季在十一月結束、湖面逐漸萎縮，取之不盡的湖魚使漁人可以輕易地網到擒來，慶豐收。

　　洞里薩湖位在柬埔寨的心臟地帶，出口連接著瀾滄江-湄公河，整個樣子就像一個翡翠墜子，斜掛在一條長達四千九百公里的河流末端。它旱季收縮、雨季膨脹，是一個具有調節水量作用的自然湖泊，數千年來不斷滋養著湖邊的人民。當夏天降雨以及上游雪山群峰的冰雪融化帶給瀾滄江-湄公河豐沛的水量，洞里薩湖縮放的彈性使得洪水不致成災。千年前在此地高棉族先人的智慧與努力之下，高漲的河水被導引到密密麻麻的灌溉渠道去，滋潤了無數的良田，也成就了吳哥王朝在中南半島的統治盛世。

　　然而，進入新千禧年，下湄公河流域每逢雨季就暴雨為患，流域兩旁的國家莫不飽受其苦。西元兩千年的洪災，使得老撾、泰、柬、越等國總共有兩百多人死亡，四百萬人被迫離開他們的高腳屋……。

二

　　水賦予萬物生命，但也可以摧毀生命；而每一次的毀滅，就是一次新生的開始。就如同一萬年前冰河時期的猝然結束，引發了大洪水，湮滅了無數的生物，但也給各文明的啟動開創了一個「挑戰與回應」的嚴酷情境。舊約聖經的挪亞方舟記載了這樣的歷程，而中國的女媧補天、大禹治水，也反映了這一人類文明史上的共同記憶。

　　在這條世界第六大河的上游高原地帶，我們也聽到了類似的創世

紀神話。目前居住在雲南西北部玉龍雪山腳下的納西族，在他們古老的東巴象形文字經典中，記載著一個驚心動魄的神話「崇搬圖」：

> 茫茫遠古，初辟天地，野牛撞天，再辟天地，人類誕生，觸怒天神，洪水滔天，利恩餘生，初遇白鶴，東神造人，白鶴仙女，天上險境，十度交鋒，天地美緣，天神詛咒，遷徙人間，擊敗凶神，定居創業，遣使控秘，山高水長。開天闢地，不是一個盤古，而是開天九兄弟，闢地七姊妹，他們並不是天生萬能，好像要陷裂。只是他們並不灰心，重新用五根柱子撐起天，鋪平地。又如滿腔水滔天，只剩下納西族祖先忍利恩孑然一身，藏身於犛牛皮革囊，用九條鐵鏈子，三頭拴在柏樹上，三頭拴在杉樹上，三頭拴在岩石上，才得以死裡逃生。

三

創世紀神話代表的是一個文明追索「我從哪裡來」的深層動力。而當這樣的動力被開啟、這樣的「我」被確立之後，文明的生命才得以開展，「我往哪裡去」的探索腳步才能被跨出去；然後，一連串用以豐富族群生命的挑戰與回應，才會紛至遝來。

當洪水逐漸消去，在這亞洲東陲的內陸地帶留下了崇山峻嶺以及名川大河，其中一條，從今天平均海拔五千米的青藏高原開始，向東南不斷延伸奔流，穿過無數的山陵、壩子與平原，最後注入了南中國海。居住在中游地帶的傣族告訴我們，這條河被稱爲「瀾滄江」，意即傣語「百萬頭大象之河」的意思；由傣族支裔所建立的古老撾王國，即將一座位在江邊的城市命名爲「瀾滄」，也就是今天老撾的首都萬象。百萬頭大象！！當他們一起在這流域內的山陵與壩子之間奔跑、吼叫，會是什麼樣震撼人心的情景？！可以想像這條河流在開天闢地之初所蘊含的，卓越的生命供養能力。

四

　　事實上，這個流域在它的中游地帶，因為海拔高而緯度低，在冰河時期大地封凍的情況下，成為許多動植物的避難所；進而在冰河消退之後，成為生物再度往亞洲各地擴散、演化的起跑點。

　　我們來到位在滇西北的高黎貢山，這座北南延伸的橫斷山脈，今天的動物學家稱它是南北動物往來的走廊，並譽之為「哺乳動物祖先分化」的發源地。與大熊貓和滇金絲猴享有同樣聲譽的羚羊，是高黎貢山的古原生動物；還有長臂猿、懶猴、黑葉猴、灰葉猴、熊猴、紅面猴、黑麝、雲豹、金貓、靈貓等；鳥類則有300多種。此外，森林資源極其豐富，珍稀植物隨處可見。有當今世界上是大的杜鵑樹種——500多年樹齡的大樹杜鵑；有被稱為「綠色壽星」的古老子遺植物——國家一級保護珍稀樹種禿杉；有雲南櫻花的原始種、雲南山茶的原生種，以及其他珍稀樹種，是珍稀樹種匯集的森林。

五

　　如果沿著河水，可以看到連小小的魚兒也顯現出強韌而豐富的自然生命力，一路擴展到中南半島。在大理的洱海邊，我們聽到被聯合國教科文組織授與「民間文藝家」封號的施珍華老先生，以三弦彈唱出這樣一首白族的傳統民謠「弓魚調」，禮讚洱海弓魚千里迴遊的自然本性：

　　（漢譯）一對魚兒配成雙
　　　　　　歡歡樂樂過時光
　　　　　　自由自在洱海裡
　　　　　　樂在水中央

　　　　　　夫妻遊玩去觀光
　　　　　　一去去到瀾滄江
　　　　　　再去去到湄公河
　　　　　　進入南海鄉

去時只是我一雙
帶回小魚一大幫
眼看小魚變大魚
戶戶魚滿倉

六

　　如果說，洞里薩湖是瀾滄江-湄公河這條項鍊尾端的翡翠墜子，洱海就是項鍊上頭的一顆珍珠；點蒼山的雪水滋潤了這顆明珠，讓魚類與農作得以生生不息，進而守護了大理古文化的成長。但是，施老先生以及洱海的漁民告訴我們，今天在洱海已經捕不到弓魚了；他們說，中下游增建的水壩，阻絕了弓魚迴游的歸路。難道，這就是現代文明在不斷開發過程中，所不得不付出的代價？

　　西元兩千年，湄公河暴漲的洪水一度危及柬埔寨首都金邊，這是這個古老的城市歷史上首次受到水患的威脅。有些人從全球水文以及氣候的異常變動來解釋近年來各地的暴雨以及水患；但也有專家指出，湄公河洪災是由於沿岸森林大量被砍伐所致。他們說，五十年來流域內的森林面積大幅減少，覆蓋率從1945年的百分之七十，降低到1995年的百分之二十五。

七

　　不同於萬年前的大洪水與創世紀，新千禧年的洪水帶來的是新的「挑戰與回應」的課題：千年來在流域內生息、繁衍、流動的各種傳統文化與原生態，如何面對現代工商業文明的挑戰？在滔滔洪水中，水的子民將如何回答「我往哪裡去」的問題？這會是水的子民一次嚴峻的，但也是文明再度取得新生機會的考驗。來到湄公河出海口的三角洲，我們聽到這樣一首越南民謠「仙女情史」，從老歌手Pham Duy的口中悠悠傳唱著：

她與河流玩耍

她改變了水的去向

她握住雨水

注入洞里薩湖

每個晚上她都在等待

因為波浪會帶給她

充滿熱切夢想的樂音

　　在歌謠的最後，盼望愛情來到的仙女，幻化成一片河灘，每天迎接著過往的旅客，等待夢中的情人，有朝一日踏上這片夢土。今天，「瀾滄江-湄公河國綜合開發計劃」正紅紅火火地在流域內展開，我們走到河流旅程的尾端九龍江畔，望著出海口浩瀚的南中國海，太陽升起的方向，期盼水的子民終能等到他們理想的情人，成就一段美滿而豐富的世紀因緣。

△ 主要影像
- 洞里薩湖雨旱季景觀、週邊漁民與農民生活
- 洞里薩湖位置圖
- 吳哥窟遺址、水利工程的遺址
- 2000年水患資料畫面
- 瀾滄江-湄公河流域衛星空照圖
- 瀾滄江河源、青藏高原的冰河、三江並流
- 玉龍雪山、麗江古城、動畫表現納西創世紀神話
- 西雙版納江邊景觀、象群、動畫表現萬象奔跑、老撾萬象市區
- 高黎貢山原始森林
- 洱海景觀、施珍華彈唱、漁民捕魚、湄公河水壩建設
- 湄公河沿線山陵砍伐木材
- 空拍金邊景觀，看到河與城市的緊密關係
- 越南民歌手演唱、九龍江畔的水上人家

Part 4

穿梭異議

2000

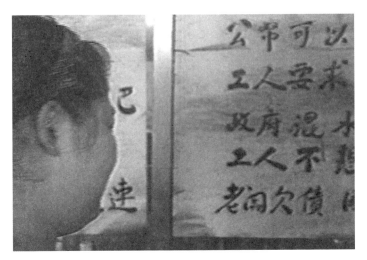

被惡性關廠的女工以廠為家，持續抗爭

耀華電子工會舉行會員大會

做工仔

——自主工運的歷史身影

時間

2000年，公共電視《人民的聲音》系列，多面向藝術工作室製作

簡介

「人民的聲音」這個系列算是多面向藝術工作室與公共電視迎接千禧年的系列作品，我負責其中關於勞工運動的這部分。其中有幾位早期的工運領袖，當時已經不問世事；我們花了不少精神找到他們現身說法。記得有一次，從台北開了三個多小時的車到中部鄉下去拜訪一位工運前輩，喝了幾輪高粱酒之後，彼此相談甚歡，並敲定了接下來的拍攝行程；到了半夜，帶著一點點醉意，再開三個小時的車回台北。所幸一路平安！

本集從樹林的煤礦工人拉開序幕，講述台灣戰後經濟復甦與起飛發展的背景底下，自主工會運動從無到有的艱辛歷程。當中遍訪戒嚴時期重要的工運領導者，讓他們娓娓道出參與工運的心路歷程。解嚴之後，台灣社會與經濟進入新階段，高科技產業崛起、服務業興旺，新的工會領導者如何在前行者的啟發與激勵之下，繼續在新時代與新的勞動環境當中，為兄弟姊妹的權益奮鬥。

訪問節錄

顏坤泉：後來工會改選的時候，開始學做傳單，「勞工們醒來吧！」

利用上班前、下班後，在各工廠的門口分發，今天在這個廠、明天在那個廠。這時候，壓力就來了……。

汪立峽：我說，不抗爭，不但你們瓦解，而且給台灣的工運一個很壞的示範！

劉　庸：讓他們清楚：靠著你的雙手賺錢並不可恥。勇敢的告訴他，我就是工人，而不是像現在這樣隱晦的說「我在上班」，而自我地扭曲。

最最遙遠的路

―― 胡德夫訪談錄

胡德夫其人

　　胡德夫，台東卑排族（父親卑南族,母親排灣族），自1970年左右開始參與音樂演唱活動，爲民歌運動重要人物；1970年代曾是台北價碼最高的鋼琴酒吧歌手；1980年代初加入黨外，擔任首屆原住民權利促進會會長，推動原住民正名運動，還我土地運動；後並投入地方選舉，失利。1990年代初沉潛於台東，1990年代末才又復出。目前專心於音樂演唱工作，整理祖先與前輩的歌謠，並不時發表自己的作品。

　　認識胡德夫，就認識了台灣最有力量，最溫暖，但也最深沉的聲音。

美麗的稻穗

主持人：我們今天第一首放的歌是〈美麗的稻穗〉，請老師談一談您對
　　　　這首歌的想法，還有爲什麼會有這首歌產生？

胡德夫：講這首歌要從我小時候的生活講起。我爸爸是卑南族的，就

胡德夫翻閱淡江中學畢業紀念冊

是住在綠色隧道附近的卑南部落族人。我母親則是排灣族，26歲嫁給我爸爸。婚後我爸爸就在日本統治下的警察局工作，一再輾轉調職，從自己的部落調啊調的。調到阿美族部落新港的時候，在那邊把我生出來。我兩歲以後，他又調到太麻里山谷裡面，一個叫金豐的地方，而我就在那邊長大。在部落的成長過程中，我都是講排灣族話，所以對卑南所知不多。而我父親卻常常回卑南老家，我小學五、六年級時，有一次他回去，就把這首歌放在嘴裡面帶回來，唱給我們聽。每天都唱，每當吃完晚餐喝了一杯酒後，就說：「這卑南的歌，我們的歌，唱給你聽，這我同學寫的歌！」就是路森寶老先生寫的，和他同校的同學。

我聽了這首歌以後印象非常深刻，聽到的調子和部落的調子不一樣，但是有一些印象在。就這樣聽我五音不全的父親唱了一兩年，然後放在心裡面。到淡水讀書的時候，大約11歲快12歲，同學叫我唱家鄉的歌時，我就把這個拿出來唱。唱的時候自以為應該這樣唱，結果絕大多數都錯了，調子唱錯，歌詞有些是我自己編上去的，就這麼一直唱唱唱，唱到大學時代跟楊弦他們唱時，還是唱錯的。楊弦把它灌在唱片裡面也是錯的。後來我覺得問題很大不能交代，就回到爸爸的部落，重新跟姑媽們學一遍，就學前面這一段。

日後我到「哥倫比亞」去，這首歌就成為李雙澤他們聽到的第一首原住民的歌。他們說這首歌鼓舞他們很多。也是這個原因，很多那邊的文藝界朋友，就一直問我還有沒有其他的歌？這個過程催促我整理一些東西出來，學其他族群的歌，還有試著去走創作的路。這是絕對的影響。〈美麗的稻穗〉給了楊弦和李雙澤一個「台灣還有歌」的信心，讓我們在走一起開始寫我們自己的歌。

到現在這首歌還如同我的身分證，雖然我不是族裡面唱的最

好的，但是就是一直帶在嘴裡，替自己壯膽。

張釗維：胡德夫老師，kimbo很多朋友都稱他kimbo。他剛剛一下子就切入了〈美麗的稻穗〉這首歌的核心，很多聽眾可能不清楚整個背景。老師一開始就從你父親、你小時候生長的地方開始講，一路講到淡江中學、哥倫比亞這些地方。其實這整個時間跨度就將近有20年。

胡德夫：對。我看到釗維在這裡，我就把這個講一講，我知道細節要留給民歌歷史學家來講。

張釗維：我只在旁邊做註解而已。

這個20年，差不多橫跨1950年代到70年代時間的跨度，kimbo出生的時候大概是1950年代，大概在1960年代的時候到了淡水唸淡江中學，從國中部一直唸到高中部。之後大概在1970年前後進入台大就讀。在台大時期民歌運動正在醞釀，kimbo碰到了楊弦、李雙澤等文藝界的人士，和許多其他的畫家、詩人朋友。其中有個重要的據點叫「哥倫比亞」。大家不要誤會這個「哥倫比亞」是哥倫比亞大學或其他，那當時一間很重要的咖啡館。

胡德夫：是個搖籃。

張釗維：是個民歌的搖籃。這首歌其實是kimbo整個成長的過程。不管是在音樂上，或是人生的成長過程。這首歌的創作者陸聲寶老師，也等於是戰後原住民創作歌曲的催生者。

2000年，淡江中學禮堂

從牛背上的小孩到民歌運動推手

主持人：胡老師你常自稱是牛背上的小孩，也做了一首歌叫〈牛背上的小孩〉，我們現在來聽這首歌，然後請老師談談這個像Mark一樣的歌。

張釗維：〈牛背上的小孩〉創作時間就在kimbo發表了〈美麗的稻穗〉不久之後，差不多已是1970年代中了，那個時候民歌運動已經開始在醞釀，你要不要談談當時寫這首歌的動機？

胡德夫：好。這首歌主要是我回顧到北部來之前，在山谷裡的童年生活，大約是我幼年到小學這段時間。我很早就去上小學了，因為沒有幼稚園，媽媽就拜託校長把這個孩子放在學校，保管一下。校長就一直讓我升上去。

一、二年級時，我開始跟著姊姊去放牛，知道了放牛的流程以後，牛就由我來放了。每天我陪著牛的時間非常長，到現在幾乎忘記我有沒有在桌上做過功課，或者是讀書。我放牛的地方有個平台，上面有點草，躺在那裡就像躺在我們部落的上方。右邊可以看到藏在深綠色的山脈裡面，像藍寶石一樣的大武山；左邊可以看到遙遠的太平洋，一點點沙子跟海水。天空中有著飛翔的老鷹。這地方就是太麻里溪附近，知本溫泉再下來就是太麻里溪了。我非常懷念那段時光，想念那些牛，想念那個草原。那裡雖然草不多，但我們總是很仔細地找一堆草讓牛吃，蠻辛苦但很令人懷念的生活。小時候的玩伴大概就是這些，老鷹啊、牛啊、草原啊、山海啊……。

到淡水去以後，有一次我站在操場上猛然往海那邊看，看見綠油油的一片青草，心裡就想那牛能上來多好，於是就寫信給我爸爸說：「請你想辦法把牛寄上來，我這裡找到了一片青草地，而且沒有人在這邊放牛。」那個時候我就想這樣子。

後來在「哥倫比亞」，朋友們聚在一起時，會拿出一些東西來

給大家看，例如楊弦就拿出余光中老師的詩，說他準備要寫這個。我就說我要寫放牛的日子。

張釗維：那段期間，大家各自在蘊釀創作新的歌曲，後來楊弦被稱爲民歌運動之父，創作了像〈鄉愁四韻〉、〈民歌手〉、〈民歌〉、〈小小天問〉這些歌曲。而李雙澤那時候好像還沒有開始創作歌曲，但是他也是一直在旁邊Push、敲邊鼓。

胡德夫：對，很厲害的一個推手。

主持人：現在在市面上可以找到的李雙澤作品，大約都像是〈美麗島〉這一類爲別人創作的，卻很少聽到他自己唱的歌。

胡德夫：很少聽到他的氣息。他的聲音。

我正在想念李雙澤

張釗維：kimbo正在閉目養神。

胡德夫：我在想他，想念這個朋友。

張釗維：你第一次碰到他是怎麼樣的情形？

胡德夫：是在「哥倫比亞」，他就那樣坐在角落裡聽我唱歌。然後說：「嘿！你是哪一族？卑南族嗎？卑南族有歌嗎？唱唱看嘛！」大概是這樣說。我那天猶豫了一下，猶豫的時候，他說：「好，我先唱一首歌給你聽。」一上台抓了吉他就唱，我記得就是唱〈思想起〉。看他唱時我就覺得，他是我很重要很重要的一個朋友。他對我一直很鍥而不捨，我則是一直想逃離他……哈哈。

主持人：他活著唱嗎？

胡德夫：他就一直這樣催促我，我從那邊玩到另一個店，我自己開的店，在那邊上班看店，他也跟過來，然後我打烊他也坐在那邊等我打烊，打烊後說我們兩個來唱歌。剛剛聽到他聲音，我非常想念。我第一個演唱會從頭到尾都是他幫我的，他提醒我要開演唱會，曲目練一練，做曲目表、畫Poster，然後找

一位幫我們談Bass的朋友印刷，自己去貼，上台自己唱。我不知道我能開演唱會，我是可以上台唱歌的那種，沒想到我可以的。我想他是可以說我的老師。

主持人：我們剛聽到的，是李雙澤最後的、也是唯一的錄音作品，其實他並沒有留下其他錄音作品。他是一個對創作是非常有熱忱的人，除了散文、小說、詩之外，也有音樂方面的作品。老師你在各個場合經常會唱到〈美麗島〉，我們現在要聽的這個版本，應該是超過20年前的錄音了，是老師你跟楊祖珺唱的，那時後是不是也是為了紀念李雙澤，所以才有這樣的一個表演？

胡德夫：假如是跟楊祖珺唱的話，就有那麼久了。

張釗維：李雙澤當時在淡江，楊祖珺那時也是淡江的學生。整個地緣關係就是在淡水這個地方，1973、74，一直到1977、78這幾年之間，又發生了很多事情，產生了很多新的音樂。大概就在1977年這一年的夏天，李雙澤開始創作一些歌曲，包括我們剛聽到的這首〈美麗島〉。但也就是在創作完歌曲不久之後，他就在淡水河沙崙那裡，因為要救一個美國人而淹死了，那是9月的事情。就我了解，這個錄音的版本，是他過世之後，你們為了紀念他所錄的。你還記得那時候的狀況嗎？

胡德夫：我們在替李雙澤送終，在殯儀館的時候我們也唱了，但是因為哽咽，唱出來的效果不是很好，所以我們就決定成立雙澤基金會，錄一些他的東西來跟朋友分享，於是我們選了一個時間把他的東西錄下來。

張釗維：剛剛kimbo提到的是李雙澤對你的影響，包括去催促你去辦你的第一次個人演唱會，那其實是在楊弦演唱會的前一年，現在算起來好像滿30年了。

胡德夫：對。在國際學舍。30年過去了……。

張釗維：kimbo，我總是覺得，你在彈美麗島時，每一次彈的方式、前

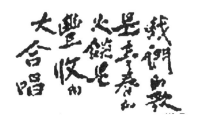

李雙澤墨跡

李雙澤紀念文集內頁圖片

奏、旋律，都帶有不一樣的情感，但其實音符是一樣的。你在彈美麗島這首歌時，心裡面到底在想些什麼？

胡德夫：種種不同的影像還有一些記憶會飛進來腦海裡面。看是飛進來什麼就彈什麼，有時候你會感覺到，前面彈得比較淒、比較悲，那是大環境的影響。我們說台灣就像是母親一樣，自己生長的地方，她的美麗或者她的漸漸不美麗，這個都會影響到。美麗不美麗當然有自然、地理的東西，也有人文的一些因素，讓我們去為她擔憂。但是常常會會飄進來的就是，李雙澤以前唱台灣歌、民謠那種簡單的作為，想到他，手就會走著玩，然後音符就會很簡單。

張釗維：非常有意思。剛kimbo提到了李雙澤的一種風格，是一個很單純，但是很直率的風格，直接去反映他心裡面所想的，或這首歌所要的說的事情。

胡德夫：他這個特質影響了我很多，讓我以前那種沒有人管得著的個性，回到一個軌道上來。

簡單樸素的匆匆

主持人：聽到這首〈匆匆〉感覺時間真的過得很快，這好像是三十年前的版本。

胡德夫：看到我的頭髮感到更快。

張釗維：〈匆匆〉這首歌是陳君天寫的詞。

胡德夫：筆名叫白頭翁。

張釗維：當時他就寫了這樣的詞，到今天事隔30年，是談光陰的飛逝。

胡德夫：好快……，感受很深。現在電視機一打開就有好幾十台可以選擇，以前只有三台的時候，過年會有三台聯播的賀年節目，白嘉莉主持的，製作人陳君天就說他寫了個詩，而製作這個節目需要一首歌，我當天晚上就寫給他，第二天他就拿去用，匆匆的用。現在聽已經是30年前的聲音了。

張釗維：我覺得kimbo的心裡面累積了非常非常多的經歷，非常非常多人生的過程。像剛剛談與李雙澤、楊弦、陳君天的交往。陳君天當時是電視台非常著名的製作人，到現在都還是非常資深的前輩編導。對一個音樂人來說，這些經歷點點滴滴都是很重要的養分。我覺得很有趣的是，剛剛聽kimbo提到，你在唱美麗島的時候心情就是一個簡單！

胡德夫：是！簡單、樸素。

張釗維：你要不要再多談一點，你怎麼看待簡單、樸素這東西？

胡德夫：從心裡面出來的感覺。命運是很愛很愛這樣的東西，不會多加什麼東西，不會拿掉它本來的樣子，就是簡單美麗。

主持人：以前李雙澤你的給你的一個想法就是，什麼事都追求簡單，但是經過了這麼多年，有了這麼多經歷，回過頭來唱這些很早以前的歌，譬如這首30年前的〈大武山美麗的媽媽〉，您怎樣從那麼多的歷程當中回歸簡單？您自己的感覺是什麼？是不是經歷過很多事情後，你覺得很多東西都可以丟掉了，所以唱歌變成另一件事？就是……，唱歌對您來說是一種思想表達的方式嗎？還是變成一種回歸，只是很單純地唱給別人聽而已？

胡德夫：原本是單純的。尤其像我們從小聽到的歌都是詠嘆的歌，非常單純的東西。它根本就是虛辭，但是居然可以只用ㄧㄚㄡ表達喜怒哀樂，這種唱歌境界應該是最高的，光是詠嘆就可以表達出來，而且讓別人聽得懂。我覺得這是我們民族美麗而偉大的地方。到後來接受教育之後，我會用國語來注釋一些音樂，其實這是一個迎合，或是想讓人家多了解的一個作法，但是總覺得還不如詠嘆的好！

所以從〈大武山美麗的媽媽〉裡可以聽到原來的詠嘆，拿掉歌詞後，就是原來的詠嘆。

張釗維：不知道聽眾朋友有沒有去過大武山？這是一個簡單的、漂亮

2000年，在錄音室

的、壯麗的山。但畢竟我們現在都生活在緊湊的現代社會裡面，

　　　kimbo你怎樣在經歷許多過程後，穿透這些複雜的東西，然後回歸到一個簡單的事情？回到音符、節奏上？

胡德夫：每個人心裡面應該都有一座山。人生的過程當然是複雜的，才想回到單純，才會對單純那樣的渴慕。我也是這樣的，在淡水自己縫鈕釦，自己洗衣服，讀書、出社會。離開淡水到臺北也是一個階段，常常想起長久沒見到的大武山、太麻里溪兩邊的土地跟那邊的人。這個思愁會在腦海裡推擠，期盼能夠在我所在的台北多多看到同胞，看到以後又非常憂心，覺得到底是什麼情形，讓那麼多同胞都跑到都市來？漸漸多起來，很容易就看到了。然後我就發現到這問題的複雜跟嚴重，後來想到，我們以前在山上有碰到過類似的困難，譬如說：這家今年的收成不好，生活不好過，或者是小孩子碰到什麼事，每一個家都有他憂心的地方，但是大家會在一起唱歌。那種單純、放開喉嚨來唱的精神，是大家不會捨棄的。從那裡面，我們多少找到一點力量在，所以寫歌的時候就會往那邊去找。

張釗維：kimbo出社會之後看到原住民，自己的同胞正處在一個巨大的變化過程中，大概是1980年左右，他那時候創作的一些歌曲，與這個過程有相關。那是一個變動的時代。

社會不公為什麼

主持人：〈為什麼〉這首歌，是在九二一大地震之後，胡老師在災區的一個演唱會當中，灌錄的一個紀念版本。

胡德夫：釗維也在，當時一起工作。我們幫同胞們做災後的一些瑣瑣碎碎的事，能幫上什麼就做什麼，但是做到一個段落之後，大家心裡了充滿苦悶，看到青山漸漸在變色，變成咖啡色

的，又怕雨水來，怕第二個災難再來，潛在的危機很多。而工作隊十幾個朋友，裡面有會影像的、會音響的、會唱歌的，我們就決定一些曲目，試著在這個叫做川中島的清流部落，（相傳就是在霧社事件後，有些原住民後裔被日本人擄到島上河中間一個叫「清流」的地方，鎖在裡頭），用唱歌緩和大家沉悶的心情。一方面大家可以透過歌，和原住民更親近、更能互相撫慰。

張釗維：您的音樂這幾年越來越趨向簡單樸素，希望能夠在這個越來越複雜的社會中，直接表達那種力量。我們剛剛聽的這首〈為什麼〉的版本是1999年九二一大地震之後，在清流錄的錄音，其實這首歌更早就誕生了。

胡德夫：是，也是在一個災難當中誕生的。其實我後來知道我們原住民的詠歎是喜怒哀樂都可以放進去的，所以我也試著把自己心裡面憂慮的東西寫出來。將近20年前海山煤礦災難，爆炸之後埋掉了很多生命，大部分都是原住民阿美族同胞，他們都住在土城。連續兩次的爆炸，整個台灣都對礦坑的安全措施陷入憂慮。但我所憂慮的不只如此，我看到的不只是那些死傷的殘骸，或者是那種被燒焦的肉皮。原住民長期以來對台灣社會付出非常多，我們曾經是給予者，但曾幾何時我們卻變成了乞討者，在最高的鷹架上，打造金碧輝煌的建築，在最底下的礦坑裡，找出能源出來，跑到最遠的海裡去頂浪，找食物給在岸上的人吃。或者是把巨大的外匯轉回來給國家增添力量。大社會都不太會記住這些事情，從政策上看，被邊緣化的情形越來越嚴重，我心裡面非常憂慮，所以希望在歌裡面告訴大家一些想法。

像國父紀念館落成，我的同胞說：「那個美術雕塑最難的地方的鋼筋是我爬上去弄的，那地方是我走的，我挑水泥是我砌的。」很多大的建設，像是台灣十大建設進行的時候，還

沒有外勞，在上面工作的都是我們的同胞。落成的時候大家
慶祝放煙火，但是你如果跟著這些工人走，會走到河邊的角
落，發現一個用木材簡單搭成的工寮。帶著子女的同胞一家
人，就住在裡面生活，自己挑水，也沒有水龍頭。我在想這
是為什麼，於是就把這感覺寫出來。我想為什麼他們到那麼
遠的海洋去頂浪，最後被扣留在海外，船東也不會去管，把
他們忘在那邊？所以我就開始寫這樣的歌。

飛魚擁抱

張釗維：1999 年大地震的主要災區，也都是在原住民的區域，那時候
　　　　也唱了另外一首歌，〈飛魚擁抱〉。

胡德夫：對對對。〈飛魚擁抱〉，還有〈台北盆地〉。

張釗維：你說也斷斷續續寫了20年了。

胡德夫：這首歌第一段寫的是飛魚，描述蘭嶼那個地方。蘭嶼居民被
　　　　政府欺騙在那邊放置核廢料，核廢料是很難處理的東西。沒
　　　　想到台灣所有發電剩下的廢料，就放在一個還沒有電的地
　　　　方，放在蘭嶼人生命所寄託的島上，這點是必須反抗的。

主持人：現在看起來好像很多事情都沒有什麼太大的改變，這些歌放
　　　　在這時代唱起來依然是恰如其分的。

最最遙遠的路

張釗維：〈最最遙遠的路〉這首歌收錄在「七月一日生」黑名單工作
　　　　室製作的這張專輯裡面。其實它原來是泰戈爾的詩，然後胡
　　　　德夫老師把它寫成一首歌，kimbo你要不要談談這首歌的一些
　　　　故事。

胡德夫：好。這首歌是在1984左右開始寫，然後在第二年寫出來的。
　　　　有一回我孩子的媽媽陳主惠把泰戈爾的詩拿出來一起分享，
　　　　我就覺得這個詩很棒，後來我就在後面加了一段對詩，第二

段是我自己寫的。最後把兩段放在一起寫成歌。那時候很多年輕人也和我一樣憂慮，我不是第一個也不是最後一個，大家一邊讀書，一邊為自己的部落、自己的社會憂心。我希望大家到台北都會來，也別忘了跟部落聯繫，於是我想把這首歌給台北遊子，來讀書、工作的同胞。旅北原住民大專學生聯誼會邀請我去的時候，我就唱給他們聽。當我們覺醒，有些反省的時候，希望心裡能整理出一些跟部落相關的聯繫。但是這條路是很辛苦的，很遙遠的，是這樣的一個意思。後來把它錄到七月一日生這張唱片裡面，由郭英男先生的阿美吟唱歌隊一起來做合音，把這個歌襯托的更好。歌本來寫的不怎麼樣，但是被老人家們這樣一唱，都活起來了！

張釗維：剛剛kimbo提到1984時那些在台北的原住民大專青年。我們今天知道的現在很多政治上的檯面人物，當時都開始尋找一些新的出路，辦黨外雜誌。這些原住民青年也辦了個黨外雜誌叫《高山青》。那時候聽kimbo唱歌的年輕人，其中有些現在在政壇中都已是很重要的人物。

胡德夫：對，居要位。

張釗維：我想這是一首很有意思，也意味深長的音樂。

胡德夫：但是路還是很長的。

主持人：老師重新唱這首歌的時候，感動的心情或是路途遙遠的感覺，若是跟20年前一樣的話，是不是表示好像社會並沒有什麼邁進？

2000年，淡江中學禮堂，胡德夫聆聽學弟彈鋼琴

胡德夫：我現在已經不像從前那樣，一直想把想法說給大家聽了。現在比較關注覺醒之後，自己做了些什麼改變，或是比較窩心的事。阿里山的達邦河附近，水流下來會撞到岩石，然後會變成一個小潭，大家就在那邊游泳、泡水。也有許多小孩子，幼稚園的、一年級的，很快樂地分享那個河水。小朋友們玩水、推水浪，一直講我們原住民、我們原住民怎麼樣怎麼樣的……，顯的很有自信、很驕傲。聽到他們對話時，我心裡覺得，假如我們有努力做過什麼，我們曾經想要有所不同的話，所求的差不多就是如此，自己要有信心，自己要站起來，自己要知道，要很確定。以前我們被人家稱做山胞，「胞」字一加上去真的很不好受，何況我們原來就住在這邊。他們一胞我們三胞，胞來胞去的，還有分成平地山胞跟山地山胞，國家體制居然會這樣子來把它合理化，然後讓整個社會覺得這樣的污名是理所當然的，這是不行的。當我們的小孩子在河裡這樣玩、這樣說話的時候，我就知道：「對！」連小孩子都覺得不能讓你們這樣子，那種站在自己土地上的一點點確定心要有，不管做什麼。你流浪也是一樣，沒有關係你流浪，就像歌裏面講的一樣，只是會瘦一點，不過沒有關係嘛，在自己土地上都沒有關係，但是要確定。

「LuKa Tayan」加油吧！族人們

張釧維：〈LuKa Tayan〉這首歌，就是kimbo說的對自己要有自信心，要有一個堅定的信念。

胡德夫：是。

張釧維：也是您在地震的時候寫的。您那時候的動機是什麼？

胡德夫：寫這首歌的時候，我們本來沒打算要開一個演唱會，只是先幫忙災民去做一些工作，後來一些問題漸漸形成，我們發現災民被對待的方式不太對，他們也想去陳情，希望早點有一

個重建家園的辦法，大家決定23號到台北見李遠哲院長，全盟的主席。剛好在25號光復節之前，中山堂前面改建成八年抗戰紀念碑，我看到大官員、行政院長在那邊剪綵，然後講到抗戰，沒有提到原住民在這土地上抗戰抗暴的事蹟，這使我感到非常難過。在川中島……莫那魯道他們碧血黃花在那個地方灑，把他們身上最紅的血灑到滿山紅，但沒有人紀念他們。我看到他們的後裔、他們的小孩子在場，心裡面很難過，那天晚上就寫了這個歌。而且我知道這個隊伍要去台北，我就想，假如我能夠在莫那魯道前面跟他敬禮唱這歌會更好，在遊覽車上面還沒寫好就到了，我把它帶到現場去，一進台北我們就唱，到莫那魯道前面唱這個歌，其實是要叫自己同胞：「沒有關係，不要趴下去，起來吧！加油！」

張釗維：〈LuKa Tayan〉的意思就是「加油吧！泰雅族的人們」。

胡德夫：加油！

最柔軟的生命之原始〈期待〉

主持人：聽到這首歌好像回到最初、最原始的地方，我們談到的是「期待」，最簡單、最原始的心境。老師當時創作這首歌，是怎樣的一個因緣際會？

胡德夫：我寫了一些歌都跟這個有關係，但是以前寫的期待，都是比較大的期待，一條河流或者是一座山，像大武山是我的媽媽這樣的期待，寫寫寫，寫到後來，我孩子的媽媽拿了一首詩給我看，我發現自己沒有寫過真正對媽媽的感受的歌，而這首詩可以表達我的心境，我就在家裡面坐下來，把它彈出來、吟唱出來，我孩子的媽說：「很好，這樣子就可以了！」，我就把它放著一直沒有發表，只是到了母親節的時候代表孩子們唱給他們媽媽聽，說：「媽媽，我永遠是你心目中的焦點」，一種心裡面比較甜蜜、比較緬懷的那種感受。就

是這樣簡單的一首歌。

張釗維：對我來說，kimbo的音樂或歌總是能夠觸動一些最柔軟的部分，我想在你所接觸的材料裡面，山是比較硬的，魚是比較有韌性的，期待是最柔軟的。這是kimbo音樂中一種非常重要的特質。在我看來，他不管是比較宏亮的歌曲或者是比較柔情的歌曲，都是在碰觸那個最柔軟的部分。那個柔軟不一定是柔弱，它可能是堅韌，但是它是最本質性的東西

胡德夫：嗯。謝謝釗維。

張釗維：因為我想做一個長期的聽眾，這就是為什麼要在這邊向大家很用力地介紹胡德夫。

胡德夫：釗維說長期的聽眾，我要補充說明一下。從我年輕到現在，一個階段跨過一個階段的時候，釗維都在旁邊，不管當時我是處於上刀山或者下油鍋的階段。所以長期的聽眾這個講法聽起來簡單，但是釗維在做的事卻都不簡單。那樣會造就一個人變得有力氣。

張釗維：對我來說kimbo還是前輩。

主持人：聽〈期待〉這首歌時，我蠻震驚的。老師用詠嘆的方式來唱這首歌，聽得到胎動、脈動的感覺。我聽老師的歌一直都有這樣的感覺，不管是〈大武山美麗的媽媽〉或者是〈美麗的稻穗〉，都有這樣的節奏，有點像是海浪的拍打，很難從形式上或是內容上具體去詮釋，就是一個非常簡單自然的感動。

孕育無盡歌手的我們的島與海

張釗維：據我所知這首〈我們的島〉其實就是公共電視《我們的島》這個節目裡面的片尾曲。

胡德夫：片頭。

張釗維：片頭曲。胡德夫老師在年輕的時候因緣際會，因為楊弦、李雙澤這些朋友而進入了音樂領域，已經是30年前的事情了，

今年距離他那時候辦第一場個人演唱會，比民歌之父楊弦還
要早一年的個人演唱會，剛好是整整30年。這30年裡面，我
們經歷過很多很多的歌手，民歌運動時期的歌手大概沒有一
個人不認識胡德夫，胡德夫也認識他們每一個人，之後的歌
手更是不在話下。原住民的歌手也是如此，包括現在很紅的
阿妹，我想胡德夫可能是看著她長大的。胡德夫個人的專輯
終於要在今年發行了。

主持人：睽違30年，我們才再聽到老師的聲音。

胡德夫：真是慚愧。

張釗維：kimbo這幾年來在音樂創作上越來越靠近柔軟、詠嘆、簡單純
樸的東西，所以我們相信現在的東西就是台語說的「好酒沉
甕底」，有些東西真的是需要時間跟歲月的磨練吧！

胡德夫：接下來這首歌我取名字叫〈看海〉，這是卑南族知本部落陳實
校長的作品。

張釗維：就是陳明仁的父親。

胡德夫：是。北原山貓陳明仁的父親，他的遺作。後來我一直唱著的
時候，才發這個遺作偉大之處是，它在暗示我們，其實每個
人看到的海都不一樣，每朵浪花在每個時間每個階段都是不
一樣的。所以我每次唱的時候，都會告訴聽眾，我現在要唱
的，是什麼時候看到的海，是怎樣的……它是非常自由
的，太平洋就是這樣，寧靜的時候非常寧靜，一條白肚在那
個地方晾著，像詩卷一樣，拉著整個海岸。澎湃的時候，它
的聲音會讓你耳聾的，這樣的一個海。太平洋就是我們的媽
媽，像大武山一樣。唱山唱海唱媽媽是應該的。

主持人：所以走過最最遙遠的路，最後還是回到了最原始的地方。

（2004年，寰宇電台「聽誰在唱歌」）

有聲的所在、變動的所在

—— 淺談「搖滾客」的來時路

　　現在回想起來，《搖滾客》創刊之初，我還不大聽搖滾樂。那年大三，選修一門「台灣社會變遷」的通識課程，而參加的文學性社團開始從過去的現代文學耽溺轉向鄉土文學，以及劉克襄早期的抗議詩作。身處在距離台北100公里遠的地方，透過一種遠觀而非褻玩的漸進過程，我和同伴們漸漸不自覺的，在往京畿中心的文化與社會小風暴靠近。

　　在這樣的過程裡頭，漸漸同步響亮起來的背景音樂，自然不會是古典如〈皇家煙火〉、〈合唱交響曲〉，或者清純如〈恰似妳的溫柔〉、〈民歌手〉，而是來自黑色羅大佑，以及他所牽引出的搖滾怨靈，嘶喊式的召喚。

　　兩年後的《搖滾客》五月號，刊登了〈崔健VS.羅大佑〉的主題文章；同一時間，學校師生為幾千公里外的天安門民主運動而一片沸騰之時，我和幾個朋友騎著機車，花了半個小時越過兩個山頭，到達運動歌曲響徹雲霄的遠化罷工現場。不久之後，我們聽到了Pink Floyd的

《搖滾客》第15期，1999
年五月

The Wall，立刻被其中的聲音所說服；大約也就從那時候開始，立基於搖滾聲響的，對音樂，乃至對整個社會、對生活的品味變化，一步一步地展開。

把音樂跟社會、跟生活連結在一起，所要指出的是，音樂所呈現的，往往是潛意識當中，最深沈、也最根深蒂固的感性與理性狀態；不管是對個人，或是對集體來說，均是如此。音樂品味的變遷，通常是細微而不易察覺的；總是在某種生活氛圍或社會情境的變動縫隙中，以一種無以名狀的形式，翩然降臨。也因此，伴隨著整個80年代，自後美麗島時代的黨外雜誌以降，所提出的各種新社會與新文化的理想，勢必帶來對新的樂音的憧憬與描摹；縱使，那可能是雜駁的、模糊的、方向不統一的。

《搖滾客》在80年代末的誕生，因此是一種必然；雖然不見得準確，但是，在80年代末、90年代初的時空中，卻是獨一無二的、以音樂的論述來跟整個社會文化反對運動相互共鳴的聲音。除了情感與意識型態上的彼此支持之外，它自身的面貌，多元而雜交；從鼓吹英美新音樂、發掘風格迴異的本土創作者、對島內的主流樂壇展開毫不客氣的體檢與批判，到提供各種非主流音樂論述的交鋒場域，也具體而微地呼應著當時百家爭鳴的文化思想樣態。

那時，有《當代》、《文星》、《南方》、《人間》、《夏潮論壇》、《新文化》、《新潮流》等等前仆後繼的雜誌，有早夭的首都早報副刊、中國時報的「文化觀察」專版以及不定期在自立早報上出現的「戰爭機器」專欄，滋養著在變動的時空中，一顆顆焦躁不安的靈魂。

《人間》三週年特別企劃
——讓歷史指引未來

縱使他們在論述的廣度與深度、對統獨的立場、對左右翼的見解、對本土與國際之間的衡量、對社會與政治的介入方式等等方面，都不太一樣；但是，每一個都代表了不同的群體，亟欲伸展自己性格的想望，而時代，也給了他們初步的空間。

　　作為一個讀者，穿梭在這些不同的思想文字之間，也就像是穿梭在《搖滾客》所提供的不同樂音與世界圖像之間；而當各路不同的年輕讀者，在1990年的三月學運中進行類似「網聚」的抗議活動時，配合著廣場上陳明章、林暐哲、黑名單工作室等《搖滾客》歌手所提供的鮮活樂音，從民謠，到搖滾，到rap，不啻是一次大匯合的高潮展現。

　　隨著運動在90年代初的沈寂，或者沈潛，或者轉化，《搖滾客》似乎也失去了共鳴的伙伴，甚至失去了獨奏的舞臺，而走上收攤的命運。這其中的轉折，我相信遠非一句「社會多元化了」可以說明。那些雜駁的、模糊的新文化與新社會理想，事實上還沒有充分伸展出各自的游擊性格，就已經夭亡，或者沈埋在地方包圍中央的權力陣地戰當中。相應地，「搖滾客」中雜駁的樂音，也進入了主流音樂工業的篩選體系，創作歌手一個個spin-off出去成家立業；剩下的，並無法在新的時空中堅持一個鮮明的理想，更遑論另立陣地。似乎《搖滾客》也以它的不在，見證了一個以卡位、資源爭奪為主軸的世紀末台灣。

　　但是，我們知道阿達跟他的伙伴們，並沒有因此熄火。漏夜以手工來包裝CD封套的工作，從10年前一直做到10年後；苦哈哈的，但就是撐過來了。也因此我們知道，今天《搖滾客》的再出發，並不是另

《搖滾客》第38期

一次朝向主流文化的spin-off，反而有著高度的象徵意義——如果我們始終都記得阿達利在《噪音：音樂的政治經濟學》一書中所說的，新的樂音，或噪音的出現，隱隱約約在指向某種社會與文化變動的情境。

如此，在這樣一個新政府上台、新經濟當道、新階級成型的時刻，「搖滾客」宣告復刊，它所隱含的訊息，將會遠遠超出音樂內容本身，而指向社會集體的核心，那不易察覺的潛意識地帶；那也會是搖滾怨靈重新出發的，有聲的所在。至於，變動的內容與氣氛會是什麼？且讓我們用力、用心打開耳朵吧！

（2000年，發表於自由副刊）

 《搖滾客》雜誌復刊一號

影徂心在：濕答答的河神

兩年前寫的一首……well， 小詩．
底下這段文字，是當初寫的時候的心情：

「最近在網路、書堆、資料影片與地圖當中，沿著一條東亞的長河漫遊。這邊看看、那邊瞧瞧，有花朵、有鳥聲、有馬蹄、有血跡、有毒品、有槍聲；有以潑水知名的人種、有以溫良知名的人種，也有以獨特的性格與卓越的文化積累而知名的少數聚落，有萬山峻谷、有平緩三角洲……。在這段時間中，米蘭昆上下千年，追索這條河流兩邊的動態，用想像撫摸著歲月、人事與戰亂的刻痕；心有所感，遂發而為文字、為詩句、為歌詠。

本以為那只是對於這個區域的一段詠嘆，不料，寫到最後一句：『卡在河床底』，才猛然驚覺，從頭到尾寫的其實是米蘭昆在台灣，這陣子以來的心情。」

如今，在這天災人禍的季節，
再拿出來讀一讀……

濕答答的河神

濕答答的河神
在落日的餘暉中
悄悄把頭升起
一綹黑髮垂落眼角
岸邊
一隻鴨 拼命滑水

剛剛一排機槍子彈
打進對面山坡的罌粟花田
青嫩的果實表皮
貓抓似地
流出蒼白的汁液

濕答答的河神
無法了解這是怎麼回事
扶老攜幼的矮小人民
在眼前的草叢裡彎著腰
躡手躡腳前進

傳說中的白象兵團將在黃昏渡河
強攻最後決戰的山頭
河水將因象群爭先恐後而暴漲
如氾濫的雨季
涓涓流入千年前開鑿的溝渠
灌溉荒蕪而龜裂的稻田

在半空中　有僧侶的梵唱不斷低吟
螺旋槳般歇斯底里地轉動法輪
看守著
一具具散落在山林裡的草綠制服
四周爆炸
火光

又是火光
水滴順著黝黑的線條流到下巴
濕答答的河神
無法烤乾他的身體
一顆榴彈噗一聲落入水中
流水在他身邊打個旋
又往南而去

往南而去……
聽說那裡有一個巨大的湖泊
像盤古的眼睛一般明亮
倒映著平原上盛開的花瓣
並且住著一位
美麗的姑娘
她有著長長的頭髮
細緻的肌膚
腰肢像蛇一樣柔軟

啊　占城的天空
流著真臘的血液
安南的土壤　灑滿暹邏的噴嚏

濕答答的河神
將頭埋入水中
跟仳鄰的鱷魚一起放鬆
在那裡頭沒有胡志明小徑
也沒有華麗的吳哥廟宇
頭髮如水草漂浮
像極了
一具具投向美麗姑娘懷抱的
屍體

已經用盡了濕婆最後的咒語
濕答答的河神
展開四肢　卡在河床底

（2002年完稿）

滾動的輪胎

——台灣大路上的狄倫與金斯堡

　　醞釀這篇文章的過程中，我常常開著車南北奔波。帶著必要看書，以及數捲鮑伯‧狄倫的卡帶。開車聽音樂，空閒的時候，則翻翻書。

　　狄倫的一些歌曲，有著公路電影的感覺，就像……嗯，滾動的輪胎 like a rolling stone？我看著眼前伸展的風景，不禁想起《垮掉的一代》一書說到，狄倫和垮掉派（Beats generation，「垮掉」是大陸的譯法，台灣稱之爲「敲打派」）「都對大路很親切，因爲它是通往經驗的象徵，只要有受鼓舞的運動，它就能面對一切可怕的事情。」那麼，正聽著狄倫嘶唱、想著敲打派種種、飛馳在大路上的我，是在通往什麼樣的經驗呢？運動在哪裡？眼前，會有什麼可怕的事情等著我嗎？

　　30多年前，詩人余光中飛馳在美國的大路上，同樣聆聽狄倫、想著敲打派的種種；〈敲打樂〉一詩紀錄了這樣的經驗：

Bob Dylan《Like A Rolling Stone》，SONY

鋼鐵是城　水泥是路

　　七十哩高速後仍然不快樂

　　食罷一客冰涼的西餐

　　你是一枚不消化的李子

　　中國中國你是條辮子

　　商標一樣你吊在背後

　　這首詩在當時頗引起非議，被認為是在侮辱祖國。但如今我們可以想像，在白色恐怖的年代，詩人如何從狄倫歌曲、敲打派詩風、異國大路的結合體中，經驗到「有感於異國的富強與民主，本國的貧弱與封閉，而在漫遊的背景上發為憂國兼而自傷的狂吟……」這種極度的不舒服。

　　然而，詩人得了經驗、受了鼓舞，是否也面臨了什麼和敲打派與狄倫所蒙受的一樣可怕的事情，並且坦然以對？在「敲打樂」這本詩集的後記中，詩人這樣說：

　　「金斯堡的許多觀念我並不贊同，但是他和同輩作者那種反主知、反艾略特與葉慈的粗獷風格，暗示了我一些自由的方向。」

　　這看起來像是某種「中體西用」的模式。令人感興趣的是，是哪些觀念不受詩人的認可？他並沒有明說；而這些不被認可的觀念，是否正是敲打派以及狄倫音樂的精神核心？

　　在「美國」一詩中，金斯堡吟道：

　　……美國我們何時休止人類的大戰？

　　用你們的原子彈操你們自己去吧。

　　我心緒不佳你別打擾我了。

　　心情不好我不願寫詩了。

　　美國你何時才會變得跟天使一樣？

　　什麼時候你才會脫去衣服？

你何時才會透過墳墓看看你自己？
你何時才會不負於你成千上萬的托洛茨基？
（中譯／李斯）

　　同樣是對於「國家」的一種疏離甚且痛恨的糾結情緒，但是在金斯堡這邊，有著左翼與安那其的影子，以及反文化（counter-culture）的質素——一種對於現代主流體制的龐大與壓迫（包括國家、資本主義、倫理道德……）排拒、感到疲乏，以及，刨根究底、掏心掏肺的不從；這些感受轉化成詩、成歌。就像在〈Desolation row中〉，狄倫最後唱道：

我必須重組那些臉孔
再一一給予他們別的名字
現在我不怎麼能讀
請不要再寄信來，不要了
除非你寄的信是
來自荒蕪街
（中譯／馬世芳）

　　荒蕪成就了溝通，甚至生命——像在工業廢棄物當中綻放著的向日葵：我們不是我們污髒的外表，我們不是自己可怕的荒涼而灰濛濛的沒有形象的機車頭，我們的內心是美麗金色的向日葵……我們的眼睛緊盯著這些在瘋狂機車頭河岸落日三藩市山錫罐黃昏靜坐幻想的陰影下。（摘自金斯堡《向日葵經》，中譯／李斯）
　　那麼，六〇年代的台灣，有著「失落的一代」、現代派文學以及熱門音樂，是否接受到這些基進訊息了呢？林懷民的小說〈蟬〉裡，〈The time they are a-changin'〉在野人咖啡屋裡流洩著，Beatles 的歌以及啞弦的〈如歌的行板〉也成為背景音律；但是，小說中，看不到一

種清晰決絕、理直氣壯如：各地的爲人父母者／不要批評你們所不瞭解的／你們的兒女不再受你們管束／已經過時了！你們的老路⋯⋯（Bob Dylan〈The times they are a-changin'〉，筆者自譯）的態度可以浮出這些背景聲音之上，也摸不到如「向日葵」那般，在荒蕪之中的耀眼生機。

小說中的某個人物談到 Beatles 的「 Revolution No.1 」唱出「當你談到破壞，你該知道我不和你站在一塊」（筆者自譯）時，覺得：「大概是長大了，成熟了，還是錢賺夠了，闊了，擔心人家去革他們的命⋯⋯。」

這是否代表了彼時部份的文藝青年，對西方文化的某種眼界呢？或許這是由於政治高壓的因素吧。到了六〇年代末、七〇年代初，經由國內外政治生態的改變，鄉土民族主義抬頭，唾棄「失落的一代」、現代派及熱門音樂，而分從左右兩翼席捲了台灣的文藝界，讓文藝青年們尋得「自己的根」。

在「鄉土」的光照底下，余光中的〈江湖上〉套用狄倫反戰歌曲〈Blowing inthe wind〉的形式，來澆心中鄉土的塊壘，被楊弦譜成了曲。音樂雜誌上對狄倫的介紹，則充滿著浪漫的想像：跨過喧嘩激昂而又莫可奈何的情緒代溝，轉變成深沈而成熟的鄉土風⋯⋯狄倫今天實至名歸，他有五個小孩，在鄉下有大塊地產，安靜地過活，將全心全力獻給音樂與救世⋯⋯（引自張照堂〈介紹搖滾新民歌〉，刊登於《音樂與音響》第三期）

愛唱狄倫歌曲的李雙澤，改編蔣勳的詩作而寫出〈少年中國〉，則剔除了原詩所指涉的具體人物（青年軍老兵）及時空脈絡（抗戰串走各地），成爲純粹概念取向；這恰恰與狄倫專注於特定人物的寫眞描繪，以小見大的細膩風格相左。

至於隨著「回歸鄉土」的呼聲消失了的金斯堡等敲打派，則在一本論述美國學生運動的書中，以「右翼、中產式、人道式的反文化⋯⋯神秘主義或右翼虛無主義傾向者」（南方朔〈憤怒之愛——六〇年代

美國學生運動〉）的姿態被簡單帶過。

這些對於狄倫與敲打派的詮釋與挪用，之所以形成，有著特定的社會文化脈絡；但是，我們不得不指出，這樣的論述與文化型構，繞過或扭曲了狄倫與敲打派等人的核心意識型態與美學意涵，其效果是：使得台灣在對於現代性的認知與介入的光譜上，欠缺了非常重要的、關於激進反文化的這一脈。時至今日，我們對狄倫與敲打派的認識，大多還是停留在六、七〇年代的視野；於是，我們會習慣以懷舊或浪漫的心理來「經典化」狄倫與金斯堡，視之為世界級的「傳奇」，但是對本地的搖滾、民謠與詩意的辯證結合，卻找不到足夠的同理心與敏銳度，來對照出本土的次文化生態。這種匱乏，也限制了創作者視野與生命的拓展；八〇年代中葉，黑色羅大佑（或許不少人視他為「台灣的狄倫」。他的「亞細亞的孤兒」曾入選年度詩選）在三張專輯之後的「昨日遺書」，豈不是一個說明？

在二〇〇〇年的春天，我握著方向盤，一面想著這些問題，一面往九二一災區駛去。前面，我知道不會有像 1966 年狄倫那樣在 Woodstock 翻車的可怕事情；有的反倒是，被社群隔閡、主觀偏見與利益運作所割開的各種斷層；地震的力道，扯開了許多口子，露出犬牙交錯的差異與尷尬。我們所能做的，大約也只是穿梭在各個斷層的兩邊，一針一線促成對話與辯證；這是必要通過的經驗，過去與現在、民歌與搖滾、鄉土與現代、西方與台灣、激進反文化……等等，同樣分佈在斷層帶的某些側面；滾動的輪胎，like a rolling stitch，我這樣期待著。

（2000年，發表於誠品好讀）

飛魚雲豹音樂工團黑暗之心
系列《原運再起！》VCD

如果在台北，
一股空氣沈重地振動

　　從今年初起，飛魚雲豹音樂工團在台北的街頭走唱、賣 CD，銷售一種令過路人腸盪氣、心馳神往、午夜夢迴的原住民樂音；這種聲音，在某些領域裡會被界定成為「世界音樂」，適合擺在有氣質的 CD 架上、放進有氣質的音響裡頭、在有氣質的舞臺上演出但是，其實大家都心知肚明，那絕不僅止於此。

　　20 年前，英國的第四頻道電視台（Channel4）花了數年時間跑遍數十個國家，包括印度、日本、中國、埃及、美國、東歐、牙買加等等，以16 釐米的電影攝影機製作了一系列紀錄片，叫做《心的節拍（Beats ofthe Heart）》，追蹤呈現各地音樂與人民生活的關係；對這個製作小組來說，音樂是什麼呢？在之後結集出版的製作過程文字紀錄背後，有這麼一句話：Popular music is the "cry of the people"。「通俗音樂是人民的哭喊。」

　　二十年後，我在倫敦 CamdenTown 一家書店，從地下室角落的紙箱子裡頭翻出這本要被賤價拍賣的書；但是錄影帶已經絕版。再過兩

飛魚雲豹工團《生命之歌》

年，我才從Amazon上頭訂購到當中的兩集。其中有一集，談的是吉普賽人與吉普賽音樂千年來流離的過程。

今年台北首次舉辦世界音樂節，受邀的團體有一個來自塞爾維亞——一個位在歐亞樞紐近旁的國度，千年來有數不清的吉普賽家庭，在不同異族共同異樣的眼光中，駕著篷車、帶著樂器穿梭流離其中。在台北市政府前嶄新的音樂廣場上，這個來自前共產國家的白人大鬍子手風琴手，面對著穿著高雅的台北氣質男女們演出各式民俗舞曲，從東歐到西歐的，還有那不可少的，原本屬於浪人與低下人種的吉普賽舞曲；有些人翩翩起舞，大部份的人則像是聽古典音樂會般靜靜坐著。我窩在一棵樹下，想像著這個手指頭萬般靈活的傢伙，在冷戰的時代，是否曾經在以尊崇民俗文化為意識型態的共產母國裡備受敬重？（我想到米蘭·昆德拉在《玩笑》一書中對塞爾維亞民謠的描述）抑或會因為親近吉普賽音樂而被排擠？而共黨垮台以後，他又如何被西方「自由世界」編進「世界音樂」的表演名單，展開他的新生命，然後，我們得以在台北聽見他？

這樣的故事，在此地，很難聽說。微悶的夜空下，傳進我們耳朵的，只會是手風琴與 fiddle 所引發的空氣振動，一場「純粹」的音樂饗宴——我們的主流音樂論述會如是表述。回到家裡，我把《心的節拍》放進錄影機，看著攝影機貼近吉普賽人生活的現場，呈現他們的音樂、文化與社會位置。片中，兩個選擇在德國落腳成家的吉普賽年輕人，白天在城市打工，下班後坐在市郊轟隆隆的鐵道旁，自家的卡拉房（Caravan，家居拖車）前面，抓著吉他悠悠唱道：「不要說我們是傻蛋，不要把我們看成豬玀……」。二十年前的影像，如今已幾乎成為絕響；二十年後的今天，我們有更進步的影音硬體設備去捕捉這樣的音樂以及生活場景，但是，我們似乎已經喪失了那份追索的心意與動力。對我們——在「世界音樂」光照下的聽眾——來說，空氣純粹的振動，已然足夠，無須再多。通俗音樂，人民的哭喊？在市政府的音樂廣場上，恐怕大多數人難以體會。

同樣的道理，原住民式的「空氣振動」，在這種脈絡底下，也極容易以先進的設備來加以擷取、編排，幻化成一波波純粹的、無負擔的音符樂海，混合著咖啡的飄渺香氣與燻黑色調，讓城市中銀白鮮亮的高速、高科技商業競爭壓力，可以有一個休息停頓的虛擬空間。

　　我們可以想見，有多少科技新貴在他們的汽車音響裡擺進這樣的CD。就一個討生活的人來說，這樣的日常生活需求其實是再平常也不過了；只不過，我們所討生活的地方，是一個完全降服在以西方為首的資本主義體系底下的跨國分工島嶼。古語說：「成王敗寇」，但在這裡，成者固然為王，敗者卻連屍體都會被遺忘，更遑論為寇。前幾天的世界高科技資訊大會，那些王者大談研發創新與 copyright，視之為進步的象徵，但是，我們可曾留心與自己本質更接近的，如草寇般的黑手精神，以及與之相呼應的 copyleft？而同樣是這兩天，文化研究的先驅學者約翰‧費斯克（John Fiske）受邀來台，傳播他著名的「受眾有主動詮釋、挪用文化工業文本之潛力」的理論福音；但是，那種西方社會由下而上的主動性，不知蘊含了多少西方本身的群眾反叛、社會抗爭、族群衝突之歷史文化沈積在裡頭；而我們在地反叛與抗爭的文化沈積與歷史記憶又在那裡？我們有什麼樣的基礎可以消受得起這種福音呢？

　　因此，一張沈重的音樂專輯或許是好的。沈重得令耳朵吃不消，但是卻又不由自主地被它的聲音吸引；沈重得無法像聽流行的主流或非主流音樂那般，隨意將它從 CD 架上抽進抽出——每一進出，腦袋都必定會同步響起專輯當中緊緊貼附的反骨訊息。它是沈沈扎入心底

飛魚雲豹音樂
工團

的一枚烏黑鉛垂，在潮流不斷改變（改 band？！）的時代，仍然緊緊指向生命與歷史的底層，那無法被抹除的情感與態度。

飛魚雲豹音樂工團新近出版的「黑暗之心」系列三《生命之歌》，無疑地，就是這樣的一張專輯。它緊緊指向原住民族群生命與歷史的底層，那無法被漢人與資本主義抹除的情感與態度；它一方面召喚出這個島嶼上，最幽深的祖靈之聲——遠遠超出檯面上各種心靈改革指南，一方面以細緻而又強勁的空氣振動，來撐出在政治、經濟與文化的跨國壓制底下，原住民獨立不屈的真實體肚。這些被祖靈附身的空氣振動，將不斷搖撼著我們被主流意識型態所層層包裹的認知體系——關於音樂的、關於原住民的、關於文化的。

但是，這還僅僅是聲音質素上的意義而已。伴隨著這些專輯的發行，我相信，由於飛魚雲豹音樂工團體制外的傳播方式，會有許多人深深記得自己是從那裡聽到這張專輯的，怎樣購買的。或許，其中有些人會注意到在街頭賣唱片的一夥人當中一個黝黑、沈靜的男子，並進而有機會跟他交談、認識，得知他是唱片中的歌手之一，也是排灣族的頭目；有些人會注意到一個二十來歲抱著吉他的小伙子，把傳統歌謠唱得極好，才剛從生長了二十年的部落上來台北不久……所有這些關於原住民生命故事活生生的縮影。

在這過程裡，這些人不是像以前一樣，當個一手交錢一手交貨、然後從報紙上讀心儀歌手花邊新聞的唱片消費者，也不會只是抱著花錢作善事的心理而已；在回到自己的音響之後，這樣的過程、這樣的聲音，或許會啟動他進一步的追索、探求或推介，比方說，透過網路這樣的科技。這個啟動，按下 enter 或按下 start，也將啟動民眾去反省主流價值的機會，並進一步累積、延伸，我這樣盼望著。

（2000年完稿）

飛魚雲豹音樂工團

交工樂隊主唱林生祥在煙樓錄音，
一九九九年春節

作爲報導音樂的
《菊花夜行軍》

　　從學生樂團「觀子音樂坑」到美濃在地樂團「交工樂隊」，以平均一年一張專輯的步伐速度，最近，在盛夏的蟬鳴應和中，這個立基於客家社群的音樂創作組合，交出了他們的第四張成績單。

　　《菊花夜行軍》，一個看似有趣實則魔幻寫實的概念命名，標誌著樂團繼上一張《反水庫之歌》以後，在美學、內涵、在地聯結與社會關係上的延伸、旋動與擴張。以及，更重要的，與新世紀台灣社會現實的呼應；這一點，我曾在今年初的一篇文章中，有一些初步的觀察與鋪陳（註一）。

　　但是，那時僅僅是以剛剛完成的幾首歌曲爲樣本，如今，整個專輯製作完成了，整個從頭到尾一氣呵成地聽下來，新的感受與感動不禁油然而生。

音樂作爲一種報導媒體

　　說這是一張「報導音樂」，相信並不爲過。這個詞，可以追溯到約莫十五年前，曾經在1970年代末、80年代初以〈如果〉、〈小茉莉〉以及丘丘合唱團而走紅於流行歌壇的邱晨，在80年代中期社會與政治劇烈變遷的動盪中，拋開既有的資產，隻身前往阿里山鄒族部落，青年湯英伸的故鄉（註二），完成了一張電台不太敢播放、唱片行不太買得到的專輯《特富野》，他稱之爲「報導音樂」。

　　這樣的稱謂，大約來自當時報導文學與報導攝影方興未艾的台北

文化脈絡。如今,時過境遷,報導的力量從文字與平面的媒體,轉向動態影像的場域;我們於是看到大量新聞與紀錄片工作者的出現,用攝影機取代了照相機與筆。在這浪潮當中,交工樂隊卻以其在地人的洞察力與創作力,用音樂來進行觀察、紀錄與詮釋,毋寧是有著另一層的意義。

從第一個音符開始,我所感受到的,不只是聲音、旋律、節奏,更是眼前不斷延展的豐富意像:那通入一座鄉鎮的魯直縣道、路邊漫行的牛車與精瘦農夫、隨著車窗的奔馳而往後飛躍的路樹與椰子、三合院與鐵皮屋與水泥牆叮咚交雜的農田地景、在巷口玩耍的赤腳小孩、以及一旁工作的皺面阿婆……;就像一部電影的開場:阿巴斯的,或是侯孝賢的。

然後故事主角阿成的母親出現了。像所有因憂心子女而絮叨的媽媽一樣,進而我們看到、聽到阿成,一個與我年紀相仿的農村青年,在此時此刻的人生境地與社會境遇:「土地公土地公,子弟向您點頭,拜託拜託,把路燈全部都關掉,不必問您的子弟為何要跑回來呀……」

凝聽邊陲發出的聲音

隨著阿成週遭人與事的開展,在吉他、嗩吶、胡琴、鼓、月琴、手風琴以及鐵牛車聲、鄉間活動現場音、拉吉歐(radio),八音與童謠……等等諸般在地聲音質素的交錯牽引之下,我們被帶到一個又一個農村「典型人物」(借用寫實主義的概念)的面前,像報告劇一般,聽

交工樂隊《菊花夜行軍》,
2001年

他們訴說自己現下的遭遇與心緒。除了阿成的母親以及阿成，還有那先前在三合院庭曬穀子的皺面阿婆：「做人媳婦真多愁，腳離田地走廚房，家娘小姑儘管嫌，委曲受盡擁被哭」、黃昏農田裡下工回來的阿成的爸：「父親兒子兩支菸，沉沉默默兩團煙……」、阿成從南洋討來的老婆阿芬：「我的孩子啊，你又踢我了，這個新地方，我無根又無底……」；最後，還有跟阿芬一樣，被許許多多的阿成娶回來的南洋新嫁娘們，操著濃重口音的國語齊唱著：「朋友辦，識字班，走出角落不孤單，識字班，姊妹班，讀書（識字）相聯伴……」

於是，在這些人物一一出場亮相之後，讓我們不僅看到他們容顏上的線條反差光影，也聽見了使得他們臉孔上的筋肉丘豁顫動，或笑或憂，背後的情緒與原因；整個專輯就一步一步結構成一幅生動的、具備歷史與社會深度的，21世紀台灣農村的浮世繪卷軸。

這些聲音，作為農村社會中的人的情感源頭，或者存在的本質，原本是深深沉澱在個體日常活動的底層，旁人難以觸及。扛著攝影機的新聞記者，不管他上山下海多麼辛苦，在時間與資源的限制當中，只能從鏡頭的框框裡面看到表象與口號，毫無深度挖掘與鋪陳的可能性。而那個，卻正是生活在媒體氾濫時代的我們，每天用以認識今日農村、乃至台灣社會的窗口。

於是，如果我們僅僅藉由既有媒體來結構自身對於社會乃至世界的認識與評斷，不啻是以管窺天、瞎子摸象；那麼，另一種媒體的存在與呈現，用以豐富我們對社會與世界的認知，從而豐富對於自我的認知，是至關重要的。

交工樂隊的這張《菊花夜行軍》，便是以聲音和歌，成就了這另一種媒體，記載了一個地區、一群人的長相與脈搏跳動。而相較於影像媒體具象、即時的特質，聲音媒體所展現的想像空間與餘韻，毋寧是更為寬廣與深遠的，也更容易激動心緒。

全球化底下的在地身影

　　這樣的音樂媒介，將成為全球化的光照底下，在地民眾重新看到自己投射在土地上之具體身影的另類媒介；捨此，像阿成這樣的角色將只是——面貌模糊、缺乏個性、文化與族群屬性失焦的「消費者」、「終端用戶」、「觀眾」、「選民」，全球資本主義舞台上的臨時演員或龍套。

　　也因此，透過音樂，去認識與體會到的，將可以不僅僅是音符與旋律的美妙、節奏的舒暢等等聽覺的愉悅；音樂更將成為這個時代，世界各地區、各族群與各階層的人民，相互認識彼此的位置、身分與文化性格的溝通中介。在這樣的音樂中我們將起舞，進而，也將在四目交投的領悟裡，握手，感受彼此身體的溫度。我們如是看待交工的音樂，以及世界其他許多地區，因著對於在地民眾身影與土地力量的承諾，而努力創造出來的聲音。這樣的交流空間，對於極度缺乏廣泛國際視野的台灣來說，當是下一波要去集體開創的。

（2001年，發表於龍騰歷史月刊）

附註：

註一：〈台灣民間音樂與鄉土意識：以美濃反水庫運動與交工樂隊為實例〉，收錄於聯合文學第197期；或參考 http://forum.url.com.tw/enews/enewsgetmsg.asp?Page=1&ID=4872&CH=210&days=-11356

註二：在部落普遍破敗之後，跟著絕大多數的原住民青年一樣，湯英伸，特富野部落的新生代，二十歲不到，在1980年代中來到台北討生活，因身分證被扣而與漢人雇主發生衝突，扭打中將雇主殺害。事發被判死刑後，在多名人道工作者、藝文人士與社會運動人士的奔走呼籲之下，仍被槍決。

影徂心在：打工難

在河西走廊最狹窄的地方，一個遠離東南沿海繁忙商貿都會的小鎮，我在一年一度佛誕日的市集上閒逛。

有個攤位在賣歌謠VCD，我花了四塊錢買了一張，標題叫做「打工難」。

這是安徽音像文化出版社出版的，安徽離此有上千公里遠，但是，「打工」這話題，已經是不分西北東南了；農民告訴我，他們每天早上五點起床，到附近山裡去扛焦炭，年輕一點的，可能到五百公里外的蘭州，或者更遠的城市去掙錢。

這張VCD除了「打工難」之外，還有「創業難」、「悔過十二月」、「戒賭十勸」、「老來福」，全都是用傳統民間小調填上新詞，再佐以現代的影像鋪陳，非常有意思。

打工難

正月裡正月啊行李背在身吶

臘月裡正一年啊纏好了路費錢吶

見證歷史、歷史見證

時間：21世紀的第二天

場景：台北市中山北路晶華酒店，四樓VIP室

事由：公共電視《人民的聲音——戰後台灣五十年》系列電視紀錄片
　　　試片記者會

來賓：公視高層、製作團隊、各電視台攝影機5-6部（以及攝影機附帶
　　　的攝影師與記者）、施明德與呂秀蓮等片中有出現的相關貴賓…
　　　…

事件：呂秀蓮臨時有事沒來，施明德依序排第二順位發言，然後是李
　　　元貞教授（婦運代表、影片受訪者）。之後，預定是張茂桂教授
　　　（共同製作人）。此時，在記者會司儀介紹張茂桂時，施明德有
　　　事告退，走出門。張茂桂剛抓起麥克風，但聽見啪啪啪連續數
　　　聲，攝影機通通被連根拔起，一大群人匆匆奪門而出，記者也
　　　趕緊拿著自己的麥克風跑出去追施明德。現場遂一下子走掉一
　　　半人，其中絕大部分坐在台上，尷尬地看著這一切，台下則只
　　　剩下孤零零的攝影機腳架。張茂桂只好笑笑，請司儀宣佈先中
　　　場休息五分鐘。我則趁此空檔出去尿尿，瞥見施明德被攝影機
　　　圍堵在電梯旁。

　　　從1999年的五月開始，在多面向藝術工作室李道明老師的邀請
下，我開始參予《人民的聲音》這個系列電視紀錄片的製作與編導工

作。這個系列共分民主政治、婦女、環保、勞工、原住民等五個篇章，希望透過這些不同的主題，來記錄台灣在戰後五十年來的發展軌跡，對公共電視台來說，這是獻給跨世紀台灣的重點節目；而從整個台灣的電視史來說，除了二十年前在中美斷交之時，為維繫「莊敬自強、處變不驚」的島內情緒，而傾黨國之力製作的《大時代的故事》之外，這大約是在解嚴之後，第一次比較大規模地以系列紀錄片（而非僅僅是新聞專題）的形式來回顧、省視自身歷史的電視製作。

這種型態的節目，在國外的電視台中屢見不鮮。而他們所審視的範圍，也早已超出自身國家，而轉向全球。如前兩年美國公共電視台PBS所製作的《人民的世紀》（People's Century），便是一個範例；此一系列，視野投向二十世紀當中，人類所發生的重大事件，曾經在國內的公共電視台與東森電視台上播出。在東森播放時，片尾工作人員字幕被偷天換日地換成東森的工作人員，我的朋友H還為此去信抗議。

Anyway，就台灣現今不時在自誇經濟實力如何如何、民主發展如何如何，這樣的誇詞來說，似乎會去製作這樣一系列歷史回顧的電視影集，也像是理所當然的。但是，你們知道嗎？原本預計要做成十三集的《人民的聲音》，在公共電視經費不足的情況下，被砍了一半（公共電視的經費，部分由立法院編列預算補助，這部分依法每年遞減，不足的部分則要靠募款，最終希望公共電視能夠完全自負盈虧；但是這年頭，有誰會想要捐助公共電視？它又不是大愛）；以我所負責的「勞工」篇章來說，原本規劃兩集，如今縮成一集，長度57分鐘，分配下來，平均一分鐘講一年。這就是累積了五十年的經濟蓬勃發展之後，在政黨輪替之際，我們終於首次有機會自主地用電視媒體來宏觀地審視自我歷史的初體驗，但是實際上卻得縮衣節食、令人不知該說什麼才好的背後窘境。

不管怎麼說，我們還是把節目做出來了，公共電視台也頗費心力地舉辦記者會，邀請重量級的人物與受訪者出席（施、呂、李之外，還有孫大川、曾茂興等等），為這個電視媒體的初體驗做見證與背書。

在下午茶的時間裡，施明德談起四十年前與他同案受刑就義的同志，充滿追思之情，他繼而指出，現在的二二八歷史書寫在他眼中，幾乎都不及格，因為「只會撫慰民族冤魂，而不敢向抗暴的民族英靈致敬的民族，永遠會是一個無脊椎動物的民族！」姑且不論他的論點對不對、恰不恰當，至少他對歷史感的掌握與不敢或忘、對歷史進行審視與凝望的企圖，都與這個系列所要傳達的意念相呼應；這一點，在稍後現場播放的精釆片段當中，畫面上我們看到二十餘年前的施明德站上美麗島軍法大審的舞台時，也就呼之欲出了。

其他受邀的幾位，在他們的青春歲月，也都曾經是衝撞體制的先鋒，目前也都還在線上；如，二度入獄又出獄的曾茂興、婦運健將的李元貞等等。這樣讓歷史中的人物到場做活生生的見證，其實是蠻具深意的安排：比方說，在精釆片段中看到將近十五年前的曾茂興，在桃客罷工中首次揭竿而起、義憤填膺、結結巴巴發言的情狀，在場的諸人都不禁笑了……。

但是，如果不是我在這邊講出來，你不會知道有這樣的時空與情感的交會光亮，因為，當曾茂興依序進行最後一個發言時，所有的攝影機已經完成部分任務（攔堵施明德，問他關於聯合內閣的意見；至於另一部份的任務——攔堵呂秀蓮，則因為她沒有到場，當然也就作罷了），開始七手八腳忙著收拾腳架與電線，準備集體奔往另一個地點了；諷刺的是，離這一刻不到一週前的上個世紀末，當工時案還懸在立法院，剛剛被陳水扁特赦出來的曾茂興手上那碗豬腳麵線都還沒冷掉時，他與勞工團體的話題還是鏡頭前面炙手可熱的寵兒哩！！面對這種狀況，張茂桂也只能自嘲地說，在現在這個社會，沒有攝影機，人民的聲音就發不出來。

因此，當已經沒有記者的記者會進行到後來，貴賓們圍成一圈、伸出手掌摸著光球共同進行開啟「人民的聲音」的儀式時，面對著台下空空如也的座位，以及寥寥兩具照相機，其實已經變成這個縱使賺再多錢、政黨輪替再多次，也絕不會去理會什麼歷史感不歷史感的島

嶼，一個最赤裸裸、最荒謬，也最不堪的新世紀開場白。

公共電視委託多面向藝術工作室製作
《人民的聲音——戰後台灣五十年》系列電視紀錄片
第一集　民主的花朵
第二集　民主路上
第三集　百草千花的躍動（婦女與平權）
第四集　做工仔
第五集　我們只有一個台灣（環保）
第六集　高砂族山胞原住民

（2001年完稿）

Part 5

穿梭島嶼

2001～2003

《綠色矽島》首部曲大片頭：台北101工地

綠色矽島首部曲

——台灣資訊電子產業史記事

時間

2000年，資訊工業策進會委託子易電影公司製作，全十二集

簡介

　　籌組這個系列專題片的企編與攝製團隊時，不經意發現，幾乎所有人都是理工科系出身的，包括兩位主持人陳信行教授以及《數位時代》總主筆王志仁；但之後大家都不約而同地轉行了。這其中，我這個唯一的電機系畢業生，必須花很多時間重新複習已經不知收到哪裡去的教科書，好爲企劃與攝製組惡補關於資訊電子科技的ABC。

　　但是，對我來說，最重要的學習，或者再學習，是從這個系列的拍攝當中，深刻認知到台灣經濟發展的一些基本脈絡。甚至讓我反省到，自己所從事的這個行業的狀況與地位。

訪問節錄

曹興誠：我想當年的話大家對於這個計畫，從一開始很多人就比較悲觀啦，比方說聯電剛開始的時候，就是1982年，那時後天下雜誌跑來採訪，我們當時是很高興說有雜誌來採訪，我們花很多時間跟他們談，談完之後，談完的結果一看大吃一驚，非常的負面，什麼可能死掉的工業啦，什麼變政府的無底洞啦，什麼沒有研發啦（大笑幾聲），一塌糊塗，所以大家對這種產業不瞭解⋯⋯。

黃少華：1980年五月我們過去芝加哥參展了，看到了許多的中國留學
　　　　生及已經在那裡畢業的工程師等等，他們都很驚訝台灣會出
　　　　來參展的，還有電腦的！

苗豐強：我們雖然不是像革命先烈那麼偉大，但是呢，是一個新的世
　　　　紀的開始。

胡定華：台灣一直就只在生產方面，對創新不怎麼重視，必須是一個
　　　　對藝文重視而且蓬勃的地方，才會創新，創新最多的就在這
　　　　個部分。

綠色矽島首部曲，2000年

誰在那邊蓋自己的房子

（持續中）

時間

2002～2004年，與公共電視「紀錄觀點」合作

簡介

　　這個影片從2002年開動，至今尚未結案。

　　基本上，這個故事是德國工匠跟台灣建築師，在留德台灣人的牽線之下，合力在信義鄉潭南村幫助弱勢村民蓋自己的房子。這其中，許多來自台灣各地甚至國外的義工加入。整個過程，看似一個簡單的蓋房子的故事，卻包含著無數人事、觀念、社會價值與情感的糾葛與拉扯，往往讓我深陷其中，無法理清頭緒！

　　不管怎樣，今年年底前，會讓這個蓋房子的故事，站起來。

　　感謝賢賢的包容！

訪問節錄

黃福魁：我們真是好奇怪的建築事務所，又要煮飯，又要抗議、又要拉白布條……又養一群狗。

謝英俊：很簡單，我就是沒錢，就是只有二十萬，我就要蓋一棟我能住的房子……在這條件底下，你其他原先想像的東西都沒有用，第一，你必須面對客觀現實，這就會把你拉回這社會的

脈絡裡面去。

胡伯特：往後的一、二十年，他都可以跟人家說，看看那房子，是我
　　　　蓋的。這對人們來說，是很重要的，他們就變成這房子的一
　　　　部分。

二○○三年三月潭南村協力
造屋開工

企業家、民衆、全球化

——蕭條年代的電視紀錄片

　　半年前，在我們訪問聯電集團董事長曹興誠先生的最後，他說到一句話：「進到二十一世紀，這個企業如果說融進一個全球化的體系，成為全球運轉體系一個不可或缺的一部份，前途展望是光明的，假如你被排除在全球運轉的體系之外，你變成區域性的或者是比較隔離性的一個企業，你的前途是堪慮的。」

　　乍聽之下，這樣的說法，只是一個富有雄心的企業家，對於企業進行未來戰略佈局的一個基本原則做簡單的闡述罷了。但是，這種目前在企管方面算是基本常識的說法，聽在我這個紀錄片工作者的耳朵裡，卻有另外的深意。

　　過去我們一般民衆對於全球化的認識，大約只會把它看成是產業升級的一個必經過程；這過程，從八〇年代台灣經濟自由化的腳步蹣跚啓動以來，企業便紛紛著手施展八仙過海的神通，躍上國際舞台，其用意，基本上是為了在後冷戰的新時代中，取得更為經濟的資源、擴大財務操作的空間以及產品市場的規模。而我們底下的民衆，其實不用為這些戰略性的操作費心，只要好好工作，便可以在企業的成長當中，順理成章地享受到生活不虞匱乏的富足。作為一個上班族、工人、公務員，乃至藝文工作者，所要考慮的僅止於工作與生活所見所聞的時空範圍，而無須為全球的結構變遷傷腦筋。

　　這樣簡單的圖像，放在資本主義中心國家如美國，或許比較適切一點。雖然美國一直是台灣心目中不斷要去效法與模仿的對象，然

而，位在太平洋盆地西緣的這個島嶼，要去成功地拷貝那樣的烏托邦理想，事實上，還有很長的路要走。

在上個世紀末，這個島嶼的產業與經濟危機逐漸擴大；景氣低迷、產業外移以及失業問題，在今年達到最高潮。即便是在資訊電子產業，同一個老闆底下，本土的科技新貴們也面臨外來者的競爭乃至排擠效應。在這過程中，如果放大來看，我們彷彿可以看到另一個「全球化」的圖像：企業家們擁有繞著地球跑的能力，去尋找最有利的資源與機會；而一般的民眾，在缺乏足夠的能力、識見與客觀條件底下，則被綁在這塊經濟活力逐漸停滯的土地上，進退兩難；似乎正是：「……被排除在全球運轉的體系之外，變成區域性的或者是比較隔離性的……你的前途是堪慮的……」。

對我作為一個電視紀錄片的工作者來說，在這一長段探討台灣資訊電子產業發展歷史的紀錄片攝製過程中，我們同時經歷的，也是對於台灣經濟與社會發展的反省。這種反省，讓我們認識到過去那種「經濟起飛」底下的社會氣氛，不管是80年代勞動階級的「愛拼才會贏」或是90年代中產階級的「快樂、希望」，其實都是戰後長期冷戰結構底下的一個果。

我們認識到，在冷戰架構底下，台灣與美國形成相互依賴的「製造－市場」關係，確保了台灣產業的資本積累；於是，台灣島上人人有生意作，有活幹，有錢賺。而當1980年初冷戰瓦解，中國大陸與東歐開始走向開放，東南亞也走向發展，台灣產業其實也嗅覺敏銳地邁開了外移的腳步；但是，台灣的一般民眾似乎並無法準確地認識到這個變化的重要性與長遠影響。從那時候起的二十年間，拜80年代末房價暴漲與90年代高科技產業的高營收之賜，對於成長與發展的樂觀想像還是可以維持住的；一直到最近，媒體的報導給人的印象，彷彿經濟的衰退是以光速撲向這個島嶼，失業率如八掌溪水一般一夕暴漲，令人措手不及。但是，從歷史長期的發展來看，造成這個果的結構性變化，豈不是在二十年前就已經啟動了嗎？

我不禁會想：相對於企業界，他們對於全球相關脈動的強而有力的嗅覺與情報蒐集，那麼，是什麼因素阻礙了一般民眾去掌握自己在世界變遷中的位置與前景，阻礙了他們去取得相關分析工具與知識，而使得絕大多數的人只能在時代的洪流裡頭，成為隨波而無自主性的浮萍？

　　簡單地說，在過去戒嚴的時代，我們一般民眾大約很難從有限的訊息當中去認識世界的變化，以及自己在這個變化中的位置與前景；同時也因為冷戰本身漫長的封閉與單面向結構，使得有限的訊息對於經濟生產力，以及對於民眾的自我認識並不構成太大的問題。而在解嚴之後，台灣資訊的膨脹，所帶來的，似乎並不是對世界的進一步認識；相反地，過去有限訊息所造成的狹隘世界觀，在今天資訊爆炸的年代中，反而得到無以復加的強化。

　　相較於早期新聞的箝制，或者是現在新聞的短線操作與氾濫，在這個變遷的時刻，恐怕具備時間與空間之透視深度的電視紀錄片，是一個更為有用的資訊來源，可以提供給一般民眾一些宏觀的認知座標，來認識世界、社會與自我的位置，而不要再重蹈過去幾十年來低頭「憨憨仔做」的心態與情狀——渾然不知將被社會變化的巨輪所輾過或甩開，並且毫無心理與社會性的準備。

　　也因此，我以為，企業家與政府已經有了完整而健全的資訊蒐集與分析機制，去讓他們可以掌握最新的動態以及來龍去脈；相對地，對於一般民眾，也應當要有一些機制，讓他們可以被充分而即時地告知，關於世界與社會變遷的方方面面的知識，以及可能的因應之道。與全球體系，以及這個體系的歷史背景搭上關係，不會只是企業家與政府的事情；一般民眾也該要去發展自己與全球體系的關係網絡與認知方式，在那當中，電視紀錄片將會是一個重要的介面與管道。

（2001年，發表於南方電子報）

高科技的儒林外史

——評曾孝明《台灣的知識經濟：困境與迷思》

　　去年底，在全球高科技產業開始往下滑，而台灣整體的經濟實力像被拔去了栓子一般，開始消氣的時候，我們因為一個探討科技與經濟之電視紀錄片的前期調查，而走訪了研究專長為光通訊的曾孝明老師；光通訊，正是當下全球熱門的領域。

　　我們完全沒有料到，與曾老師的接觸，會是一次culture shock。

　　所謂「culture shock」，好像應該是指異國經驗的衝擊才對；或者，說得科幻一點，外星人碰到地球人，地球人碰到外星人，彼此也會有一種「震驚」的感覺。然而，曾老師畢竟也在國內知名大學任教一段時間了，他既非外國人，更不是三眼神童火星來的。

　　那個下午，冬日的陽光照進這個理工科系的討論室。為了一次簡單的訪談，曾老師搬出一大疊剪報、文件、期刊、曲線圖，用投影機作有條有理的說明。他以一種運算數學方程式特有的簡潔與明快風格，透過一張又一張數據與例證投影片，直指台灣的學院科技研究跟全球相比，「是赤道國家的水準」；那麼，為什麼我們都不知道呢，

《台灣的知識經濟：困境與迷思》，曾孝明著，群學出版

那是因為，（他毫不留情地指責）媒體上的科學報導亂寫一通，而科技主管單位誤導大眾、根本就是該「切腹自殺」的「科技神棍」；另外扁平化的教改產生一拖拉庫連「野雞大學」都不是的「小雞大學」、不該存在的「研發恐龍」排擠了研究資源……，乃至於論文抄襲、校園民主造成劣幣驅逐良幣等等已經不是新聞的新聞，在曾老師具有全球視野的凌厲審視之下，變成一幕又一幕令人心驚的高科技儒林外史。

同時，他也批評了我們的紀錄片片名背後所預設的概念。「綠色矽島」？他指出，跟國外動輒70、80%的水準相比，台灣以代工為主的高科技產業毛利率水準極低，在這種情況下，去要求廠商拿出錢來進行生產設備與製程的環保改善，根本就是 mission impossible！

我想起，過去國內也有人就相近的課題提出批評，如1980年代末，專攻科學哲學與科學社會學的傅大為老師，就曾經以系列文章反省台灣的學術生產體系中心（見《知識與權力的空間》一書）。

那時，正是台灣的高科技產業站穩了根基，要邁向一個世界性高峰的破曉時分。一般人大約會被此後十年之中，一個轟動武林驚動萬教之電腦王國的誕生、一個半導體新製造模式的開創、一個又一個高科技英雄的浮現……等等接連不斷在媒體的驚呼聲中閃亮上場的圖像所吸引，更何況那也是過去十年來，描繪台灣股票走勢曲線的一支金筆……。在這過程裡，恐怕是沒有多少人會去關心：作為國外高科技產業源頭核心的學術研發工作，這十年來在台灣，到底有什麼變化？其水準是否也相對著高科技產業的營業額而節節升高嗎？如果說，台

2003拍攝Generation X，某IC設計公司邀請茶道老師演講

灣的資訊電子產業有著世界級的能見度，是否，學術研究也已經踏入國際殿堂之前頭班列了呢？

在傅老師的批評之後十年，來自當代高科技研發核心領域之一的曾老師，再次發炮；從他的觀察與評論來看，似乎這十年來，台灣學術生產的水準，根本就是不進則退。而且，由於曾老師本身即是全球高科技研發社群中的一員，對這一生態極為熟稔，其炮火的準確度就如巡弋飛彈一般，足以帶領我們避開一些可以迷惑眾生的偽裝、煙霧與詭雷，而以外科手術般的犀利直指核心。

當我們離開曾老師的研究室時，同行的夥伴M說，許多累積在心中經年、對於台灣社會與自身定位的疑惑，在此刻都得到了回答。我則望著不遠處，新竹學園區、台灣高科技產業的櫥窗；我想，會有人這麼說：那又怎樣？台灣不過是個代工的島嶼，過去如此，現在如此，未來還是如此；做全球頂尖的研發不一定是有意義的，那並不會為台灣帶來真正的好處……，我不禁恍惚起來：到底，誰是外星人？是我們，還是曾老師？

就在曾老師的這本書《台灣的知識經濟：困境與迷思》出版的時刻，被總統用來拼經濟的經發會正要熱騰騰地上場。面對這場新世紀的擂台賽，我想，有許多人，不管是被迫或是自願，都該要做出抉擇了：到底，台灣要走上哪一條路？是不是，昨天為美國代工，明天輪到為中國代工？那麼，在台灣，創新與研發的意義是什麼？我們真的要追求方方面面的頂尖卓越嗎？抑或僅僅有能力守住代工產業的頂尖卓越？到底，在這個夾縫中的島嶼，我們該怎麼看待「科學」、「研發」，其內在所蘊含的理性、嚴謹、自律、真誠與遠見等等道德命題，乃至背後外在的巨大商機與社會效應？今年，曾老師將會離開教職，離開這個曾經令他受傷頗深的島嶼，前往矽谷；面對台灣的前景，身為尖端學術研究者的他，正在做出抉擇。

（2001年發表於破週報）

文化產業在經發會中的角色

　　遠在這一波經濟衰退之前，植基於網路建設的「新經濟」與「知識經濟」，就成為討論當代經濟與文化發展的顯學。雖然我們還摸不太清楚，這種新的經濟模式的完整圖像，以及其對政經力量的影響，因此在過去一年中有著令人驚訝的起伏漲跌；但是，隨著寬頻網路的逐步開展以及線上互動與交易模式的不斷開發，前英特爾總裁安迪‧葛洛夫，目睹了驚心動魄的網路泡沫化之後，還是在六月份的 Wired 雜誌中，說他自己，「比以往任何一個時期都還要更相信網路的前景。」

　　如果說，想辦法跟全球脈動做最有效也最迅速的接軌，是台灣經濟與社會在這一波低潮當中要想成功地自我拉拔的最重要法門，那麼，顯然寬頻通訊、無線上網、內容產業、智財權法規等等與新經濟密切相關的軟硬體建設、技術與產業發展，在未來的數十年當中，依然會是最核心的課題之一。在這當中，由於未來寬頻網路裡頭，文字、語音、影像等元素將成為主要傳輸的內容，因此，關於此類內容產業的開發，乃至於週邊環境的完善，如電腦軟體、教育、傳播、旅遊等等，莫不成為各先進國家競相投注資本與進行政策導引的重點領域。以日本為例，其娛樂業的營收已經超過本國汽車工業產值；而英國的文化產業，平均發展速度是全國經濟成長率的近兩倍；影視業在美國的出口值躍居第二大產業，僅次於航太工業；而在加拿大方面，文化產業規模已經超過傳統的農業、交通、通訊及信息技術、建築業等產業類型；至於與台灣同處四小龍之一的韓國，近年來舉國上下投

入電腦遊戲軟體開發應用的決心與努力，有目共睹；在中國大陸，也出現了「文化產業將成下一波投資熱潮」的呼聲。

那麼，這樣一個世界性的潮流，在我們即將召開的經濟發展諮詢委員會裡頭，會以什麼樣的態度去回應？

從日前公佈的諮詢委員名單當中，或可看出一些端倪。一百二十位諮委，與文化產業直接相關的，只有天下雜誌的殷允芃女士、經濟日報的俞國基與工商時報的陳永誠兩位先生。他們之得以出線，多半是因為他們過去長期對台灣傳統產業與高科技業持續不斷的關注，而不是因為雜誌或報紙經營成功。雖然也看到了以寬頻與通訊網路骨幹為主要業務的聯合太平洋多媒體雷倩女士以及遠傳電信徐旭東先生等人獲邀入列，但是，從文化產業的角度來說，完善的硬體建設，如果沒有相對完善的軟體內容來支撐，依然不是長遠之計。

也因此，我身為一個基層的影像工作者，對這次經發會所能發揮的前瞻能力，感到相當的悲觀，也不禁感嘆自己所從事的這個行業，其在台灣的前景黯淡。畢竟，從上個世紀末開始，當台灣過去賴以生存並進而建立經濟奇蹟的製造業開始出現升級與轉型的瓶頸時，如何透過知識加值、感性行銷來提昇台灣產業的內涵、改造整體產業的結構，便成為政府部門與社會上重要的呼聲。這其中，其實我們也看到了一些成績，比方說，台灣音樂工業成為華人音樂圈的重鎮；出版業與文字工作者的版圖也從平面到網路、從台灣到香港到大陸，不斷與其他媒體進行策略聯盟；而在電影方面，儘管國片的製作環境一直積弱不振，但是《臥虎藏龍》的例子，讓我們看到了如同高科技產業結合矽谷華人一般，電影電視產業結合好萊塢與大陸人才取得重大成功的一個可能性。此外，多年來社區營造與在地文史工作者的辛勤努力，也在為台灣內部的觀光旅遊打造一個優質的根基。所有這些點點滴滴，雖然在統計數字上還比不上製造業與高科技業長年以來累積下來的亮眼成績，但是，如果我們願意將經發會看成是新世紀的台灣，檢討過去、策勵將來的一個重要的轉折點，又怎能不睜大眼睛看看世

界的潮流，以及在台灣不同角落萌發中的新芽？

　　或許有人會說，文化產業的調子太高，對廣大的以製造業爲主的失業人口並無法提供即時有效的幫助；那麼，且讓我說一個眞實的故事。日前，家中裝修冷氣，我與滿嘴檳榔渣的工人聊起彼此的職業，以及景氣問題。在離開時，他站在門口若有意似無意地說道，當冷氣工人越來越賺不到什麼錢，他有在想去找個什麼攝影助理之類的工作……。對我這樣從事紀錄片工作的人來說，如果有可能，寧願與這樣有著不同社會背景與歷練的人一起工作，而他們所需要的，其實是再教育與再學習的機會；至於這種機會的創造與取得，就要看政府以及這個社會，是不是願意把文化產業當一回事，如同當年發展 IC 與 PC 產業一般，眞正投入心力與資本，將它創造成下一波可以與國際接軌的台灣新經濟基礎了。

（2003年，發表於中國時報民意論壇）

我們貧窮，但是我們……

對三月工作營的片面觀察（註一）

　　二○○三年三月的台德協力造屋工作營，是一個極其單純，但同時又極其複雜的事件。說它單純，因為，不過是蓋棟粘土木架屋嘛！但它複雜，因為，骨子裡，這事情蘊含著某種程度的「一次革命」想望：希望透過這個事件，橫跨、串聯、甚或挑戰最大可能的社會與技術主流價值觀。

　　作為一個在旁的紀錄者，從一開始我們就在現場。一開始，我們並不特別意識到這件事的複雜度；總覺得，反正就是一個實驗嘛，總可以先順利將實驗做完，再來一步步檢驗結果。但是後來，我們逐漸觀察到，在這個實驗成型以及進行的過程中，許許多多難以一時讓人健康消化的困境。

　　舉一個例子來說，既為「協力造屋」，那麼，到底部落居民參與的程度有多少？如果用這一點來檢驗目前的成果，就會發現跟原本的理想之間還有一段差距。然而，我們就可以因此可以對任何一方做出任何斷言嗎？

　　思及德國團隊在烏克蘭地區的協力造屋，不間斷地進行了十三年，才達到初步的成果。而現在，距離黏土木架屋的第一根樑柱在潭南立起來，不過半年光景。

　　因此，我們感受到，一種複雜的時間感，或明或隱，在這個事件的不同層面當中交織著。在這個階段，面對一個族群、一個新工法、一個新價值的或再生、或移植、或萌芽，都會是歷史長河的過程當

中，重要的轉折；僅僅觀察了一年半的我們，在這歷史長河之前，必須謙卑。

　　關於工作營形成的背景中，許多關於生態與環保的緣由在許多文章以及報告中已有相當充分的闡述（註二）；在底下這篇以親身的觀察寫就的、不能稱之為論文的文章裡，我們想從另一個角度切入，來呈現這個工作營的來龍去脈裡頭，一些同樣值得注意的面向。

窮人的房子

　　二〇〇三年的二月，德國大部分地方都已經停止下雪，陽光普照。據說，這是百年來中歐地區最明亮的一個二月。透過家園協會以及汗得研究所的協助安排，我們來到德國西威斯法蘭的農村博物館參觀。

　　這是個在曠野上建立起來的博物館，主要是在蒐集西威斯法蘭地區的老房子，將它們集中在這個區域展示。因此，這裡佔地遼闊，約有好幾個足球場大；而館方所蒐集到的屋舍樣本，多到讓他們可以根據年代，將它們分別集合成不同村落，因而分成不同的展示區域。

　　比方，一座安排成十九世紀末模樣的村落裡頭，有神職人員、收稅員、工匠等等有頭有臉人物所住的豪宅，更有農夫、獨居老人等中下階層的屋舍。在各個屋舍當中，符合該屋主生活習慣與社會地位的各種用具、擺設、裝潢等等一應俱全，吃喝拉灑、食衣住行的痕跡，在裡頭都看得到。

　　我們特別要求參觀了幾棟中下階層貧民的房子。

西威斯法蘭農村博物館，
窮人的房子內景

其中一棟，住了一家人。簡單的家具，全家人共用一個生火的暖爐，可以想見他們在料峭寒冬當中，不但要受經濟拮据之苦，更要承受風雪的磨難。在靠近火爐的那面牆壁，在後來粉刷的白漆底下，館方發現了過去壁紙的痕跡，是一種平民百姓使用的廉價壁紙。館方特意刮除一小片白漆，露出壁紙的一角，讓參觀者可以透過這一方小小的紙片，以小見大地懷想當年屋主的生活況味。這個紙片，就像羅蘭·巴特在《明室》一書當中所說的映像上的「刺點」，在一整個房間、甚或整個村落中微不足道，但卻是在歲月磨蹭過程中，不經意留下的縫隙，緊緊抓住我們的心緒。

這是我們第一次學習到，如何去「觀看」一棟窮人的房子。過去，或許我們自己的居住環境也曾透露出自己的經濟與社會地位：在酒後失意時一拳就可以擊穿的薄薄三夾板隔間、冷冽而令人眼睛疲累的廉價日光燈、已經傷痕累累的紗窗、彎曲變形的鋁窗；廚房裡，沖壓成型的鋼製洗碗槽裡擠滿了一個星期以來吃泡麵的碗、喝即溶咖啡的杯；霉斑悄悄地攻佔牆角、壁癌在天花板蔓延……。但我們多半會刻意迴避這些空間上的缺憾，因為，我們總想要迴避生命的缺憾；而可供逃逸的想像空間，就只有電視廣告上樣品屋一般的豪宅廣告，充滿歐洲都會上流社會浪漫情調，或者巴黎、或者羅馬、或者倫敦、或者巴塞隆納，名稱不同，但卻通通都有噴泉花園、SPA泳池、琴音流洩、俊男美女與快樂小孩穿梭其間。

但是，究竟有多少人可以真正享受到這些？至少，在歐洲，不管是哪個歷史階段，這些豪宅的意象，對許多人來說，還是只能存留在想像世界裡。

在家園協會的林子裡，我們同樣看到，第一次世界大戰之後作為戰敗國的德國，在經濟蕭條的時局底下所蓋成的「窮人的房子」；這個名稱，據家園協會負責人迪崔西牧師表示，是當地人對黏土木架屋的一種稱呼。在當時，一般稍有積蓄的人家，已經使用燒製的磚頭來蓋房子了；仍然使用黏土木架這種屬於傳統農舍的建材與工法，顯然

家園協會大門

西威斯法蘭農村博物館，19世紀末村落展示場

是那些入不敷出的勞苦人家不得不的作為。

這些「窮人的房子」，其實跟我們對歐洲的另一種浪漫想像，正好不謀而合；那是由紅瓦白牆黑木柱所構成的，田園的、鄉居的、山野別墅式的歐式鄉村居家風貌。對我們來說，其實很難想像，這會是「窮人的房子」；相反地，遠看像朵花，感覺那似乎該是有錢人才住得起的地方。

窮人蓋的房子

然而，弔詭的是，近年來，隨著環保與古蹟保存意識的抬頭，這種黏土木架屋受到某些社會中堅人士的重視；特別是在社民黨與綠黨聯合執政的架構底下。

在我們造訪德國的那段時間，從報紙上讀到許多大城市裡頭，被稱為Zimmerman的建築工匠因為經濟下滑、飯碗不保而集體上街頭抗爭，要求政府多多給予保護的消息；而同樣是Zimmerman的家園協會技術總監胡伯特卻告訴我們，他一點也不擔心自己的飯碗問題；因為，相對於那些因為只會使用現代建材而上街頭的工匠，像他這樣還懂得怎麼蓋黏土木架屋的工匠，因為數目很少，近年來反而行情看俏。透過一些地方政府有意識的政策補助，不管是翻修老房子，還是蓋新屋（這比例比較少），胡伯特的營造公司都有源源不絕的訂單。那麼，黏土木架屋似乎就此翻身，不會再是窮人的房子囉？

我們觀察到的是，或許，這多半不再是窮人住的房子，但卻是窮人蓋的房子。

胡伯特在自己監修的
房子前

近年來德國景氣不佳，找不到工作的人比比皆是。透過參與白俄計劃（註三），胡伯特認識到非專業人士在黏土木架屋這方面也可以有不少的發揮空間，因此，近年來他的工作團隊當中，有許多是失業者。對胡伯特來說，蓋房子除了讓失業者有一份堪稱穩定的收入之外，還可讓他們知道這個社會還有他們可以奉獻，並且得到回報的生存空間。因此，蓋房子這件事不僅僅是在為他人作嫁，建立一個硬體的生活空間，更在為自己團隊的成員打算，去建立各自的自信心與自尊心。

跨越國際的相近性與差異性

從窮人的房子到窮人蓋的房子，我們在德國的行腳過程中所觀察到的，除了此地所熟知的生態環保觀念之外，似乎可說是一種來自歐洲社會主義傳統的行為觀念，在建築領域的長久沉澱。或許家園協會並不會使用「社會主義」這樣的字眼，但是，我們了解這個行為觀念在歐洲已有數百年的歷史；同時，在Zimmerman養成的過程中，我們也可看到比較自由（liberal）的思為如何連同技藝與經驗，一起烙印在工匠身上。

傳統上，年輕的Zimmerman出師之後，必須離開師傅所在的地方，到外地浪遊數年，走村串巷地尋找需要蓋房子或修繕屋舍的業主，之後才能在某地定居，發展自己的營造廠並招收學徒。這樣的養成過程，使得Zimmerman有別於被綁在土地上的農人，而有機會接觸到不同區域當中，不同的政治經濟風貌與文化觀念——通常這是握有權力的人才能夠看得到的。同時，由於他們通常是為中下階層的業主服務，因此他們對社會的觀點，往往又會在有別於國王、貴族與豪紳的脈絡與視角底下形成。

對我們來說，這些觀察，跟謝英俊團隊在日月潭三年的工作內涵比較起來，其實有著驚人的相似之處。不管是伊達邵部落的災後重建，或是在其他山區村落的重建工程，謝英俊團隊所蓋的，正是窮人

1920年代家園協會
協力造屋

工作中的Zimmerman

典型的德國工匠工作車

的房子，而參與建造過程的，也多半是窮人。雖然台灣的社會主義與工匠傳統在戰後的政治經濟發展過程已被徹底斲傷，我們也尚未細究，在謝英俊團隊身上，比較自由（liberal）的思為如何連同技藝與經驗一起被烙印下來，但是，比較台德兩者各自的作為，卻有相當程度的親近性。

我們以為，這種親近性，是讓三月工作營得以成型，並且延續的重要因素之一。

但是兩者還是有著很大的不同。最大的不同就是，從本文開場的角度來說，德國方面在其在地社會脈絡的供養之下，有充分的資源去延續他們的行為觀念，而無須跟著其他工匠一起上街頭抗議討飯吃；相對地，在謝英俊團隊這邊，由於本地行政作業的緩慢、配套措施的不足、社會主流的忽略等等，而使他們的行為觀念，並不容易獲得整個社會充分而即時的供養。簡而言之，許多重建工程款至今遲遲無法收取，團隊的運作在過去三年中頗受巧婦難為無米之炊之苦，許多成員已經有半年以上領不到薪水，就算領到，也是薄薄的一小袋。

因此，若要說誰是窮人，除了屋主之外，我們也必須正視謝英俊團隊所面臨的貧窮處境。而三年來謝英俊團隊在災區的工作，越來越是一群窮人蓋房子給另外一群窮人住；在真實的環境中，此實乃「協力」之真意。

謝英俊團隊數年來所實踐的家屋重建法則，除了材質工法的特徵之外，最突出的是協力的概念。接受謝英俊團隊方案的家戶，在重建之後，有機會成為工作隊的一員，開始有穩定的收入，繼續為其他家

浪遊中的Zimmerman

2003年2月，
德國工匠上街頭

戶蓋房子；相對地，德國團隊在德國與白俄的作爲當中，也看得到類似的理念。

而發生在日月潭周邊的這種協力，乍看之下是家戶與家戶之間、跨越了村落與族群界線的協力；然而，從上述對貧窮的觀察來看，謝英俊團隊何嘗不是需要被協力的對象？一言以蔽之，這裡頭，需要被協力的，不僅僅是一棟一棟的房子，更是這樣一套家屋設計與營建的社會經濟體系；需要被建立的，不僅僅是家戶本身的自信心，還要同時包括讓設計者與營建者可以持續下去的信心。從這個角度來看，三月工作營雖然部分移植了德國團隊的營建技術，但並無法移植德國當地既有的營建環境；而後者，比起前者來說，恐怕更是當務之急。

也因此，當我們看到三月工作營當中，在德國黏土木架屋型與謝英俊團隊修正過的木頭-輕鋼架屋型之間的差異，引發了外人一些或明或隱的評比議論時，我們所關注的，卻不在哪個比較環保，或者哪個比較接近人性，甚或是，哪個比較接近都市人的想像；而在於，不管是哪一種屋型，它們如何能夠對在地弱勢戶與貧窮的建築工作者必須共同面對的營建環境，可以產生正面而積極的效果。

然而，依我們的所知，對於營建環境，大約只能談到這裡。那當中比較專業的內涵，並非我們所長；但屬於三月工作營之營建環境中的另一重要角色，亦即潭南村，我們或有一些初步的觀察，在此可供大家參考。

謝英俊建築團隊，前景為
三月工作營屋型之一

開會中的謝英俊建築團隊

潭南村

　　潭南村就位在日月潭與濁水溪之間；日月潭與濁水溪分別是台灣最著名的河川與湖泊。跟鄰近比較靠水的部落（如雙龍、地利、德化社）比起來，它雖位在山之巔，但卻不在觀光景點的水之湄；這使它們在觀光經濟的層面上居於弱勢，但卻也因此保有另一番寧靜的可能。

　　但在現實上，經濟的弱勢，或者寧靜（按其字面意義，即「沒有聲音」），同時意味著在社會與政治位置上的弱勢。且不說在921地震之後，它們幾乎是最晚被營救的社區；兩年之後桃芝颱風肆虐，沖走許多村民賴以維生的田園，至今無法回復；而被土石流沖垮的一號橋再度被蓋起來時，橋面卻過低，在颱風季節容易水淹橋面，甚至再度被沖毀；另外，不久前完工的攔沙壩，橫跨兩山之間，雄偉壯觀，卻沒有同時蓋一座橋，讓地震之後遷到對面河邊居住的村民可以出入。這種開玩笑式的公共工程，似乎說明了這個村落在政府心中的地位。

　　另一個令村民傷心的是，這些工程都由外地建商發包；熟悉工地環境與技藝的村民卻無法從中獲得最基本的工作機會。

　　村民不是傻瓜，對這些作為都看在眼裡；同樣的，對於地震之後絡繹前來的建商，在經歷三番兩次被騙的慘痛教訓之後，到最後也不得不養成心存觀望的習慣性戒心。總而言之，從地震開始，一連串或因為人為、或來自大自然的打擊，讓村民們對公共事務普遍趨於消極。在我們訪問村裡幾位公共事務的核心人物的時候，他們都不約而

遠眺潭南村

滂沱大雨中的攔沙壩

同地提到這一點。

　　最常聽到的一種說法，是地震之前，村長一廣播，家家戶戶都會注意傾聽，並且站出來互相協力幫忙，此乃潭南之「團結」之謂也；但地震發生三年多以來，這種「團結」的情況是每況愈下。到後來，村長或核心幹部的廣播往往變成自說自話，得不到太多回應。

　　到底地震之前的實際狀況是如何，我們尚未深究。但是，在許多傳統社區乃至現代社區當中，我們都可以聽說曾經存在著互相協力的精神與實際作為；而在潭南這樣的社區，那原本來自祖先教誨的相親相愛，或者「團結」，在今天，是怎樣被磨損掉的呢？

　　我們目前的觀察，尚不足提出一些比較確切的說法。但是，除了上述天災人禍的接連打擊之外，多年以來，原住民必須離鄉背井找工作，才能夠維持他們在當代社會中的生存條件；這種現代的經濟性遷徙，其實跟百年前日本殖民政府強迫許多原住民部落的政治性遷徙，都對社區集體的自信與自尊造成大幅度的傷害。而近兩年來整體台灣經濟情勢的下滑，讓許多原本外出的原住民再度回到部落，但卻要面對天災人禍之後殘破的家園與人心……。

　　我們的一個受訪者，在回到家園後，賴以建立自己信心的，是桃芝颱風之後不經意在溪邊撿到的一塊人型石頭----有著瘦長的臉龐、深邃的眼窩，對他來說，這彷彿是在桃芝颱風來襲那天過世的外婆，託天主帶給這個歸鄉外孫的最後的禮物。

阿文的石頭禮物

面對貧窮

在主流社會的想像裡頭，貧窮通常是一個負面的字眼；它不僅僅意味著經濟水平低落，更往往意味著愁苦、悲情，甚至萎靡、衰落等等牽涉到精神文化與生命價值判斷的意念。

主流社會面對貧窮的態度，除了不斷提供一個富裕生活的對比想像（如大多數或富麗堂皇、或流光曼妙的電視廣告）之外，通常會以救濟心態面對之。特別是在歷經三十年的經濟成長之後的台灣，作爲一個在美援扶植下，不斷進行經濟升級的島嶼，在富裕之後，也會想要透過救濟的行動，來解決貧窮。

我們以爲，救濟毋寧是面對貧窮的第一步。然而對於造成貧窮的結構性因素，以及對於貧窮的價值判斷本身，尚待進一步去探索、面對。特別是，近兩年來台灣的經濟成長率下滑、貧富差距擴大，對於長年浸泡在「經濟奇蹟」之自我認知的整體社會來說，如何重新面對貧窮，是一個現下就要深究的課題。

對於社會資源分配不公所帶來的貧富差距拉大，近年來已經有許多的NGO組織以批判的角度進行分析、呼籲乃至行動干預；而這個其實是在全球化風潮底下所形成的跨國結構性問題，如何影響到像前述謝英俊團隊所面臨的，貧窮的在地營建環境，由於並非我們所長，在此只能點出來，還待來者進一步爲我們研究、解讀。

在另一方面，關於貧窮的價值觀念問題，其中比較細緻的部分，則是我們想先提出來與大家討論的部分。

過去十餘年來，在西方富裕國家逐漸興起「簡樸生活」（simple life）的風潮；許多人放棄了原本物質充裕的生長環境，轉而追求簡單的、符合生態環保的、自己動手做的、有益心靈成長的生活態度與方式。這種或有人稱之爲「清貧生活」的生活風格，也在1990年代隨著台灣股市飆上萬點的時刻，落腳於台灣。

且先不論「簡樸生活」當中蘊含的反資本主義潛能（註四），這種一如馬克思（Karl Marx）所嚮往的早上捕魚、下午散步、晚上唸書的

過河的其中一種方法。當時從觀景窗中望出去，
這個攔沙壩簡直就是為這個鏡頭而設的，
不禁有一種荒謬感油然而生。

理想社會主義生活，對我們來說，毋寧是一種面對貧窮的另類態度——雖然，在上述主流社會傾向於污名化貧窮的前提底下，「簡樸生活」者通常不會把「貧窮」的標籤掛在自己身上，作為自我認同的一部份。但如果我們都同意，如果貧窮指的就是經濟生活指數低於一般水平，那麼「簡樸生活」難道不是一種貧窮？

　　當然，這種對於貧窮的自我認知，跟結構性不平等所造成之窮苦人家的自我認知之間，並不完全相等；同時，如果去除了「貧窮」的字眼，「簡樸生活」就比較容易獲得主流社會的認可，因為它代表著一種進步性。但，相對地，加上了「貧窮」，是否「簡樸生活」比較能夠進入現實當中因結構性壓迫而導致的「貧窮」脈絡中，去透視甚且經驗到經濟與社會因素如何在其中作用，並與之產生互動，甚或有著相互激勵的可能？

　　中國古代許多著名的隱士，並不隱瞞自己貧窮的狀態，甚至以此自況。東晉陶淵明在詩中這樣描述自己簡樸的家居生活：結廬在人境、而無車馬喧、問君何能爾、心遠地自偏、採菊東籬下悠然見南山、山氣日夕佳、飛鳥相與還、此中有真意、欲辨已忘言因之，貧窮的狀態，及其價值判斷，自古就存在著一種非污名化、去污名化的可能性。也因此，當我們回過頭來看三月工作營時，或可不要將它看成是一種救濟貧窮的行為，而是不同背景的貧窮人士，透過家屋重建，來共同摸索一種關於自我生活狀態、自我認知的新價值。當用黏土來蓋房子，在當代一片鋼筋水泥樓房當中，已經被掃進「故舊」垃圾堆，被污名化的時候，如何重新正視黏土房子的價值，或許正是屬於重新估量「貧窮」之價值觀念與自我認知的一環。

　　當然，我們必須再次強調，這種對貧窮的正視與重估，同時不可迴避的是，去認識到整體社經結構不公所導致的人性與價值扭曲，否則，就會變成一種虛飾與矯情；然而，在此之外，我們要探尋的是，在真誠面對貧窮的時候，除了「對抗貧窮」、「脫貧」的想像與作為之外，我們還可以有什麼也可穿透社會經濟脈落的具體想像與作為？

關於貧窮價值的辯證

　　有趣的是，三月工作營所發生的潭南村，是一個原住民部落。上述關於「簡樸生活」之追求簡單的、符合生態環保的、自己動手做的、有益心靈成長的生活態度與方式，其實早已深埋在原住民既有的文化與社區傳統當中。也因此，當黏土木架屋被蓋起來的時候，有些已經貸款蓋了水泥房子的村民，會說：「這不就是我們過去蓋房子的方式嗎？」或者，「我以後也要蓋這樣的房子」；或者，「我老了以後，要回到舊部落去，自己蓋石板屋來住。」一時之間，似乎三月工作營的初步成果，已經將村民原本失落或者被侵蝕掉的固有記憶一點一點召喚出來，而上述對於「貧窮」的價值觀念，也開始得到重新估量的機會。

　　但是，進一步的辯證卻是，能夠說這些話的，多半是那些有能力或有潛力蓋第二棟水泥房子的村民；相對地，對於工作營的家戶來說，黏土木架屋或輕鋼架屋，是在經濟壓力底下，不得不接受的現實。他們能夠擁有的選擇性極低，有些家戶甚至對於必須接受黏土屋，而感到極度羞愧。

　　這樣價值的辯證，透過三月工作營的場域，還在各個相關場域持續發展當中；而房子至今尚未蓋好，故事尚未被說完。但是其中豐富、多彩的面向，特別是關乎價值觀念的那些部分，我們以為，值得在這個階段，就提出來供大家參考、探討。這對於後續實際的作為來說，或可有一些本質性的、穿透性的幫助；這是我們的期待。

（2003年，發表於國立科學工藝博物館研討會）

一些喃喃自語

1. 人與人的相處與了解需要時間
2. 人與房子的相處與了解需要時間
3. 時間的因素：容忍的，或是殘忍的？
   - 冰河時期的沖積土
   - 老房子的歷史
   - 鎖螺絲的速度、泥土乾燥的速度
   - 災後三年VS.災後十三年
   - 族群的遷移時間點
   - 找到工作的時間
   - 認識部落、認識人、認識意義所需的時間
   - 紀錄片的時間
   - 搞定一個工作營所需的時間
   - 老年人、中年人與小孩
   - 資本主義的時間：效率VS.悠閒
   - 義工捐出時間VS.家戶捐出時間
   - 建立一個家所需的時間
4. 隻字片語
   - 發呆也是一種溝通
   - 部落裡的曠時攝影
   - 家或枷
   - 氣之形成場，時空因素是並存的

附註：

1 本文的寫作，承蒙德國西威斯法蘭農村博物館、家園協會、汗得研究所、謝英俊建築師事務所、潭南村等單位或團體的協助，在此謹致謝忱。
2 可參考，胡湘玲、韋仁正，〈2003年為「非核家園」蓋一棟「黏土木架屋」〉
   http://www.cc.nctu.edu.tw/~humeco/1today/paperhouse2.html

3 參考，胡湘玲、韋仁正，〈2003年為「非核家園」蓋一棟「黏土木架屋」〉
  http://www.cc.nctu.edu.tw/~humeco/ltoday/paperhouse2.html
4 這個部分在台灣似乎較少被觸及。

二〇〇二年台灣紀錄片雙年展海報

眞實在他方

紀錄與發現

張惠菁：我記得曾經在奈波爾（V. S. Naipaul）的一篇演講稿中讀到
過，他之所以不斷旅行、寫作的原因是爲了－－to find out'
「去發現」，或者「去弄清楚」。在台灣，報導文學一直沒有形
成一個有力的文類傳統，我們經常會忽略了創作（不論是用
影像，還是用文字）可以有這樣一層意義，即它可以不只是
作者內心風景的呈現，或自我療癒，或抒情記事，更可以是
作者一個向外出走、「去弄清楚」的過程，透過文字或影像
的洗鍊與深化，把這個過程呈現在讀者或觀眾的面前。

好看的紀錄片，經常包含這種「去弄清楚」的元素，這次紀
錄片雙年展有好幾部作品都環繞著這樣的主題，比如《尋親
記》（Family）是一個丹麥導演幼年遭父親拋棄，導致後來他
母親酗酒早逝、哥哥自殺。在他看來父親失蹤是這一切悲慘
事件的原因，於是決定去尋找父親，弄清楚發生了什麼事，
把尋找的過程拍成一部紀錄片。影片的起點看起來很悲情，
結果卻出人意表，在地球另一端找到一整個家族。這就是去
尋找的魅力，因爲你不知道會找到什麼。

這個「去弄清楚」的過程牽涉到問問題的人，作者本身對問
題的開放性，怎麼問，是不是有想要傳達的主張，會非常影
響作品的風格。回到文學上的典型，我覺得奈波爾是一個特
別的例子，他對他旅行、描寫的世界，不太抱持「同情的理
解」，不掩飾他作爲一個外來者的眼光，卻也因此有他獨到的

犀利。在這方面，紀錄片導演怎麼處理和拍攝主題的關係？

米蘭昆：這很有趣。探索與發現一直是紀錄片內在的驅力之一，有時候是人性、有時候是生命、有時候是新知、有時候是密謀。比方說像《西藏、西藏》（Tibet Tibet）一片，日籍韓裔主角，透過一段長達兩年的旅程，來重新發覺自己的族群認同過程。

但是跟文學的筆不大一樣的是，紀錄片使用的攝影機，通常是建立在拍攝者與被拍攝者之間的某種同理心與默契之上。因此，大部分的紀錄片多多少少總是站在對於被拍攝者進行同情地理解的角度，否則，一種近距離的拍攝行為通常會難以為繼。

相對於此，文字比較容易「製造」距離，或者毫不保留地流露出對被書寫對象的某種疏離，甚或解構／重構。

如何拍攝出具有距離的影片，對紀錄片工作者來說是相當大的挑戰。我們並不難看到透過旁白、資料片以及遠觀的鏡頭來架構出具有疏離或者批判性質的影片，但是如果要以逼近的參與觀察來做到這樣的效果，那麼就必須對所謂的「真實」、「倫理」有更深一層的認知與掌握，以及承受與包容各種社會效應的內在能量；而那是一項挑戰。

真實與虛構

米蘭昆：近年來國際間的紀錄片常常透露出一種劇情片般的觀影效果。這主要是表現在兩方面：一是鏡頭語言取法劇情片，像「尋親記」當中表現主角心境變化的方式；另一則是在敘事上注重戲劇效果，比方說今年女性影展曾經放映的「翹家少女」（Runaway），便可以在片中看到伏筆、衝突、留白等等製造「起承轉合」戲劇過程的痕跡。

從這個觀點來看所謂「真實與虛構」的問題，或許我們就不會再拘泥在「紀錄片跟劇情片在形式上有何不同」這樣的問題上。簡單地說，如果我們說劇情片是「戲如人生」，那麼紀

錄片就是「人生如戲」；我們都會傾向於同意紀錄片是關乎眞實存在的人物、場景與事件，那麼，重點就在於如何將這些人物、場景與事件帶到觀眾面前，引起共鳴，或者議論。在那個「人生如戲」的「如」上面，紀錄片工作者可以使用的手法太多了。

當然，從另一方面來說，有些虛構（fiction）的影片有著紀錄片的風格，因而造成「擬眞」或「以假亂眞」的效果；在國際間，這種影片也造成許多有趣的話題以及探索。對我來說，眞假之辨關乎一個地區或民族的文化底蘊：在西方基督教文明地區，關於「眞實」，一直是人們精神生活當中深層的核心命題；而在東方的我們要如何安置這樣的問題意識，是一個值得探討的方向。

張惠菁：眞實與虛構的混淆，在文學界也有類似的例子。比如駱以軍的小說就和現實走得很貼。近年大陸年輕一輩的作者也大量將（疑似）自己的生活經歷寫進小說裡，從石康、棉棉、衛慧，到最近的春樹都是。

所有的創作都可以說是與現實（reality）的一種對話。但是文章寫到哪裡、鏡頭拍到哪裡算是滿了，在哪裡讓作者或導演的意識切進來，就是每個人不同才性下的選擇了。用文學來比喻的話，我覺得昆德拉就是會很快會讓作者意識切進來的那種作者。

你提到紀錄片是將眞實人物、場景與事件帶到觀眾面前。但是導演能帶的，一定是他看到的。紀錄片和現實之間的關係既然是這樣的直面，導演在他身邊的現實中看到什麼，看到多少，更加無法迴避或掩飾。這次參展的影片《漫漫長假》（Long Holiday）裡有個鏡頭我非常喜歡——在不丹的寺廟前，一對年輕男女坐在地上聊天，聊了好久之後，女性伸出手輕輕地碰了一下對方額前的頭髮。那是一個很輕很自然的動作，傳達著微妙的情感。我們有無數的可能錯過這個發生在不丹山上的一次碰觸，它之所以會入鏡，是因為導演一直

在看著，並且認出了那個奇妙的動作。他從週遭不斷發生的事件中，篩出了這個片段來。

紀錄片的旅程

張惠菁：小說家中最讓我聯想到紀錄片導演的是狄更斯。狄更斯的主角通常很普通，可是被生活帶到主角身邊的角色，一個比一個精采。各種階層、行業、腔調、性格，隨著劇情的開展，一一展現。狄更斯的主角就好像紀錄片攝影機的鏡頭一樣，我們隨著他的境遇升降，看到十九世紀倫敦社會上上下下層級中的各種人物。

如果說小說中描寫的生活讓人物的性格顯影，紀錄片則經常是在旅程中追問。例如前面提到的《漫漫長假》，導演范德庫肯（Johan van der Keuken）發現自己罹患癌症後，將生命最後的時光用在旅途上，一路走過四大洲，到加德滿都去見喇嘛，到非洲去探問生活的艱辛。這個人把他最後一年的人生拋到路上，和各種不同族裔、不同文化的人碰觸。疾病與死亡好像是個人的事，但導演卻選擇用旅行來探究，遂使病與死有了另一種意義。

這樣的意義是無法在個人身上自給自足的，一定得把鏡頭帶離自己，帶往他方，才能有所發現。或許我們可以說，紀錄片傳達著一種「真實在他方」的訊息。

米蘭昆：妳說，「真實在他方」，一點也沒錯；紀錄片經常強調真實，而許多真實感總是在流動、穿梭與追索，跟他者碰撞的過程中，才能落實下來。因此，旅程對追求「真」與「實」的旅者來說，總有難以抗拒的魅力；對創作者來說亦復如是，不管是透過文字或是影像。

而對觀者來說，觀看各國的影片，也像是經歷一場旅程。比方說以色列的影片，雖然不是百分之百如此，但在剪接節奏上絕大部分都是令人呼吸急促的，那是跟他們所身處的環境壓力有關嗎？來自中國的影片就相對顯得遲緩，而泰國的影

片則有一種泰式酸辣的感覺-清香、不刺激、放鬆。而這些觀影行腳，也在重新冶煉我們對「他方／真實」的領會。

最後，我在想，關於旅行的紀錄片，在時間上是否都必然是長的？如妳所說，即便僅僅是在同一個城市裡徘徊，狄更斯也發掘出形形色色的人物與場景，編織一齣長篇好戲。從台灣的經驗來說，像廣告、短片、歌曲、slogan、短篇小說等等這類短小的文化創作，有著比較亮眼的表現；但在幅度較長的敘事方面，不管是長篇小說、報導文學、史詩、影片或戲劇，似乎比較不容易獲得注目。因此，如何去經營、再現一段漫長的旅程，還有待我們好好地走過幾回。

（2002年，發表於聯合副刊）

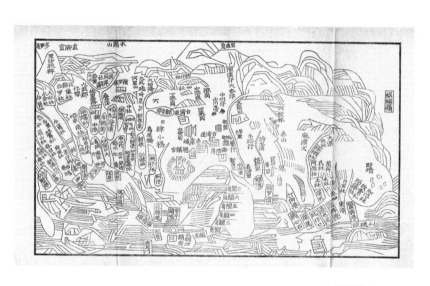

台灣古地圖

喂，是誰在島上？

島中島

就如同沙漠之中，每個綠洲都可以自成一個小國，從而可以沿著商旅與文化傳播的路線，像珍珠鍊一般拉開一串國名；千年以來，在海洋貿易的航道上，沿著信風帶星羅棋布的國家，往往就是一座又一座的島嶼。

當然也有由多個島嶼所形成的王國。像今天的印尼，轄下有一萬三千多個島，大大小小地沿著赤道兩側沿展出一道將近一千五百公里的長弧。當然，在現代科技與政治制度降臨以前，並沒有任何一個國王可以有能力控制這樣廣闊的區域；但是，早在十世紀左右，阿拉伯人澤德就這樣描述當時的王朝：「屠婆格王統治著摩訶羅屠……他統治著無數的島嶼，分布在方圓一千多波斯里的海面上……。」

在這些信奉伊斯蘭教的阿拉伯商人剛剛抵達的時代，這整個區域還是以印度教與原始宗教為主；到了十六世紀，跟著阿拉伯三角帆船前來的阿拉真主，已經傳遍了蘇門達臘島與爪哇島，乃至更東邊的島嶼，成為這一帶最主要的信仰。

歷史上一切改宗的過程，信奉舊有宗教的王朝往往受到新興宗教信仰者的擠壓乃至迫害，無處可逃的，若非皈依新教，就是遭到殺害；但因為這個區域多島嶼的特性，在一五一五年以爪哇為中心的滿者伯夷王朝（Majaphit）滅亡時，大量信奉印度教的貴族、軍人、藝術家、工匠與僧侶還可以往東逃到峇里島，因而造就了峇里島的「黃金

時代」，一直延續到今天，我們還可以看到許多印度教與當地原始宗教結合而成的建築風格、雕刻、宗教儀式與樂舞型式。

有趣的是，除了峇里島以及鄰近的龍目島之外，鄰近的其他島嶼幾乎都信奉伊斯蘭教；於是乎，我們暫且稱呼這樣的島嶼為「島中島」。它們誕生在不同向度之政治經濟與文化力量的擠壓、擦撞底下，在強權勢力的夾縫中找到生存的空間，就像因為板塊擠壓、火山爆發所造成的新島嶼一般，在列島之中，突出一個面目迥異、堅持自己鮮明個性的品種。

語言人類學上，我們也可以看到這樣的現象，比方說，在彰化、雲林與台中一帶講福佬話的區域當中，曾經存在著講客家話的村落，這被專家稱為「方言島」。那麼，如果由這些專業術語延伸想像——福佬話不過是整個漢語列島中的一個島嶼，而在福佬話夾縫中生存的客語村莊，不也是一個島中島嗎？

另一個島中島的例子，在今天印尼東端的帝汶島。過去因為被葡萄牙殖民的歷史，此島一分為二被切割為西帝汶與東帝汶，兩者分別信奉伊斯蘭教以及天主教。在二次大戰後的獨立風潮當中，一手拿可蘭經一手拿劍的印尼武裝部隊與西帝汶民兵，對剛剛獨立的東帝汶展開長達三十年的鎮壓與征服，直到近年來在西方國家介入與聯合國調停之下，後者終於獲得完全獨立的空間。

跟東帝汶相比，另一個印尼島嶼——摩鹿加島上的天主教徒就沒有那麼幸運了。在首府安汶，伊斯蘭與天主教之間的血腥暴力衝突一直無法平息，宗教衝突之嚴重，就好像歐亞大陸另一端，愛爾蘭島東北端的北愛爾蘭那般。北愛爾蘭的英國國教派與天主教之間水火不容，高層政治家與國際間所調停的和平進程，屢屢被民間深沉的仇恨所破壞；敵對兩派在北愛首府貝爾發斯特劃分藩籬界線，各自形成涇渭分明的島中島。

從名稱上來說，現代印尼的國名"Indonesia"這個詞，是「印度」與「多島」兩者的合稱。但在過去歷史上，並未真正出現能夠長久而

有效地統治這一萬多個島嶼的政權；當受到美國扶持的「萬島之王」
——獨裁者蘇哈托，在一九九七年下台之後，相對於中央集權的政治
想像，可說是面臨烽火遍地的考驗；包括最早出現強大王權室利佛逝
的蘇門答臘島，其西北端的亞齊地區也有分離主義運動。這一串赤道
附近的珍珠項鍊，當中一顆顆閃亮晶瑩的珠子，或許終究要回歸到各
自散落於蔚藍大海之中的自然狀態。

非人島

　　島可分有人島與無人島，問題是，該怎麼去定義「人」？

　　如果說，在現代社會裡頭，透過公民身分的認定，方能賦予一個
完全的、「人」的位置，那麼像美國紐約港外的艾利斯島，則曾經擠
滿著有待驗明正身的「非人」。十九世紀中葉以後，一波又一波的移
民，主要來自歐洲，有部分來自亞洲，湧入紐約港尋找美國夢。在取
得正式的入境許可之前，他們必須先在艾利斯島停留，接受身分與身
體的檢驗。

　　我們或可稱這樣的一個島為「非人島」，因為在島上簇擁著的，是
「不完全的人」。

　　在古代，種族與性別或許是一種認定「人」完整與否的標準；而
在現代社會中，即便擁有了由國家認可的公民身分，仍不保證可以成
為完整的人。許多島嶼成為高科技試驗或是高污染廢料堆放場的最佳
選擇，那我們該如何說，那些島嶼上的島民，被承認具有完整的人格
呢？

　　在一九五〇年代冷戰時期成為核子試爆場的比基尼環礁，屬於密
克羅尼西亞當中的馬紹爾群島。五二年十一月一日，世界上第一顆氫
彈在此試爆，其威力等於兩百五十顆投至廣島的原子彈。從五六到五
八年，美國在比基尼共進行了二十一次核試爆，威力最大的一次，比
投下廣島的原子彈強大七百五十倍。長久以來在這太平洋美麗小島上
居住的島民被迫放棄傳統文化，帶著輻射傷害的陰影遷移他鄉。據美

國癌症協會九九年的報告指出，跟美國本土相比，馬紹爾群島住民患肺癌比例要高出四倍、子宮頸癌高出近六倍、男性患肝癌比例高出十五倍、女性患肝癌比例則高出四十倍。這種幾近滅族的現象，跟數十年來輻射污染的影響脫不了干係。

目前，核子試爆已經停止，魚類與珊瑚礁已經漸漸回生，而在清除輻射污染之後，島民也將回來這個出生地。但是，一些污染比較嚴重的環礁已經不適合居住了，要怎麼辦呢？馬紹爾政府正在研擬跨國合作的計劃，把這些地方變成低放射性核廢料的堆放場；這其中，或許會包括台電所產生的核廢料。

這是台灣邦交國之一的馬紹爾，在歷經二次大戰盟軍「跳島戰術」的戰場煉獄，以及核子試爆之後，在長期戰爭陰影之下的悲慘實況；十九世紀以來的強權壓力，迫使他們淪為不折不扣的「非人島」。但是戰爭並未結束；雖然沒有了核子，馬紹爾群島目前還是美國戰區飛彈防禦系統（TMD）的試驗區。

如果說馬紹爾群島顯現出核子武器對人的壓迫關係，那麼目前仍為美國託管的關島，似乎形成人與核子武器和平共處的美麗景象。在旅遊宣傳中，關島是一個典型得不能再典型的熱帶島嶼，椰影飄香、海洋蔚藍，據說是新婚夫妻度蜜月的最佳去處。與此同時，在關島的地表底下，則是美軍太平洋總司令部的前進基地，有著滿載核子彈頭的潛艇，以及殺人如外科手術般精確的巡弋飛彈。這樣一座觀光旅遊與軍事武器高度結合的「複合式島嶼」，真個是後現代社會底下，將「人」的現代性徹底解構之後，所重新折射出來的標準「非人島」。

禁錮島

有效的禁錮與隔絕，是需要進步技術配合的。在科技不發達的時代或地區，要找到地方可以關押或流放一個在身體或在思想上徹底桀傲不馴的犯人（也是為了將之與所謂「文明社會」作隔離），島嶼似乎是一個最天然的選擇。

中國海南島就是一個著名的流放場所，歷朝歷代被貶至此的名臣有數十名之多。八百年前，晚年被貶至此的蘇東坡寫下：「吾始至海南，環視天水之際，淒然傷之，曰：何時得出此島耶？已而思之，天地在積水中，九州在瀛海中，中國在少海中，有生孰不在島者？……念此可以一笑。」竟能有這般視大陸爲島嶼的胸襟！

　　至於在西方，從航海大發現以來，列國強權不僅僅找到通商與殖民的目標，也找到許多天然的監獄島。這在法國的歷史之中，尤爲明顯；如法屬圭亞那群島，正是眾所皆知的「惡魔島」。它位於南美洲的北端，從一八五二年到一九四七年，這一列監獄島群是法國重刑犯的最後歸宿，不論如何強悍的罪犯都會聞風喪膽。將近一百年的時間當中，被押解到此的七萬名罪犯，有四分之三死於疾病、饑餓與虐待。

　　另外兩個因法國而知名的監獄島，一個是在地中海的厄爾巴島，另一個則是在南大西洋的聖赫勒拿島，這兩個島嶼皆因爲一位知名的政治犯而名留青史，他就是拿破崙。厄爾巴島位在拿破崙的故鄉科西嘉島的近旁；這個面積不過兩百多平方公里的小島，離法國本土實在太近，關不住拿破崙的雄心與一雙已經踏遍歐陸的腳。一八一五年二月二十六日他與手下秘密潛回法國，展開新的權力鬥爭；此一歷史背景，也就成了十九世紀法國作家大仲馬筆下的著名小說《基度山恩仇記》的舞台。

　　在小說中，主人翁愛德蒙·丹帝斯被馬賽鄉親構陷下獄，囚於馬賽港外海的伊夫島。這個小島原本是海洋時代法國海防的要塞，一六五八年，太陽王路易十四正式將伊夫島變成關押新教徒以及刑事犯的監獄；到十八世紀末，由於面臨英國海軍的威脅，遂又成爲海防要塞；十九世紀因政局動盪，伊夫島又成爲封建王朝鎭壓政治犯的最佳選擇。大仲馬的另一部小說《鐵面人》，主人翁雖貴爲王子，也曾成爲此島的階下囚。

　　到如今，不管是海南島、法屬圭亞那、厄爾巴島、聖赫勒拿島、伊夫島等等，這些著名的監獄島都已經人去樓空，在廿世紀末一一成

爲觀光旅遊的勝地。台灣過去令人聞之色變的知名監獄島——綠島，也在幾年前塑起了人權紀念碑、成爲熱門的景點。彷彿，過去在陰暗地牢當中被狠狠壓制的身體與心靈、凄厲的嚎叫、扭曲的面容，如今僅僅徒增旅遊手冊上聞嗤牙的話題；那些殘酷的刑具、岩石牆上的五指抓痕與留言、鐵條小窗，已經成爲現代生活中，風景旅遊照的襯底道具。

禁錮的島嶼不再，對某些人來說是文明的進步。但是，究竟禁錮的幽靈是否完全消失了？或許，它只是不再以島嶼的形式存在哩。

山中島

四面由水所包圍起來的陸地謂之島，四面由陸地所包圍起來的水謂之池塘、湖泊。這兩個由不同的水、陸關係所構成的地理概念，之間可以有什麼樣對等的關係呢？

從雲南的大理出發，開三個小時的車到麗江，沿著金沙江陡峭的峽谷再開數小時經寧浪、抵瀘沽湖；這一路，海拔高度從兩千公尺開始起跳。

近來，瀘沽湖並不因爲作爲一個高原湖泊而知名，而是因爲湖畔的摩梭族女兒國。他們母系社會「走婚」的習俗，吸引了許多學者以及觀光客到此一訪；在他們的眼中，這地方是一個遺世獨立的天堂：碧水藍天、風景絕美、有深厚特殊的民族文化，人們喜歡吃魚、酷愛唱歌……而這些字眼，跟用以描述許多島嶼以及島民的論述，其實沒什麼不同；從玻里尼西亞開始往西，印尼諸島、泰國諸島、東非沿岸諸島、愛琴海諸島、伊比利半島左右兩邊的島嶼，一直到中美洲諸島、美拉尼西亞、密克羅尼西亞……大約在這環繞地球一週的帶狀區域內，跟雲南同一個緯度或者更靠近赤道的熱門觀光島嶼，都可以用這類的字眼來形容。

我站在山腰上，眺望一個寧靜的湖灣，及一排面湖而居的傳統民房。而在湖的另一邊比較靠近公路的地方，則已經發展出一整排發達

的民宿；許多傳統服裝打扮的摩梭男女穿梭其間，成為一種觀光景象
——儘管這裡的民宿房裡還沒有個人的衛浴設備，要上廁所得走上一
段路；年輕的摩梭族學者王勇說，為了不讓觀光客的排泄物直接流入
湖中，污染湖水，在先進的下水道系統未完成之前，大家必須忍受一
時的不方便。

　　觀光旅遊為瀘沽湖所帶來的現代物質文明，跟摩梭人的傳統文化
之間，正累積著擠壓震動的能量與危機。寧浪已經開始計劃興建機
場，將來會有更多人潮湧入這個地區，到那時，火塘邊的老祖母如何
可能一面撫著貓，一面安詳地將文化傳承下去？堅決反對觀光旅遊的
王勇說，他歡迎大家來跟摩梭人交往、互動，但不該是開車、搭飛機
前來。「走路來吧，騎馬來吧！！」他熱切地說。

　　這就好像許多島嶼的生態與文化面臨著商業化、掠奪式觀光的威
脅，島民當中的有識之士至今仍憂心忡忡，找不到最恰當的解決辦
法。如果按照王勇的理論，觀光客該怎麼來造訪那些碧海藍天、白沙
綠椰的島嶼？大概最好是划著獨木舟，或是駕著單桅帆船前來——或
許有一天，不管科技如何進步，那都將是在工業文明底下成長的人
們，前往島嶼的唯一方式。

（2002年，發表於誠品好讀）

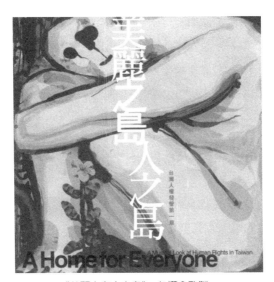

《美麗之島人之島》，台權會監製

美麗之島人之島

　　設若，我們以為，對於一地一事一物的命名，在長久光陰的消磨之後，仍能保持其原初的稱謂，保留那一道單純的低迴、輕輕的呼喚或者歡欣的讚嘆；那麼，這其中必然蘊藏著豐厚的回聲餘韻，並緊緊包裹著對於人之為「人」的核心詮釋、體察與情感。

　　一如原住民各族對自身的稱呼。面對外來者，從黝黑精瘦的胸膛中爆發出：「排灣」、「達悟」、「布農」⋯⋯等等聲響，那是要在文明與文明碰撞的火花與煙硝當中，奮力宣告自身作為「人」的存在。

　　也因此，當不知道從什麼時候開始，我們不約而同地以「Formosa」這樣的聲音來宣告自身的時候，那麼，其實也在這個聲響當中，深深地烙印著我們對於在這個土地上生活著的「人」的認知與期待。

　　「Formosa」，亦即「美麗之島」，是當年葡萄牙水手在航經此一海島時，所發出的讚嘆。且讓我們想像，這些因為商業與殖民的動機而踏上冒險之路的年輕人，在迢迢的旅程當中遭遇多少風暴、殺戮、劫掠，因而疲累得滿臉鬍子；倖存者沿著南中國海緩緩北行，途中，是如何被這座位在亞熱帶與熱帶之交的島嶼所軟化。

　　在眼前展開一幅長長的橫幅捲軸：一個又一個的河口、棲息著的鳥獸魚蝦、岸邊的綠樹繁花、近處的平原丘陵與遠處雲間的高聳群山、翻飛上下的鯨豚與鷺鷥⋯⋯，這些景象，讓他們的疲憊得以被耙梳、撫慰，更讓他們可以從緊繃的情緒中，慢慢回復到人的自然放鬆狀態，也因此，才有可能從漸漸柔軟起來的胸膛中，爆發出一聲足以

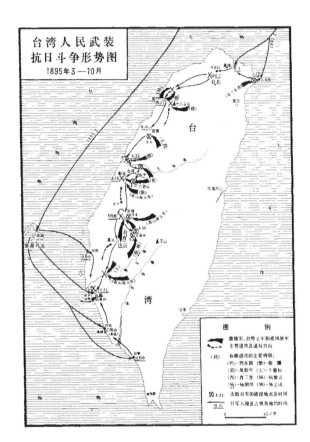

台灣人民武裝抗日鬥爭形勢圖

傳頌五百年的：Ilha Formosa！！

那一聲，說是「美麗」，其意涵應當是代表著這個島嶼在視覺上、聽覺上、觸感上、嗅覺上乃至心靈上，所給予的豐富饗宴吧！那會是：各個物種、地貌與色澤，各自翩翩起舞，但又在不斷的互動與流變之中達致平衡和諧的混聲合唱；而這群水手有幸親眼目睹，則為後世的我們見證了這個島嶼天籟的可能存在。

也因此，在五百年之後的我們，島嶼的子民，迴望著這座「美麗之島」，要來咀嚼這個聲響當中所蘊含的對於「人」的認知與期待，所必然要去懷想的，定會是一個對於所有生活在其中的人與生態——不管是世居或是過客、不管是富貴或是貧賤、不管是壯盛或是衰老——都能夠給予充分伸展的舞台，從而在彼此的交流當中，達致一種動態的和諧與繁麗的美感。那種一波又一波參差互見的意象，相信才是那穿越了五百年的一聲「Formosa」，所真正要傳達的底韻吧！

然而，歷史現實每每不是依循著這一道呼喚在進行著的……。

一如許多其他的島嶼和大陸，這個地方，從來就不缺乏歧視、鎮壓、忽略、欺騙、剝削……。這些人與人之間、人與環境之間的摩擦，不但無法軟化緊繃的情緒、無法讓人可以回到作為「人」的自然放鬆的狀態，反而更是在記憶當中深深地扎下痛與恨的釘子，並且不斷迴向下一代、下下一代……；進而阻擋我們去學習如何經由互相理解與提攜，經由耐心與包容，來完成這個島嶼上人之為「人」的完滿形塑。

回顧這一頁頁帶著血與淚的紀錄，反省這個島嶼關於「人」的認知，我們的心情其實不像是當年的葡萄牙水手那般輕鬆自在的。因為性別的不同而分尊卑、因為年齡的大小而分上下、因為血緣的差異而分親疏、因為身體健全與否而分強弱、因為政治的認同而分是非，同時，更因為經濟價值分貴賤，甚而因為工作的有無而分遠近……。這些分別，容或是許多社會與自然的環境底下的必然，但是客觀的差異，往往在主觀的貪婪、無知、蠻橫與恐懼的驅使之下，狠狠地撕裂

了人與人、人與環境之間可能存在的信任與情感。

　　閉上眼睛，想像著二十一世紀的第一個冬天，東北季風如何刮過失業者與家庭暴力受害者的無助眼睛、在歧視與權力的陰影下瑟縮的身軀、因著頻繁的政治活動而被邊緣化的抑鬱心靈或者被劇烈拉扯的感情，以及在動盪的環境當中，惶惑不安的腳蹤……。這些也是島嶼的一份子，但他們要如何得到洗滌與撫慰？

　　如果我們無法從島嶼自身內在提煉出那洗滌與撫慰的力量，進而重新燃起作為人的熱情與希望，那麼，當初葡萄牙水手眼中的那一幅長長的橫幅捲軸，就不會再有斑斕的色調、聲響與味道；取而代之的，會是黑暗與空洞、陰沉與仇視、無言靜默、掙扎殘破……。「美麗」與「人」本身原初的豐富意象將萎弱，而我們作為島嶼的子民，也就不再值得那一聲「Formosa」的讚嘆。

　　因而，在這新世紀第一個世界人權日的前夕，我們試圖回望在島嶼的歷史過程中，那些為了反抗歧視、鎮壓、忽略、欺騙、剝削……，為了在這個「美麗之島」上宣告自身作為「人」的存在，而挺身向前的身軀；我們試圖貼近他們的胸膛，聆聽在那裡頭洶湧著的聲音，點點滴滴在歷史長廊裡各自低迴的吟誦與呼喚。從這些不同的聲音當中，我們聽到一樣的：「美麗之島」，就是「人之島」。

　　「我們搖籃的美麗島 是母親溫暖的懷抱……」藉由這些從各個不同族裔、性別、身分、年齡、階級的胸膛裡頭發出的聲音，我們編織出一張音樂專輯，就像是編織著一只繽紛的搖籃、一個彩色的夢想，為的是要給這個島嶼一個溫暖而誠懇的擁抱，讓人與人、人與環境之間的緊繃得以放鬆；那樣，才可以再發出足以穿越另一個五百年的一聲：Ilha Formosa！！

　　　　　　　　　　　　　　　　（2002年為台權會人權音樂專輯而寫）

西洋的大航海時代，東方的被殖民時代

中央電視台涿州影視基地，
　　十年前三國演義電視劇拍攝時所搭建出的銅雀臺

三國衍義

　　三國就是魏吳蜀，這大家都知道。不過，如果說蜀漢的根據地四川自古就叫「巴蜀」，那為什麼劉備建國時不叫「巴漢」，天下三分為「魏吳巴」呢？基本上四川盆地西邊叫蜀，以成都為中心，東邊叫巴，以重慶為中心；我想，大概是劉備定都成都，而非巴郡（重慶古名），所以才叫「蜀漢」吧。

　　元宵節過後，我得了一個禮拜的空檔，到成都旅遊。這個盆地自古就稱「天府之國」，整個四川有一億人口，成都有八百萬，重慶也超過一千萬，可以想見這塊土地豐沃的供養能力。

　　在成都市的北邊有一條路，直直由南向北衝去，叫做「解放路」。當年，1949，蔣介石從成都北方的鳳凰山機場搭機倉皇逃離共黨手掌，那時解放軍的軍車正在這條路上朝著機場疾駛；僅僅相差二十公里，眼睜睜就讓老蔣插翅飛走了。「解放路」紀念的，就是新中國解放一剎那的最後這一段路程。

　　沿著解放路往北，就直通川陝公路。古稱「蜀道難，難如上青天」，過去孔明六出祁山，攻打漢中，進窺關中，走的大約也是這條路吧。不過，現在修築了公路，不知在翻越盆地邊緣進入陝西的過程，是怎樣崎嶇而壯麗的景觀？在成都的這一端，路兩旁充斥著修車、打氣、洗車、汽車零件行…等等的小舖子，當然少不了賣煙賣飲料的，許多用帆布把貨物綁得老高的大貨車，邊按喇叭邊橫衝直撞，激起的、或從外地帶來的灰塵，使得眼前所有的東西都蒙上一層灰濛濛的

沙礫質感，包括鼻孔；渾然不像市區南邊的高級住宅與商業區。而如果你是反方向從陝西進入成都，還會碰到年輕的小販在十字路口中間兜售成都的報紙與市區地圖。

　　上了川陝公路，往北約一個小時車程，到達廣漢。曾經來台灣展出的「三星堆」古文物，其遺址就在這附近。平地田野中冒起的三個小土堆，在上個世紀才被發現，裡頭蘊藏著三千年前消失了的古文明的密碼。出土的鳥身人頭像、面具、太陽樹、大祭師……，看起來一點也不像教科書中所說的商周銅器文明那般硬梆梆、死板板。我的一個朋友說，「倒像是南美的馬雅文化」。

　　這個崇拜鳥、崇拜太陽（在四川，經常雲霧繚繞不見天日，所以才有「蜀犬吠日」啊）的民族，其工藝美學與對世界的想像超乎我們對傳統漢人文化的認識。許許多多大如澡盆的銅面具上，兩眼圓睜、瞳仁暴突的形象，反映了一個視覺感知先於內在省思的文化邏輯，也把我們帶往一個更為浪漫的、神話般的世界。這樣的發現，是否將會為千百年來獨尊儒術的漢文化老夫子，一點一滴地帶來什麼樣的挑戰與改變？

　　數日之後，我造訪了位在市中心的武侯祠。一進門，就碰到年輕的女導覽人員為原來的訪客滔滔不絕地解說掛在兩側的前後出師表。她引經據典地說，後出師表可能是後世偽作，因為文中低沉的心情和前出師表中「鞠躬盡瘁、死而後已」的激昂語氣全然不合，而裡頭有個時間年份也搞錯了，這不是智慧如諸葛亮會犯的錯誤…等等云云。我感到十分驚異，除驚異於「後出師表可能是偽製的」這樣的新發現

中央電視台涿州影視基地，長安城門

之外，也驚異於在「三國演義」這個向來是漢人之男性、雄性象徵的中國文化經典場域中，這樣一個二十出頭的小女生，竟可以倒背如流地將這些浩繁的典故、上百個出場人物的背景、文物考據等等，一一有條有理、生龍活現地娓娓道來……。

在武侯祠的中庭兩側，左青龍右白虎地羅列著蜀國數十個文臣武將的五尺塑像，有的已經有四百多年的歷史了。年輕的女導覽一一述說這些人物的生與死。初春的陽光，斜斜地灑進長廊，在這些一千六百年前、遙遠的、小說般的人物腳下，映照出似朦朧還鮮明的光影反差。女導覽的聲音：「……趙雲的兒子趙統，他繼承趙雲的爵位，官至虎賁中郎，督行領軍……次子趙廣，官拜牙門將，隨姜維進軍沓中時，戰死沙場……」、「……累官至大司馬。延熙十六年，公元252年，費禕被曹魏偽降刺客刺殺……」。這些人物，多半在三國後半慘烈的城池攻防戰當中被殺或者殉國。年輕的，二十不到，大部分正值三四十歲的壯年；望著他們的塑像，那攻城時刻的人馬嘶喊、羽箭颼颼、焰火燒焦的氣味、一張一張因緊張而青筋暴露的將士臉孔，似乎都從玻璃圍欄之內跳脫出來。我甚至可以感受到，在決意殉城、尖利的刀器割過頸項的那一刻，這些生命力旺盛的青壯精英，內心或掙扎或決絕或吃驚的巨幅震盪……。

這一排文臣塑像中，位在班列的最前面一位是鳳雛龐統。這個與孔明齊名的軍師，過世的時候年紀比我大不了多少。他與劉備率兵攻伐益州（四川古名），前進到離成都不遠處的雒城時，在落鳳坡中箭身亡。「雒城，就是現在的廣漢市……」女導覽解說道。廣漢？那不是前兩天我才經過的地方嗎？我吃了一驚，竟然在路過那當時毫不知情！我不禁神遊起來：真不知我們的車子所走過的道路，是否也烙著一千多年前，龐統走上人生最後一段征途的腳印或馬蹄印？那不知從哪個方向飛來的箭鏃，刺穿他的喉嚨，鮮血滴在土地上，那最後吃驚的表情與聲音，是否還在濛濛的田野地景裡遊蕩著？而「落鳳坡」這個小坡，與冒生在平原上的幾個土堆，也就是被遺忘了三千年的古文

明埋身之處，是否有地理上的關聯？當龐統率軍策馬經過之時，那被遺埋在地底上千年、一直要到一千年後才會重見天日的上古拜日民族圓睜的銅眼，是否曾經睜睜盯著即將殞逝的他不放呢？

當所有這一層層的想像連接在我親自踏過的土地上時，三國演義中的人物、故事與場景，對我來說，才真正地從小說的幻境走入現實。也因此，我穿過一個又一個的文臣武將，踱步到正殿與正殿兩側關羽、張飛、孔明與劉備的斑駁塑像前面，凝視著這些原本只不過是木刻泥塑的、沒有生命的雕塑體，在陰暗的木構造廳堂裡，面對著他們一張張凝止的容顏，颯時感到莫名的感動，強烈地感覺到他們的體溫與呼吸，以及「他們真的活過」！！

這樣的感覺久久不散，我不禁在殿後的三義廟前合十祈拜，然後順著既定的參觀動線，準備離去。走向出口的最後一段路，是一道由兩面紅牆夾成的，安靜而曲折的長長巷道；由牆外往牆內延伸的樹木遮蔽了一半的陽光。那正是讓所有來憑弔的後代，親手撫摸了雖沉靜但炙熱的古老歷史與傳說之後，在離開這趟神遊之旅、回到現實世界之前，能有一個慢慢踱步，暗自咀嚼、回味與沉澱，以及深深呼吸的時光隧道。

（2001年完稿）

保鮮的方法

　　因為水的溫度而受的傷有兩種，一種是燙傷，一種是凍傷。

　　但不管是哪一種，都不會是發生在和煦的陽光、溫柔的大西洋季風當中，那景象也不會有亮眼的草皮、低矮的石塊或木籬圍牆，沒有迎風搖曳的小酢醬草與黃雛菊；空氣，空氣不曾清新，流水不曾澄明。後院裡沒有穿著小圓點洋裝、微笑和藹的白髮胖老太太，端出香味四溢的鄉村家常燒烤料理，愉快地放在健尼士黑麥啤酒與品脫杯旁邊……新煮咖啡的鮮氣，不曾四散飄逸、到處告知──它們不曾被聞到，即使它們存在。

　　這裡是「南極」，一個遠遠在旅遊手冊之外的當代愛爾蘭生活世界。

　　在Claire Keegan的筆下，愛爾蘭的生活，幾乎所有構成視覺風景的器物道具似乎都蒙上了一層灰塵，或者生鏽：服裝褪色、線頭露出、衣櫃門關不上；食物發霉發酸，或者在冰箱中發臭；門板嘎吱作響、牆紙彎彎脫落、水龍頭永遠在滴水。一切都不僅僅是單純的不完

《南極》

美而已，更是經久的磨損脫落，以及在時鐘滴答響當中的無意識遺置
——像是堆積了一個月鍋碗瓢盆的洗碗槽，一片片圓圓的青色黴菌都
因爲待了太久而開始對自己厭煩起來；而那味道與模樣，打從有記
憶、有書寫言說以來，就已如此，以致於這樣的世界已經變成了一根
一步步接近使用期限的陽具——在空氣中，不管是日常的下垂或是定
期的勃起，都會瀰漫著一股淡淡的、無法言說的疲憊感……。

　　以上的形容，我猜想，是Claire Keegan在構思這一系列的故事
時，在心底所鋪陳的大背景；就好像戲劇導演在舞台上、電影導演在
鏡框裡頭，必須事先思考，或者揣摩，一些形成作品骨架的色澤、氣
味、紋理等等基調一樣。

　　我未曾到過愛爾蘭，但是在一些當代的英國電影與愛爾蘭電影當
中，只要是離開了摩登、光鮮又氣派的大倫敦地區，往北而去，就會
看到兩者神似的地方。發生在北英格蘭雪菲爾市（Sheffield）的《脫線
舞男》（Full Monty），故事一開始就是廢棄的、陰暗的鐵工廠；主配角
們走動在一排排肩並肩的老紅磚樓房外圍；轉角處穿著鬆垮舊夾克的
小男孩，把一顆玩了好幾年的褪色足球踢向「追夢者」（The
Commitment），那幾棟插向灰澀天空的都柏林平價勞工住宅；門口，
幾個手插牛仔褲口袋、在街上閒晃的路人，穿過馬路走入「遠看像朵
花」（The Closer You Get）位在愛爾蘭多納格鎮（Donegal）的pub裡
頭，點了一品脫健尼士……；這些幾乎令人分不出哪裡是哪裡的影像
色澤、氣味、紋理，似乎在述說著，從十九世紀工業革命的顛峰一路
下滑之後，還未能從一九八〇年代以降的經濟遲緩中完全復甦的英倫
三島，一種在昔日榮光的反襯底下，屬於當代人民生活底層的宿命與
哀怨；就如同「遠看像朵花」所要傳達的兩個重點之一是：大西洋另
一邊的草總是比較綠一些。

　　而〈南極〉讓我們看到的，就是在這種宿命的慢火燉煮當中，一
顆顆從日常生活的鍋底暗自蒸騰、悄悄滾起的生命泡泡；它們有的
大、有的小，但每一個都可以在一瞬間炸開、濺出、燙人。

Claire Keegan並不將背景鋪排、人物塑造與情節推移分開處理。常常是一開始，觀景窗中所呈現的，就是這三者的揉合；這對文字閱讀來說是一種挑戰。作者並不一步一步、耐心地引領讀者熟悉環境，而是一下子就將讀者擲入這個小說世界，直接落到主配角的身旁，正面遭遇他們所處的場所與正在進行的動作，而後才去追上他們的過去以及大環境。如果我們用影像的語言來說，Claire不像許多電影導演那樣，使用遠景或是慢速度的推移鏡頭作為開場；相反的，一開始就是一連串緊湊卡接的中景與特寫。

　　正是因為那樣的節奏與敘事推演，才能讓主配角與環境緊貼，也讓觀者得以在跟主角同步經歷事件的同時，不斷地從每一個畫面的細節當中去嗅聞裡頭的霉味、騷味、冷冽與灰塵；進而一步步地檢拾、兜攏從主配角身上不經意落下的，一塊塊關於宿命與哀怨的種種人生況味。

　　但如果僅止於此，那這鍋小說並無法到達小說導演所要點燃的沸點。Claire Keegan筆下的愛爾蘭人生，總是在似乎即將因為日復一日、年復一年的無變化而成為化石之前，綻現出令人驚異的轉折；而那轉折，可以說是解脫，但絕不令人感到輕鬆。是成為另一塊化石嗎？也不是。就像〈南極〉那篇小說，到了最後，唯有出現像南極一樣的絕對低溫，才足以瓦解黴菌、防止生鏽、杜絕灰塵、拒絕腐朽、破壞像裹腳布一般發酸了的「意識型態日常生活機器」（在此借用阿圖塞「意識型態國家機器」的話語）；也才能夠在那冰凍的一瞬間，去保持、恢復或者尋得漫漫的人生旅程當中，最原初的鮮度，以及嗅覺與味蕾刺激。

　　即便你會因凍傷或者燙傷，而痛徹心肺。

（2002年，「南極」序言）

北京798工廠，小資與普羅交錯

影徂心在：空與滿

兩個關於某些台商的切面觀察，一空一滿。似乎透露了某種台灣人的精神面貌、文化底蘊與生存哲學。

第一個關於空，是一位朋友告訴我的：

「我曾在深圳一個親戚的工廠裡住了一夜。這個親戚來到深圳已經好幾年，他的廠專門製造外銷到歐美的聖誕娃娃。我到他的辦公室時，四周擺滿了各種娃娃，聖誕老公公、聖誕老婆婆、麋鹿、聖誕樹等等，琳瑯滿目、色彩繽紛。我的親戚則忙著打電話、批文件、敲計算機；他正要前往美國，洽談新一季的訂單與娃娃樣式。

晚上，他已經上飛機，我就睡在他的房間。他的房間位在工廠的頂樓，臥室連同客廳，大約有二十坪，就他一個人睡。傍晚，我把行李搬進門，嚇了一大跳。偌大的客廳，只有沙發、電視、擺在門旁的高爾夫球袋，以及電視上面兩三本財訊雜誌；此外，什麼都沒有。我想看電視，也沒有訊號。從行李中找了一袋餅乾出來吃，一咬，似乎整個房間都有回音。

我真不曉得這個親戚，他在深圳的生活，除了生意之外，竟會如此貧瘠、空洞……。」

第二個關於滿，則是我的親歷。

前兩天在南部某咖啡館打電腦，旁邊一桌有幾個人在討論生意，其中一個聲音特別大聲，似乎頗用心地想要另兩個人作成這聽起來頗巨大的生意。話題從銀行體系、物流、L/C……等等，這傢伙的聲量始終不減，並且總要擺出一付他很了大陸的樣子。不知怎麼就轉到在大

陸的休閒生活，這傢伙大辣辣的說：「你知道嗎，大陸的妹妹，幼齒的處女，有多讚嗎？」另一個並不想回答這話題，但勉強應道：「這又怎樣？」「這你就不知道處女的滋味了。你想想看，一手貨跟二手貨，有什麼差別？」這個台商比手畫腳，越講越起勁。

「那你又了解古董店的價值嗎？」另一個開始想要吐槽了。但沒想到這台商竟冒出這樣一句：「哎呀，你知道什麼？難道你要跟老太婆上床？」

我聽到這裡，實在聽不下去了，不禁回頭瞪了他們一眼。那台商的其中一位朋友似乎也明白了我的意思，自己端著飲料到另一桌去坐，以冷卻這話題。

想不到，這台商還頗起勁，就兩邊跑，穿梭講生意。到我要離開的時候，話題轉到生蠔。

「你知道大陸的生蠔有多棒嗎？」台商說。

「那重要嗎？」另一個沒好氣的回著。

「唉呀，你怎麼這樣說，大陸的生蠔又大又新鮮……」

「生蠔到處都有，我在澳洲也吃過。」

「這你就不懂了，澳洲算什麼，大陸XX地方的生蠔，端上來的時候，都是活的......。」

這個台商在大陸的休閒生活，就充滿了這些話題，滿到他回到台灣來，還一直想要大聲地告訴他的同伴，乃至，周遭不相干的人。生鮮處女、生猛海鮮，鹹濕的臊味，就不斷從他兩片厚厚外突的嘴唇之間，溢流出來。

（2004年）

Part 6

穿梭人間

2003～2004

2003年，在台北市溫州街殷海光故居，進行拍攝
前的準備工作，後面攝製組正在調動器材。

自由思想者：殷海光／
台灣經濟沙皇：尹仲容

時間

2004年，公共電視「百年人物誌」系列第二季，公視節目部製作

簡介

這兩位戰後隨著國府來台的人物，工作與生活領域完全沒有交集，彼此之間大概並不認識。但是，後來我發現，在另一些意義層面上，卻有相應之處：首先，尹仲容支持自由經濟，而殷海光鼓吹自由思想；這兩者，成為台灣認知「自由」這個概念的重要依據。其次，尹仲容肝病去世，因為過勞；殷海光亡於胃疾，因為憂憤；兩者都因龐大的外在壓力而引起，也同樣都在還來不及進入老年之前，就離開人世。

殷海光，台大哲學系教授、《自由中國》主筆。以邏輯作為論理的基礎，殷海光在白色恐怖年代書寫了無數的評論文章，觸怒當道，而遭到軟禁的命運，抑鬱以終。本片以咖啡香氣帶出這位台灣自由主義啟蒙大師的氣味與生平，並走訪其門生與至親，追憶與殷先生相處的歲月，以及從他身上所獲得的精神感召，至情至性。

尹仲容，戰後台灣經濟成長的奠基者。國府知名的財經官員如李國鼎、王作榮、王昭明、張繼正都曾是他的部屬。本片以倒敘的手法，從1961年他的葬禮切入，點出這位經濟政策核心人物的性格與作風。同時走訪其部屬、後代，略述其功業，以及他以工程師出身，最終成為財經決策大員的成長背景。

訪問節錄

《自由思想者：殷海光》

殷夏君璐：我勸他不要做，他也不聽，他好像想把生命毀掉的樣子，那個時候看他做那些苦工，就覺得他好像在做自己的墳墓一樣⋯⋯。

林毓生：你要問的是他這種強韌的道德力量的來源是什麼？他為麼要堅持這個？為麼他能有這種內在的資源來堅持？

殷文麗：我父親他雖然跟我在一起的年日不是很多，可是他對我的影響很深⋯⋯就是一個父親在外在，對孩子的一種保護，給他一個很美麗的世界，很安穩的世界，在內心也讓他對於美與善與真的一種追求，然後在對於不平等的世界，惡的世界，有一種勇敢的能力來面對。

《台灣經濟沙皇：尹仲容》

王昭明：為什麼在60歲就過世了，我記得他過世的時候，我們大家共同有的感覺，就是工作把他累壞了。

王作榮：後來，當然是證明是尹先生絕對沒有貪污一塊錢，這個我到現在講，後來尹先生死掉後，尹太太窮得飯都沒得吃，我跟你講。

尹宬：他常常他自己有個計算機，也不是真正的計算機，就是計算尺，他成天帶在兜裡，帶在皮包裡，所以他有什麼東西要具體要算的時候，他馬上就可以算出來。

2003年，在堪薩斯，與殷海光家人合影。

吳濁流著作《亞細亞
的孤兒》

帝國的足跡：伊能嘉矩／
尋找孤兒的原鄉：吳濁流

時間

2003年，公共電視「百年人物誌」系列第一季，公視節目部製作

簡介

　　從公視所列出的三十個人物的名單當中，我選擇了伊能嘉矩、吳濁流、殷海光、尹仲容，分屬人類學、文學、哲學／政論、經濟四個不同領域。後來我發現，他們恰恰都是不折不扣的硬漢。

　　當時我就決定，四個人要用四種不同的敘事手法來呈現。

　　伊能嘉矩是在19世紀末、20世紀初，深入台灣漢人與原住民社區進行調查的人類學家。他上山下海、不畏艱險的調查工作，對於日本殖民政府往後統治台灣，發揮了不小的作用。本片走訪各領域的學者專家，且遠赴日本拜會伊能的後代，親歷伊能的手稿與遺物。其中並運用重演的手法，呈現伊能探險的軌跡與遭遇。

　　吳濁流，20世紀中台灣重要的小說家與文學旗手，以《亞細亞的

在吳濁流片中演出《亞細亞孤兒》的劇場演員

孤兒》、《無花果》等著作傳世。本片以帶有自傳色彩的《亞細亞的孤兒》貫穿全場,當中並運用紀錄片手法當中較少見到的劇場形式,來呈現主要情節,形成一種「戲中戲」的特殊味道。同時,也紀錄了交工樂隊在音樂節當中重唱「亞細亞的孤兒」這首歌曲的景況。

訪問節錄

《帝國的足跡:伊能嘉矩》

江田明彥:當時報紙常寫「與台灣結婚的伊能嘉矩」,他對台灣以及原
　　　　　住民的感情應該是很深的......。

孫大川:我覺得將來我們的原住民開始做這樣一個研究工作,是把
　　　　「書寫時用主體第一人稱的身分」這樣的一個學術的權力找回
　　　　來......。

瓦歷斯‧諾幹:我自己對伊能的評價其實正如我對很多的日本早期的
　　　　　　　學者的評價,其實都是......愛恨交加。

《尋找孤兒的原鄉:吳濁流》

吳載堯:他是常常會散步吟詩,我就知道他是一個詩人,是這樣的感
　　　　覺,他會輕輕的吟詩。

梁景峰:老鼓手　我們用得著你的破鼓　但我們不唱你的歌　不唱孤
　　　　兒之歌　不唱可憐鳥　不唱無花果　我們唱我們的歌

林生祥:現在看起來就是好像距離那麼地遙遠可是又是那麼的近,其
　　　　實心情非常複雜......就唱這首歌。

寫作中的伊能嘉矩(重演)

消失的左眼／
向右走、向左走

時間

2004年，公共電視「狂飆世代：台灣本土學運」系列，文化大學華岡藝術基金會製作

簡介

2002年，有幸認識一群老保釣，再加上《自由思想者：殷海光》的經驗，就種下後來拍攝這兩部影片的機緣。

這兩部影片，「消失的左眼」這句話出自作家陳映真之口，說明1950年代的白色恐怖，如何斲傷台灣學生在戰後的理想主義；此後，新一代的青年學子，又如何在嚴峻的時代氣氛中，尋找不同於當道的思想與實踐出路。《向右走、向左走》，則是呈現1970年代初期，在保釣浪潮底下，台灣學生運動的衝撞與分裂；這大概是有史以來第一次把保釣世代的經歷搬上螢幕，當中，感謝老保釣的協助，讓觀眾可以

一九七一年台灣大學生保釣遊行

看到許多珍貴的歷史鏡頭。

　　這兩集，彼此之間既有時間上的連續性，又有著人事上的延續性。我在製作影片的過程中，才發覺，他們那個世代的故事，竟然可以從18歲講到30來歲，從台灣講到美國，如此之精采！期待將來，能夠有機會用劇情片的方式，再來說一遍。

訪問節錄

《第二集　消失的左眼》

李旺輝：沒有想到會發生韓戰。韓戰一發生，美國對台灣的態度，馬上就大變了。這樣一來，蔣介石的想法就是：這樣子，我有救了！所以那個時候，才開始槍斃什麼的！不然校長是不用槍斃的。

李　煥：他們還發起戰時節約運動，就是要倡導很多坐公家汽車的人，不能夠用公家的汽車送太太買菜、送孩子上學，省國家的汽油。他們在街上要檢查車是不是送太太小孩，結果是陳誠坐在車子裡面……。

劉容生：我記得一句話（手指伸出）講得很清楚。那句話是說這個：「劉容生啊，停刊是最輕微的處分。」，停刊是最輕微的處分……。

陳映真：那絕對不是杜撰的，都是我聽來的很多的故事，記錄了當時候人精神的高度，為了他們的理想，那麼激烈的，我常說人的一生只能開花一次的，就義無反顧地獻給理想的道路，而

一九七○年代的
海外留學生活動

且慷慨就義……。

《第三集　向右走、向左走》

劉源俊：我說你林孝信沒有綠卡，沒有身份，你怎麼搞保釣，勸他還是止住，繼續這個學業吧。

林孝信：但是那時候，我們會一直覺得說，這些「反共愛國聯盟」是來打擊保釣的，事實上他們在對抗的。那所以就這一點，劉源俊是不是要跟他們在一起了？意味著，他要離開保釣了？

郭譽孚：我覺得……人應該要實踐自己的理想。用自己的方式，去實現自己的理想。

因為保釣而被流放十八年的林孝信

一九六六年台大物理系畢業照，

　　　五年之後當中許多人在美國參與保釣運動

戰後嬰兒潮

在我童年成長的歲月中，母親經常會一邊燙衣服或是剝豆皮，一邊跟我提起當年「疏開」，躲空襲警報的情景。那是二次世界大戰末期，美國轟炸機三不五時來台灣丟炸彈、打機鎗；母親老家附近是日軍的兵工廠，炸得特別厲害。有一次，一顆沒長眼睛的重磅炸彈直挺挺地落進老家院子裡的一口井裡；那時，十四歲的母親，跟舅舅躲在院子旁的紅磚屋牆角，嚇得兩腿發軟。幸賴神明保佑，這顆炸彈並沒有爆炸，因此，母親才能講那些故事給我聽。

這些點點滴滴的戰亂回憶，母親總是用：「你們這一代太幸福了，都沒有吃過苦、經歷過這一切……」這樣半似感言、半是訓誨的語氣開場。母親希望我們這些小孩子能夠知道他們那一代所曾經吃過的苦頭，進而好好珍惜眼前這個時代所賜與的幸福。

我上有四個兄姐，伯父家則有九個堂兄姐，再加上舅舅家的小孩，從1950到1970出生的這一輩，每每在一張張黑白的家庭照片當中，佔據了一大片視覺空間。如果是結婚合照，打扮得漂漂亮亮的小花童們，總是排排站、一大串，不像現在多半只有兩個。根據統計，1950年之後，台灣平均每年至少有四十萬個寶寶誕生。1970年以後，生育數才降到平均每年三十多萬。因此，從比較寬鬆的定義來說，我這個五年級中段生，也還可以算是這波長達二十年的，世界性的戰後嬰兒潮世代（baby boomer）的末段班。

對母親他們那一輩來說，在那個還沒有保險套的承平年代，保健

衛生條件也比較好了，因此，像連珠砲一樣誕下一個又一個的小嬰兒，似乎是很平常的事。但是嚴格來說，如果要談戰後嬰兒潮，通常比較集中在三年級末段跟四年級那一代；他們所經歷的，是一段從廢墟中發展起來的成長經驗；那跟我們五年級以後，已經進入經濟起飛的階段，是不一樣的。

總的來說，我的兄姐們那一輩，他們記得蔣公連任，而我們記得蔣公過世；他們記得麵粉奶粉、我們記得巧克力養樂多，他們記得第一台電唱機、我們記得第一台電視機……；這些點點滴滴的差異，在近年來關於世代的回顧與討論中，已經談了很多了。但是，還有一些屬於他們的記憶，而我們還不是那麼清楚的。

緣生緣滅、雜誌生雜誌滅

——訪陳映真談《人間》

在訪問《人間》雜誌發行人陳映真的前一天，突然意識到，不知道自己是1989年停刊以來，第幾個跑去找他談《人間》的？

「完全出乎意料，不斷有人來問……」，在師大附近一間公寓的頂樓加蓋，也是人間出版社的辦公室中，他這樣回答。後一句我想像得到，但是對於前一句，「完全出乎意料」，卻出乎我的意料。「一開始我想，人剛死不久，總有人懷念吧……」一個「死」字，洩漏了進入1990年代之後的陳映真，在回顧《人間》時的心情。

1977年，在白色恐怖後期被捕的左傾青年作家陳映真，刑滿出獄，參與《夏潮》雜誌的編輯；《夏潮》也在稍後參與了美麗島雜誌社旗幟底下，反抗國民黨威權統治的聯合陣營。美麗島事件之後，這聯合陣營因著統獨意識裂痕的日益加深而逐漸分道揚鑣；而陳映真則屬於那少數的「統派」異議份子。

後美麗島時代，本土、台灣意識成為黨外運動的主流，但是，對陳映真來說，在反抗威權統治的共同訴求底下，去公開批評同樣飽受

《人間》雜誌第45期

打壓的運動者，時機並不適當。這種時代氣氛當中，陳映眞感到自己的發言空間日漸的縮小，因而思考另尋對社會發聲的管道與形式。

　　1984年前往美國愛荷華的寫作班，接觸到紀實攝影大師尤金‧史密斯的作品，讓他大感震撼；他也體會到，一個「文字枯竭、圖像統治」的時代已經來臨。回國之後，與一些年輕的攝影與文字工作者接觸，辦一本以紀實攝影與報導文學爲基調之雜誌的構想，逐漸成型。

　　當時擔任總編輯工作的陳映眞，提出了兩條「牴觸則無效」的「人間憲法」：

　　　　人間雜誌是以文字與影像爲語言，來從事紀錄、發現與批評
　　　　人間雜誌是站在社會弱小者的立場去看，去認識社會、生活、人、大自然、歷史

　　「我們報導的都是沒有臉的人，被主流媒體所不屑一顧的社會眞實，而不是那些健康、快樂、俊男、美女、幸福、美滿……」，在講到「健康、快樂……」時，陳映眞用拳頭配合字句輕敲著扶手。但是，他強調，雜誌雖然有立場，「立場並不代表眞實，而必須用辛勤的工作來表現，不是用口號……」；正是親臨底層民眾生活現場所帶來的衝擊、激動與教育，使得當時人間的記者，不顧薪水的微薄，拼死拼活也非得去好好地把它們說出來不可。「一開始寫來的稿，滿滿的都是激動……」身爲總編輯的他，必須一點一滴地教導這些年輕的記者，如何更適當地表達、該注意哪些面向。「他們進步得很快，我也從他

《人間》雜誌創辦人
陳映眞

們的報導當中學到很多⋯⋯其實是生活的現場教會了他們，而不是我。」在這種密集的工作強度底下，「那段時期，我的白頭髮長得最多⋯⋯」。

《人間》雜誌在當時保守的主流媒體當中，因而顯得突出而鮮明；他們的觀點題材、開放程度以及影像美學，甚至吸引許多記者同行的目光與心靈。1986年許信良闖關回台的中正機場事件，《人間》雜誌因為官方言論審查的嚴格控管，只呈現出一半不到的真實，但是，已經足夠讓主流媒體當中，所寫的報導被總編完全抽掉的年輕記者們垂頭喪氣，而在下班後一杯又一杯的酒精當中，不斷喃喃自問：「我在幹什麼？」「我在幹什麼？」

儘管受到矚目，但是《人間》平均每期還是虧損約二、三十萬元。加上在後期，一些編輯取向與做法上的改變，卻使銷路停滯，帶來了更沉重的負擔，使得陳映真在1989年毅然決然地，將它收掉。

「四年已經夠了⋯⋯，因為這是和社會背道而馳的，不可能有這樣的雜誌出現的⋯⋯，現在的雜誌都是資本主義消費社會下的產物，淪為廣告的媒介⋯⋯，完全都是以迎合讀者的喜好來編輯，而不是因為編輯有話要說⋯⋯。」依靠在單薄的三夾板牆上，陳映真如是對我說：「很傷心，這孩子生不逢時，不是這個時代所需要的雜誌⋯⋯」。

這一天，正是壹周刊上市發行的第一天；這本強調以攝影與文字報導並呈的方式去紀錄、發現高層人物生活現場的「狗仔隊」雜誌，在我訪問完陳映真的同時，正在全台各地熱賣。不管在內容上、社會意義上、歷史時空上或市場反應上，都正好跟強調進入底層人物生活現場的《人間》形成尖銳的對比。

面對這樣的社會現實，現在重拾小說創作之筆的陳映真，對我這個不知是第幾個《人間》的探詢者，輕嘆了口氣，吐露出：「緣生緣滅，雜誌生雜誌滅」如此這般的心情字句。

（2002年發表於誠品好讀）

一九四四年六月六日，即將邁向人間煉獄的年輕人

戰爭的記憶

　　對於戰爭，我們這一代是從螢幕上認識的。一開始是電視影集與電影，從小就有數不清的戰爭片在這個島嶼流通，關於兩次世界大戰、越戰……。接下來則是電腦遊戲，歷史上的各種戰場、戰役、武器、英雄將領，在彈指鍵盤與滑鼠之間，便可一一上場亮相；殺敵只是螢幕電子光點的倏然消逝，空氣中沒有血腥的味道，也沒有兵士與難民綿延不絕的痛苦呻吟。

　　接下來，近十年之內的實體戰爭，如波灣戰爭，則有賴CNN等電子媒體與衛星科技之賜，在戰地飽受轟炸之時，千里之外與決勝無關的我們，可以即時地、7-11地接受媒體的轟炸，並對著螢幕指指點點。

　　這座島嶼的戰爭記憶，因而往往籠罩在虛擬實境的架構底下，無法指涉到切身的歷史情境與社會關係；戰爭看似都是在異國展開，殺戮與自身無關。

　　相對於此，產出戰爭記憶最多的美國好萊塢，對於此一主題的描寫，卻如泉湧一般，每個世代都有不同的詮釋方式。比方說，日前筆者第三度觀看《搶救雷恩大兵》，依然感到震撼不已；一反過去戰爭片的拍攝方式，導演史蒂芬‧史匹柏大量使用接近紀錄片的鏡頭語言，從士兵的P.O.V（Point Of View，主觀鏡頭）出發，帶出最接近奧馬哈灘頭戰場實況的情緒與場景，令觀者有身歷其境之感。

　　在網路上搜尋島內對此一影片的評語，大多數的年輕觀眾，顯然都

被影音效果深深衝擊，感受到戰爭可怕、祈求和平的說法此起彼落。

筆者不願意遽下斷言，說這樣的看法空泛，然而，筆者卻不禁會想到，當年從奧馬哈灘頭倖存下來的老兵，比方說片中的雷恩、或者是大西洋彼岸德國的某位老者，在五十年後進入聲光效果俱佳的電影院，觀看這部影片時，他們心中會捲起多少洶湧的回憶呢？在影片最後的巷戰裡頭，導演細細描繪了一名德軍與一名美軍在閣樓上以刺刀肉搏，最後刀鋒緩緩插入某一青春胸膛，在數秒之中結束了他的生命；筆者聯想到，在島嶼許多角落，某些老人的記憶中是否有著類似的情節？而這些老者，其實可能就在你我身邊，或者，是大樓管理員伯伯？他們親身經歷過慘烈的中日戰爭、大東亞戰爭、國共內戰，或者是反抗日本殖民政權的戰役；是否，曾經也有那麼一段相近的時刻，當年一個被歷史操弄的年輕人，也不得不扣下扳機，或舉起刺刀，在生死交觀的搏鬥之後，結束了另一個年輕人的性命？數十年後，垂垂老已之際，他們會如何看待這段生命中無法抹滅的過程呢？那會是一種榮光，或是創痛，抑或是遠在地平線那一頭的模糊光影？

似乎，在這個島嶼，缺乏一種機制，去回顧、咀嚼這樣的歷程；我們多的是不斷進口的戰爭記憶，而沒有屬於自己的書寫與反省。今年的大片《珍珠港》，吸引了諸多年輕的觀眾，但是，對於島嶼裡頭真正經歷過那個年代、那個事件的人來說，他們的感受，是否被注意到了？我曾問過一位老兵，他還清楚地記得1941年12月7日那天，這個震驚全球的消息傳來時，身在天津一家布店的他在幹什麼。像這樣的記憶，在這個島嶼可能是不可勝數，但我們又有什麼樣的社會與文化空

台北六張犁白色恐怖受難者
紀念園區

間，可以在他們一一消逝之前，加以紀錄、詮釋與延展呢？

　　在號稱「21世紀第一場戰爭」開戰的時刻，擁擠在島嶼上的媒體，各種談論戰爭的說法與角度沸沸揚揚，但我心中湧出了上述的這些問題。似乎，我們對自己在20世紀的戰爭記憶還來不及整理，就已經硬生生地被拖進21世紀了。也因此，我不禁要問：面對這場戰爭，以及過程中全球局勢的重整，我們真的準備好了，可以做出有效的回應了嗎？

（2002年完稿）

《搶救雷恩大兵》

《珍珠港》

一九九〇年五月中正紀念堂
的群眾與燒掉的野百合

野百合的色彩

　　我對三月學運（我比較習慣用這個詞，而不是野百合）的印象，老實說已經很模糊了。

　　除了記得最後一天回到宿舍，老爸就打電話來：「你這幾天去哪裡了？是不是在那裡？」

　　此外，印象最深的，只有在撤退的那天早上，陽光特別刺眼。

　　當所有其他學校已經走得一乾二淨，或者零零落落，只剩我們學校的還像個隊伍。我跟指揮的學長建議，是不是該喊個口號才離場？有始有終嘛！！

　　於是我們二、三十個人整好隊，走到台階前，振臂高喊了幾句「我們會再回來！！」之類的，才又整隊離開。

　　現在回想起來，這行為有點天真，但是，我那時候是想，如果不做點樣子，難道要像剛打完群架的年輕人一樣，立刻就一哄而散嗎？

　　那年三月之後，我自己偶而會把這些過程拿出來想一想，但最大的感觸，一直要到2000年，因為參與拍攝關於台灣資訊產業史的紀錄片，才發現到1990年春天，在台灣的資訊業界，有一件極有意義的事情正在發生，而廣場上進步的，關懷社會的學生，大部分卻渾然不覺。

　　這是後來被稱為「華碩傳奇」（在〈作為一種文化產業的台灣電視紀錄片環境〉一文中有提到）的一個業界膾炙人口的故事。（《綠色矽島首部曲》系列紀錄片，2000年）

　　這個遲來的發現，對我來說是個震撼。很顯然，至少在我的生活

範圍內，有很長一段時間，似乎對某些大環境的重要變化太不敏感，或是完全失去感知能力。

我的另外一些感觸，則來自對於世代問題的關心。比方說，經歷過三月學運的五年級世代，是一個怎麼樣的世代？他們承接了什麼？經歷過什麼？又將面對什麼？

一些粗淺的切入點是，過去的世代，都有同年齡的文化明星，像保釣世代有李敖、王尚義、陳映真、劉大任、張系國、楊弦、李雙澤……等等；美麗島世代有羅大佑、張大春、吳念真、侯孝賢、龍應台、李宗盛、張艾嘉……等等，這些文化明星都在三十歲上下就嶄露頭角，甚至更早； 並且，重要的是，他們不僅影響了他自己的那個圈子（音樂的、電影的、或文學的……），而且影響力更realtime地滲透到大社會去。

今天要我想想，五年級的文化明星有誰，還真想不出來。我們都已經快四十歲了，要談文化明星，至今依然是李敖、王尚義、陳映真、劉大任、張系國、楊弦、李雙澤、羅大佑、張大春、吳念真、侯孝賢、龍應台、李宗盛、張艾嘉……。

基本上，五年級的明星，要不在產業界，就是在政治界。

對我來說，先不要說這是孰優孰劣的問題，而是五年級真的處在一個大變遷的過程當中，而我們要如何去認知這種變遷？

五年級的成長過程，經歷了解嚴以及更為重要的冷戰瓦解。似乎在台灣，許多人注重前者，但卻相對忽略後者。

接下來，當我們進入社會的同時，網路發達起來，因此，事實上，我們一直在經歷一個更為開放，並且是不斷開放的世界。

走到今天，21世紀初葉，我們是要繼續勇敢面對開放架構下的不確定挑戰，還是要回到小時候曾經習慣成自然的封閉冷戰格局？

進一步的，我們要給下一代什麼樣的世界？

今天的五年級，或者所謂的「野百合世代」，似乎就站在這個點上。

(2004年)

次文化與反抗運動

前一陣子,「學運世代」的話題頗發了一下小燒。人間副刊那時籌畫了一系列的專題,希望從文化的觀點切入;因此在一些相關的文章之外,還找了米蘭昆與黎煥雄做了一次紙上對談。

那時,正值米蘭昆忙著回國又出國之際,雖然跟煥雄喝了杯咖啡,但沒有時間好好地完成比較有現場感的對談。最後,是米蘭昆在阿姆斯特丹街頭找了家Kinkos(國外的「行動辦公室」服務中心),用傳真的方式與台灣來回了兩三趟,完成了對談。還要感謝煥雄在新作公演前的忙亂中,費心將我的傳真手稿打成電子檔呢!

黎煥雄,目前白天是EMI古典音樂部門的中階主管,晚上則是創作社劇團的創意總監;最新的導演作品《烏托邦》(編劇/紀蔚然),剛於一個月前公演。

米蘭昆與黎煥雄的對談

米蘭昆:回想自己在一九八九、一九九〇年左右的日子,或是心境,
　　　　就彷彿是一連串高空彈跳的片段。這裡指的不是冒險刺激的
　　　　部份,而是,當外人看來好像要浸入水中的時候、在跟水面
　　　　接觸的那一剎那,背後總有一根繩子會把自己拉起。

　　　　無論是在文學、音樂、理論、運動……等等,那幾年之間冒
　　　　出來的形形色色的領域部門,我和我的一些朋友們,大約都
　　　　是淺嚐即止。

那根綁在我們背上的彈力拉繩，其實是一種很深的懷疑、不確定、相對主義。在一開始，拜相對主義之賜，我們得以解構自小加諸我們身上的各種桎梏與教條，但是連帶地，也把眼前與身上的其他部份解構掉了——包括熱情在內。這種狀況，在我們那所以理工為主的大學裡頭，似乎特容易出現。一般而言，假科學之名，在那時所呈現的「客觀、理性」論述，常常被我們視為cynical，但是，我們自己，大約也沒找到另一條出路。

黎煥雄：高空彈跳的比喻聽起來有一些些殘酷的幽默。因為這樣一種俯衝出於自主、但彈回卻絲毫由不得人，況且也完全不可能回到起跳點的反覆上下晃擺。不過如果是彈跳的話，也許還有更加刺激或諷刺的——對於在八零年代前段啟蒙（也許可被視作「前」學運世代）的我們，可能甚且還有許多衝出去了都還不知道會被拉回。

一開始的時候當然是文學與電影，介於美麗島事件與解嚴之間的我們，原本其實很可能一路文藝青年下去的，但是你很難不被一整個逐漸騷動起來的年代氛圍影響，激發出些許批判式現實主義的心思，甚至也就邊緣地採取了一些自認頗為義無反顧的行動。這部份相對於你的八九、九〇年，也許對我們更關鍵的會是八七、八八年。包括解嚴的激盪、「五二〇」的震撼等等。不管在什麼領域，對抗意識好像都能比後來更容易被匯集、被動員。

而當時高能量的動態，好像來自一種長期壓抑之後的釋放（跟台灣的地殼結構經驗何其相像），另外就是匱缺——拼命追趕、拼命想要補回前代的不滿，最後到達一種高濃度的壓縮情境。而當所謂的運動告一段落，必然接續鬆軟的崩解，離席，或者沈默。

米蘭昆：然而我想，我們這一小撮所謂的「異議份子」，內心深處還是

有某種驅動力，促使我們不斷去彈跳，不斷地碰觸一個又一個的新事物、新理論。只不過，在那時，恐怕大家都不清楚那股驅動力是什麼，又會將大家帶到什麼地方。

那幾年，各大學紛紛成立了「台灣研究社」，對本土文化與歷史進行方方面面的探究。許多的討論會、夏令營、調查……等等一個接一個地推出，我也參加其中幾個。然而那時我也在想，對於「台灣是什麼」這樣一個本質性的、甚且是哲學性的命題，我們好像還沒有能力去回應。同時，好像也沒有什麼人把它當成一個值得好好探討的課題。這樣的想法是否太解構了呢？

黎煥雄：我們也有類似的疑惑，但是時間結構如此龐大、眼前的現實又無比快速地變幻流轉，要陳述表達這些的，大約是歷史學家與思想家吧，從事創作的我們固然需要一個史觀、一個哲學基礎，但是勾勒出自己是什麼樣的人——從何而出、從何自處，對我而言，大約是先行於大結構的觀測與描繪的。一個個體必然有他的承繼、傳統與歷史，有他受制或反抗的集體性格。我所屬的河左岸劇團在八八年到九四年間，進行了系列台灣近代史取材的創作，也是企圖從面對先人、摸索一些可能遞傳到我們體內的種種啓發。

米蘭昆：那時我很少看劇場，但我注意到河左岸一系列「迷走地圖」的創作企圖，也聽到史辰蘭的配樂。我想到劉克襄的詩句：「這是徘徊在北迴歸線的島嶼，有最衰弱的歷史，與最迷惑的

1989年遠化罷工
現場

人民……」，很可以說明這樣的氣氛與感受。特別是史辰蘭的
音樂，並不直接描述迷離，而以簡約的聲音，像是暗室中間
斷的閃光般，只讓我們看到空間中片段的骨架。這樣的
flashback，更能對照出整體空間－－不管是心理上的、或是
現實生活的－－一種宿命的疏離與迷惑。

黎煥雄：那是九二年取材花蓮鳳林張七郎家族的「海洋告別」、以及九
四年的「賴和」兩部「迷走地圖」作品。彼時自許「黑色青
年」的我們，其實並沒有更大的資源持續開發原創的劇場音
樂，辰蘭在很有限的製作條件下加入創作，相當程度地彰顯
了非主流的地下精神，也反映了一個階段上、次文化領域間
的聲息相通。

米蘭昆：在那樣一長串相對主義的年代裡，音樂是少數可在我內心
中，拉出一條測深（sounding）的鉛錘，或是定泊的船錨－－
縱使海面潮流氣象依然變幻莫測，使得鉛錘或船錨稍有跳針
移位，但那至少是一個重物。

對我來說，羅大佑、李雙澤、胡德夫、Pink Floyd、黑鳥、
The Doors等等，是那個階段夠份量的壓艙石。我在九〇年左
右開始進行對七〇年代民歌運動的調查研究，大約就是在為
那枚鉛錘進行一些測繪，也為自己搖搖擺擺的航行描出一點
軌跡與方向感。但是，在過程中，我總感覺到海床上不同板
塊的差異，令海面上的我常常失去方向。那時總會不安，害
怕自己抓不住板塊運動的動量，也怕自己會因抓不住而深陷
在相對主義當中出不來。其實，我不希望自己永遠在做高空
彈跳。九二年完成的《誰在那邊唱自己的歌》那本書，有許
多時候，其實是反映、或呈現了這種不安的矛盾，或是擠壓
的張力。

黎煥雄：你提到李雙澤、提到黑鳥，前者是我們當年在淡水唸書時常
常聽李元貞老師提到的名字，學校山下英專路上的文理書店

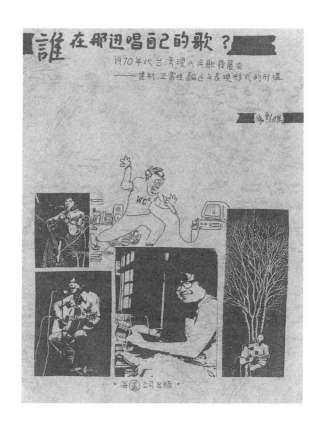

《誰在那邊唱自己的歌》手繪封面，
1992年。

也在大門內牆上掛著他的相片，說起來像是一種有點落寞、漸漸走遠的精神象徵。他的歌曲當然也是我所熟悉的，不過，他除了「美麗島」之外、還有「少年中國」，現在看來，兩者間的相容，似乎反映了一種不知道是更超越、或者更不見容於世故的純真的吧。

香港的黑鳥則是一種開始運動了一般的好奇與興奮，我還記得那捲「民眾擁有力量」卡帶、還去找了Patti Smith的原曲，還有搖滾版的國際歌。我好像就是從那裡學會「英特納遜納爾」的。

但是我很快地、彷彿回不了頭一般就闖入了劇場空間。音樂當然也是未曾稍離的某種指引，不過，除了有著運動指涉、理想陳述的民歌或搖滾之外，我好像更熱衷於馬勒、巴哈，甚至好事地思索著蕭士塔高維契與浦羅高菲夫、誰比較革命誰比較反動。劇場演出大約也經常以這些為配樂。好像懷抱著一種對舊世界、文化大陸塊的嚮往，彷彿透過這樣的嚮往，自己的存在會變得比較沉穩、比較能感到一種重量。

米蘭昆：你提到的「文化大陸塊」，也是我最近在思考的點。我們生活在島嶼，但數代以來，總在大陸文化——中國、歐陸、美洲——的滋養中成長。我在想，這是不是我們內心某種張力的來源？而從另一方面想，這種島嶼與大陸之間板塊的縫隙，是否也是創作泉源湧出的地方？

黎煥雄：我想是的。不僅大陸板塊的縫隙，世代、甚至晨昏等等，每

1990年代的某次抗爭，幫社團朋友扛攝影機。那時並沒想到，自己將來有可能走這一行。

種「接縫」、邊緣重疊的地帶，也許都帶有某種莫名的迷離感，這樣的感覺促使你去進一步探索位置、身世、前路⋯⋯等等，想弄清楚什麼的過程，也許就留下了見證。

在九一年的劇場作品「星之暗湧」裡，恰巧也有著「那枚島嶼，在大陸塊與大海洋之間，彷彿會像船般的起伏⋯⋯」這樣的意象。事實上，至今我都還時常感覺到那樣想要啓航前的輕輕搖晃。當然，逐漸世故化的年歲，已經不再容許太多的理想浪漫，有時甚至必須領受搖晃太久後的暈眩。而我的「文化大陸塊」在某種脈絡上，竟已轉折具現於一個跨國音樂工業經理人的工作上頭。好幾次，當自己像個有著文化品味而好教養的商人、身處眾多外國同事與藝人的場合時，因著一種面對龐大機制而恍惚的距離感，我都不由自主地想起那樣的字句、想起接於其後「我只有用墨汁將島嶼塗黑」的頹然。

進而疑慮這樣的歷程與轉折，在最後回顧時，除了物質生活之外、還能給自己什麼樣的交代。當然所有的detour，容或都帶些現實嘲弄的莫可奈何，但是，抱持一種對於更大生命歷程近乎敬畏的篤信，也許也就不全然那麼讓人沮喪了，而多多少少學一些進退的身段、體認一些百感交集的況味吧。

米蘭昆：從音樂到紀錄片的轉折，其實就是讓背上的那根繩子變得鬆弛，讓自己可以持續地浸入某一水域。而不再是彈彈跳跳的。在這當中，關於「相對主義之外的出路是什麼？」「台灣是什麼？」乃至「在台灣，人是什麼？」這樣本質性的問題，一直在我馬不停蹄的工作生涯中翻攪著，紀錄片令我接觸到形形色色的人，對於人在社會中的生存，以及背後的故事。我想距離對海床完成大體探測，還有很長一段。但是我知道，對於人在社會中的生存，以及文化在社會中的生存，是我最關心的兩條線索。它們終會把我拉往某些地方。

黎煥雄：最近剛好在執導一個關於理想如何幻滅的劇場作品，劇作家
　　　　勾勒著這個島嶼上的族群意識、世代替換，讓我深深感覺一
　　　　種one step behind, one step beyond的驚怵。對烏托邦的鄉愁不
　　　　僅是令人神傷的年歲感，有時不免也是侷限的。分屬前中年
　　　　與乍入中年——已經開始回憶黑鳥、羅大佑或國際歌的我
　　　　們，也許需要更從容的勇氣、更沈默的微笑來面對自己。與
　　　　此同時，我也愈發感覺一種去除威權陰影之餘的「仰望」的
　　　　必要，不論跟不跟隨、對先行者持守最起碼的敬意。最後抄
　　　　引一段他人書中的文章作為註腳——「不過，在外洋，需要
　　　　有人發號施令，因為事先的航海計劃鮮少能派上用場。而過
　　　　度小心的航行將使最自豪的船隻黯然無神。我們所信賴的英
　　　　雄將是船長那一類型的人：一個好水手、善飲、好詛咒，但
　　　　整體而言是最虔誠(亦即最不好大喜功)的人。」(郭德貝克
　　　　「完美的樂團指揮」——引自賈克・阿達利《噪音——音樂的
　　　　政治經濟學》一書)，雖然，我們未必需要成為船長，還是預
　　　　祝你的航程與海床探測持續不懈。

米蘭昆：近期與一些朋友接觸，也感受到，我們似乎先後都漸漸進入
　　　　了「更多的觀察與思索，更少的論斷與評價」的狀態。容或
　　　　每個人的出發點與現實條件不太一樣，但是，在海潮變幻莫
　　　　測的太平洋西緣，經驗有時比航海計劃、或兵棋推演更重
　　　　要。回憶或懷舊，終歸是洶湧海潮的一部份，面對大海，
　　　　「更從容的勇氣，更沈默的微笑」是必需的，那也是我們得以
　　　　持續航行的動力所在。

(2002年，發表於時報人間副刊)

從《無間道》到地藏王菩薩

　　我是在HBO上面第一次看到《無間道》的；距離它的首映，已經兩年了。在沒有心理準備的情況下，我竟被它穩穩地釘在電視機前面，一個半小時未曾轉台。看完之後，我的感覺是，感謝《無間道》，因為，這部片子標誌著華人電影工業，以它自己的方式，已經達到完全成熟的地步；而這是我們在看了幾十年的好萊塢之後，所夢寐以求的境界。

　　這成熟發生在香港，就產業環境來說，似乎是順理成章的。在過去看港片的經驗，雖然其通俗與大眾化的特色，一般都表現得相當徹底，但是，總還覺得像是停留在青春期的趣味。在過往港片的邏輯當中，彷彿拍片這回事，就是必須將觀眾想像成未成年，然後企圖一網打盡地把他們通通哄騙進戲院。因此，不管是什麼類型、什麼故事，不管是搞笑或悲情、耍刀弄槍或談情說愛，或多或少總還是要弄一點所謂「輕鬆」甚或「無厘頭」的橋段，或是投合青少年要酷愛現心理的英雄場面；似乎那些才是票房的保證。

《無間道》，導演劉
偉強、麥兆輝，基本
映畫製作，寰亞發行

但《無間道》完全沒有這類可以說是浮面的花招。它是一部拍給成年人看的電影，又或者說，能夠進入這部電影的脈絡，並細細體會的觀眾，都算是成年人；它呈現的是成人世界中赤裸裸的真實。正是在這個意義上，以及進一步的，在電影本身構成的各項技術上，我才說，《無間道》是完全成熟的。

　　也因此，《無間道》系列值得我們更細緻的討論。特別是，它引用了涅盤經上關於無間地獄的話語，來隱喻，或者開展劇情；這一點，不僅展現出既宏偉又幽微的氣勢，更帶給我們無窮的想像。而這延伸出來的想像，絕不是僅僅用目前這《無間道》三部曲的幅度可以完全涵納的。

　　在《無間道》當中，以一種單純但有效的雙線交錯與對應來推進故事。「曾志偉—劉德華」的黑道空間，以及「黃秋生—梁朝偉」的白道空間，兩者之間形成簡潔的奏鳴與對位；在這個架構之下，黑白之間交互「臥底」所產生的角色內在心理與外在情緒張力，則將這兩條線絞在一起，並且越繃越緊，終致陷入一個無間地獄的境地。

　　故事是怎麼發展的，我想就不用在這裡多費唇舌了。重點是，這種雙線交錯的敘事模式在國內外並不罕見，但《無間道》用來膠合這兩條線，並使之產生化學作用的核心意念，我覺得，其實是一種屬於東方文明的深度現實主義，透過「臥底」這個位在社會生活與道德價值最邊界的人生角色，具體地傳達出來。

　　說是現實主義，因為，它不僅僅表現了警匪之間的爾虞我詐，更因為劉德華的企圖自我漂白以及梁朝偉的最終殉職，而使得《無間道》可以超出一般這類影片正邪鬥智的既定模式，而往更深沉的真實人生之辯證過程發展。而這個辯證，最終就表現在公祭梁朝偉的場合，劉德華代表警界舉手致敬時，不禁閉上眼睛的那個特寫鏡頭裡。

　　在好萊塢影片當中，我們不難看到成熟的警匪片、間諜片、股市大亨片；與《無間道》首部曲同時間推出的，有Brad Pett與Robert Redford的《Spy Game》（台灣譯作《間諜遊戲》）。這部片我在HBO上

看了不下三次，深深為其剪輯的功力與運用回溯敘事（flashback）的巧勁所折服，而對我來說，這也是一步拍給成年人看的片子；但是，它依然不脫西方敘事當中，角色必須「正-邪」截然分明的架構——正：Brad Pett與Robert Redford；邪：中情局。而正邪之間最終的價值判斷與調和，會落在一個超然的上帝手上；這個上帝角色通常由美國憲法與立國精神來扮演。在絕大部分的西方故事當中，似乎捨此二元對立與上帝之眼，故事就無法推展，說不下去，或是無法吸引觀眾。

而《無間道》卻揭示了東方文明中的深沉真實。正邪的無法二分，並不在白天是上帝、晚上是魔鬼，或者白天是人、晚上是吸血鬼——在西方那通常都會有一個轉換的過程。相對於此，在東方，正邪無法二分，是人世間芸芸眾生的共相，兩者是時時刻刻都存在的。正如陰與陽、佛與魔、因與果、王與霸、善與惡，往往都是一體的兩面，既可能相剋，也可能相生；螢幕上的梁朝偉與劉德華就是這樣一個活生生的對子。

儒釋道這三個東方社會的主要信仰，在其思想核心，並不像西方那樣，需要依賴一個超凡的上帝來指導凡間的所有準則與次序；而是直接去體驗或揭示現實的娑婆世界裡頭，人自身與人際關係當中，最複雜也最基本的道理。儒釋道都觀察到，自大規模的灌溉農業社會成型以來，社會集體當中最現實也最奧秘的細微人性變化，是如何在形成與作用；而它們的道理也就架構在對於這變化的體驗、詮釋與超越之上。在這當中，佛的道理，或可說成是，當對於這現實人性糾葛的超越無法有效進行時，就會不斷地墮入輪迴，甚至陷進最糟糕的地獄烈火之中，永世不得超生。

從這樣的觀點來看，如果說，電影本身是一種對於故事邏輯的玩弄，那麼，《無間道》就是是一系列高度「玩弄」人性的故事。而這種「玩弄」的手法與深度，對我來說儘管是那麼真實，但我懷疑，西方人在正邪二分、上帝存在的既有框架底下，是否看得懂當中的奧妙？而他們是否會將之認知為，那是屬於東方的奧妙？聽說好萊塢已

經將《無間道》的劇本買下，準備改拍成好萊塢版；屆時，我們就可以來瞧瞧，西方人是否能夠領悟屬於東方的人生智慧？

在看完《無間道》的隔天，《無間道III：終極無間》尚未下片，我連忙衝到戲院去看。在這之前，已聽過許多人說，看不懂這第三部；老實說，我也看不太懂。如果回到《無間道》系列本身，引用佛經「無間地獄」說法的這個隱喻上面，那麼我會覺得，僅僅去描述劉德華這個角色的無法自拔、終致必須在無間地獄中承受無法超脫輪迴的痛苦，這樣的設定其實並無法撐住連續三部影片、將近五個小時的敘事幅度。我想這是造成編劇在《終極無間》當中必須絞盡腦汁，使用各種敘事花招的原因之一；但這也使得觀眾不易進入整體脈絡。

事實上，到了第三部，應當要有另外一個與劉德華同樣強烈的元素進入故事脈絡，方能如第一部一般，繼續有效、簡潔地推進敘事。而這個元素，我以為，如果回到佛經的典故，無疑地應當是「地獄不空、誓不成佛」的地藏王菩薩；如果有一個象徵地藏王菩薩的角色，就可以跟永沉輪迴、等待被拯救的劉德華，兩者之間形成另一組強烈的張力對比。但在第三部當中並沒有這個角色，而劉德華也還未往生；也因此，我覺得，《無間道》的系列故事，還有繼續發展的空間。

當然，回到東方文明的深沉裡頭，這個地藏王菩薩的角色，在影片所要呈現的現實世間，不會僅僅是純潔如蓮花的，而是會有他人性的、二元並存、相生相剋的面貌……。

（2004年）

地圖上的中亞、
回教文明與難民

　　在這短文當中所醞釀著的，或許會是一長段摸索與思索過程的開端。那是關於世界、歷史、海洋島嶼大陸、興衰，以及探險與旅途……。

　　我想，我們是新世紀、非殖民母國出身的旅行者；踏查的路線、遭遇的人事，或者虛擬或者實境，但無論如何，藉由許多現代科技以及翻譯之賜，我們的所見所思已經足以縱橫千年、左右東西。也因此，才能夠一點一滴地，在一次又一次的出航當中，不斷摸索世界的疆界，修正再修正，描繪真正屬於自己的地圖。一如十七八世紀航海時代的地圖繪製者，所提供的其實遠遠超出汪洋孤舟的地理座標與航向，更及於心靈與認知的定位、投射與認同。

　　如果你／妳願一起上路，盍興乎來！

　　西元六二九年，唐三藏往天竺求經，路經梵衍那國，看到該地的大佛，在《大唐西域記》中，他這樣描述著：「梵衍那國……，伽藍數十所，僧徒數千人。王城東北山阿，有立佛石像，高百四五十尺，金色晃曜，寶飾煥爛。東有伽藍，此國先王之所建也。伽藍東有瑜石釋迦佛立像，高百餘尺……。」千年以後，這兩座世所罕見的佛像，被聯合國教科文組織指定為人類文化珍貴資產。

　　這個梵衍那國，就位於今天阿富汗境內的巴米安（Bamian），攤開地圖，大約是在首都喀布爾西方約一百五十公里處。二十一世紀第一年，三月，唐三藏當初看到的大小兩尊佛像，被回教遜尼派的神學士政權下令以火砲毀容，引起許多國家與文教組織的震驚與譴責。但不

位於阿富汗境內的巴米安大佛，雖然被毀容，但佛陀依然慈悲。

知，這次西方聯軍的炸彈，是否又會打掉諸多文明遺產？

從佛教的昌盛到伊斯蘭的昌盛，從七世紀到二十一世紀，從玄奘的腳蹤到神學士的砲擊，這一組跨越時空的簡單對照，其實蘊含著多少這個地區物換星移、複雜而漫長的歷史過程！

在三藏法師出發的前七年，穆罕默德才在聖城麥加建立回教，並不斷對外進行宣教。在回教版圖的西方邊界，十二世紀時，同屬一個一神教根源的基督教與回教之間爆發的長期衝突，此即十字軍東征，一直綿延至十六世紀。此時，回教已經透過奧圖曼土耳其帝國深入東南歐，並繞經北非直上西班牙；而在東邊，今天的阿富汗、巴基斯坦等地，早在十世紀之前就已經是回教世界的成員了。

另一方面，透過橫渡印度洋的阿拉伯商船，十五世紀到十六世紀左右，伊斯蘭也來到了我們的近鄰東南亞地區，在中爪哇建立第一個回教王國，並逐步沿著今天的印尼諸島往東、往北，經過摩鹿加群島、馬來亞，抵達今天菲律賓南端的民答納峨島。此時，正是西方國家透過海外貿易與殖民大力擴張的海洋時代，信奉天主教的西班牙佔領了位在福爾摩沙與民答納峨之間的呂宋島作為貿易根據地，使得伊斯蘭無法繼續沿著太平洋西緣北上。

今天阿富汗數百萬的難民，除了往西進入伊朗、往北進入烏茲別克或塔吉克之外，往東或往南進入巴基斯坦的，其中有部分會繼續南下到海邊搭船，沿著當年阿拉伯商船的路徑，越過印度洋，進入東南亞，乃至澳洲。他們會北上來到福爾摩沙嗎？如果真的來了，這個島嶼會如陳水扁總統所宣示的那樣，給予必要的協助與身心安頓嗎？

一千四百年前三藏法師從長安出發，千里迢迢的印度之旅，為何會繞經中亞？這跟古絲路的走法有多少重疊？從佛教到回教，從亞利安人（Aryans）、突厥人、波斯人、蒙古人到斯拉夫人，在這塊土地上的交替興衰又是如何？對於想要去了解這個多種族、多宗教、列強競相爭奪的複雜地區——我們世界認知體系當中的巨大盲點，從閱讀地圖開始，或許會是一個饒富興味的入門。

延伸閱讀

俯瞰阿富汗

德州大學地圖大全（http://www.lib.utexas.edu/maps/）

　　對於我們來說，阿富汗及其鄰近地區，彷彿是一個迷霧地帶。然而在近代世界形成的過程裡，歐美白人早已多次進出這個地區，並且留下豐富的紀錄；地圖即是其中之一。在德州大學的網站上，我們可以看到依近代西方地球科學概念所繪製的阿富汗地圖，包括十九世紀英阿戰爭的兵力部署與攻防地圖。

一個文明的成長曲線

伊斯蘭發展地圖（http://ccat.sas.upenn.edu/%7Ers143/map.html）
穆斯林各國地圖（http://www.arches.uga.edu/%7Egod1as/maps.html）

　　我們所熟悉的世界，其實多半是北緯40度以北的西方世界，對於以外的地區，在資訊鴻溝的限制之下，所知往往有限。在此，幾個人文地圖網頁扼要地勾勒出從七世紀到二十一世紀，漫長的一千四百年之間，伊斯蘭世界的變化與擴張，或可幫助我們了解這一大片區域裡頭人與文化的脈動。

　　可以注意17世紀時，伊斯蘭往東南亞的疆界延伸。這條線沿著今天印尼諸島南緣畫出一道東西向的長弧，卻在爪哇東邊出現一個朝北的小小突起；那是台灣觀光客的最愛──至今依然信奉印度教的巴里島。

波斯士兵

迢遙旅途上的文化與音樂

絲路基金會（http://www.silk-road.com/toc/index.html）

絲路計劃（http://www.silkroadproject.org/index.html）

　　遠在我們所住的島嶼被十六世紀葡萄牙商船上的水手命名為「Formosa」之前，中世紀東西方的貿易都是經由陸路來進行；這條「絲路」，經過土耳其、安那托利亞、波斯、阿富汗、帕米爾、今天的新疆、中國的中原。歷史上經由這條貿易路線所造成的產值不知凡幾，許多歷史人物，也因為在這條路線上的活動而得以名垂千史；如馬可波羅與玄奘。

　　1996年成立的絲路基金會，即致力於紀錄、保存與傳播有關這條東西交流之路的種種歷史與文化痕跡。

　　近年來，華裔大提琴家馬友友推動「絲路計劃」，則是透過音樂活動與相關的文化交流，來喚醒世人對絲路地區人文景象的注意。不過，由於911的恐怖攻擊以及歐美攻打阿富汗，原定（加年份）十月上旬在塔吉克舉辦的音樂會已經延期了。

萬民飄浪

聯合國難民總署（http://www.unhcr.ch/cgi-bin/texis/vtx/home）

難民共和國（http://refugee.net/index.html）

　　根據聯合國難民總署今年初的統計，全球的難民總數約為一千兩百萬人，比去年增加了百分之四；其中，阿富汗難民佔了三成，有三百六十萬，是全球最大的難民族裔。十月初，最新的數字遽增至四百六十五萬；十月七日開戰之後，世界展望會估計，還會再增加一百多萬名難民。

　　而逃出國境的難民通常被視為其他國家的負擔，大家往往避之唯恐不及。今年八月，一艘載有四百多名阿富汗人的難民船，被最大的回教國家印尼與南半球唯一派兵參戰的澳洲踢來踢去；兩個大國的表現甚為難看。

但是，有一個「難民共和國」的網路組織，卻宣稱「難民其實是還沒被實體化的資本」；他們舉出最有名的例子，便是美國。這個國家自十九世紀以來便收容了大批難民，才造就出全球最富裕的國度。這個標舉「難民＝資本」的組織正致力於建構讓難民可以發揮生產力的機制；甚至設計了「難民共和國」的護照，歡迎大家把它加在自己的護照上。

（2002年，發表於誠品好讀）

影徂心在：演藝農民

這裡是北京南郊的涿州影視基地，在高速公路就有指示牌指向此地，儼然是一個觀光勝地。

十年前，為了拍三國演義，蓋起了這些古城．多半是漢唐之風，除了長安城門之外，還有個曹操的銅雀台。

後來，有個朋友跟我說，自從有了影視基地或片場，週邊的農民一下子都入了行，變成演藝人員。

因為臨時演員的動員，有時候一次就是好幾百人。到後來，全村的居民幾乎都動員起來了。

臨時「演馬」

演藝農民

從黑色羅大佑到無色羅大佑

　　在一開始，有兩個理由讓我不能在這次羅大佑的2004臺北演唱會中缺席。首先，最近正開始要執行一個「臺灣流行音樂史」的專題片計畫，羅大佑當然會是其中的要角之一。第二個理由，則是因爲我錯過了他20年前的第一次個人演唱會；那時，我家離臺北有300公里遠，而我還是個十來歲的高中生，只能抱著生命中的第一台手提答錄機，關在房間自顧自地浸入黑色羅大佑激昂的歌聲漩渦當中，成爲我成長血液的一部分。20年之後，他的演唱會就在眼前，當然不能夠再錯過了。

　　在演唱會開始之前，我扛著一台PD150攝影機，跟製作人在入口處搜尋聽眾，做一點即席的訪問。來聽的幾乎都是三十來歲到四十來歲的人，用臺灣的術語來說，叫做五年級生（出生於民國五十幾年，即1960年代）或四年級生（出生於民國四十幾年，即1950年代）。訪問了四五個「四、五年級生」之後，我跟製作人商量著，是否該找一個年輕一點的。於是就看准了一個背著背包、已經掏出門票，一路往收票口衝去的男生；我們趕緊用攝影機將他攔下來……。

　　「我對這場演唱會早就充滿了期待！」這年輕人一開口，雙眼就閃耀著異樣的光輝、雙頰忍不住興奮的紅暈：「…絕對不能錯過，對我來說，這是很重要的生命經驗！」

　　我有點傻住了；彷彿看到了二十年前的自己——如果我當時在台北的話。但是，今天二十來歲的年輕人，有誰會對羅大佑這麼熱切？

「你是哪裡人？」我問道。

「馬來西亞華僑，現在在臺灣念書！」

是啊，馬來西亞華裔，一個令人眼睛一亮的族群。不久之前，他們才把第二屆「花蹤世界華文文學獎」頒給臺灣的小說家陳映真；而陳映真，這個在我心中猶如巨人一般的知識份子文人，恐怕已經在新一代臺灣年輕人的文化語彙裏頭，人間蒸發了。只是當場限於時間，我並沒有追問這個馬華年輕人，是否知道陳映真？是否曾經從陳映真的作品中，得到跟我類似的感動？

在我的大學時代，陳映真的小說，是讓許多年輕人得以摸索這個島嶼歷史肌理與人性尊嚴的少數媒介；他的〈山路〉、〈鈴鐺花〉、〈夜行貨車〉……等等，是我們那時候的文學社團活動不可回避的討論物件。從這些先行者的寫實主義文學當中，我們在自己的年輕時代，找到一個思想與生命的窗口，可以呼吸到不一樣的新鮮空氣。

在那時候，除了文學陳映真之外，我們有侯孝賢、陳坤厚、楊德昌、萬仁等人合力塑造的新電影，有張照堂所拍攝的《映象之旅》新電視節目，有許多新的思潮與文化形式被介紹進來，法國的後結構主義、英國的後叛客（post-punk）搖滾，還有中國大陸第五代導演的作品，像《老井》、《黃土地》、《紅高粱》等等，以及鍾阿城的小說、北島與顧城的詩作，也在少數學生之間流傳。而黑色的羅大佑，就是那襯托了這個時期的背景聲響。

是的，音樂常常不是歷史舞臺的主角，但是它永遠像潺潺的流水聲一般，讓我們在森林、草原或者沙漠中進行生命追索的時候，潛意

羅大佑《之乎者也》，滾
石，1982年

識裏還可以因為那些起起伏伏、揮之不去的旋律、節奏，而有一絲絲心理上的根本憑藉與方向感。

音樂，這空氣的震動，跟人體的呼吸共用著一樣的載體或內容物，亦即大氣。而對這載體或內容物，德國作家卡內提（Elias Canetti）曾經這樣說，「我們這個世界的複雜絕大部分也是由呼吸空間所組成的。各位現在坐在這裏的空間有一種完全固定的秩序，幾乎完全與周圍隔絕，各位呼吸混合的方式，形成了各位所共同有的空氣……」放在八〇年代臺灣的時空中來說，我們呼吸著由羅大佑等人的音樂所激發的空氣分子，與文學、電影、藝術的氣息彼此共振；他們所共同振動的空氣，充滿了省覺的、有厚度的、反叛的氣味──反叛那些閉鎖的、淺薄的、帶著濃厚黴味的空氣。1990年代後半，在〈啟蒙者羅大佑〉一文裏頭，我曾經這樣回憶：「以他的音樂襯底，一個脫離舊時代的思考與感知方式方能有血有肉地架構起來。」

我們就帶著對這種空氣之聽覺、嗅覺甚至觸覺的記憶，走出校園、進入社會；那時候，儘管黑色的羅大佑已經拋出他的《昨日遺書》，向一個新的白色羅大佑轉進，但我們依然按照那記憶中的空氣的振動頻率與氣味，摸索著向前進：走過第一個工作、第二個工作，走過這個單位、那個單位，走過榮耀與墮落、堅持與背叛……。一直磨蹭到現在，在那年輕時代曾經大口呼吸的空氣，已然稀薄；對於新一代，我們幾乎已經不知道該怎麼跟他們描述，曾經在出現過的空氣的振動、以及對於曾經經歷新文化降臨與開創的感動，到底是什麼？

於是，在今天，或許還可以有第三個不容易說清楚的理由，來解

羅大佑1988年自費出版的《昨日遺書》。

釋爲什麼我非來聽羅大佑演唱會不可：我很可能想知道，在這個時候，透過羅大佑，我該如何去具體地記起那年輕時代的空氣振動，以及如何述說他們什麼？但我一點也沒有把握是否能夠找到答案，或者，已經失去了尋找答案的動力了。

在這個兩千多個座位的會場中，我坐在第四十二排。羅大佑演唱，台下聽眾用力地應和，簡直就像一個超級巨大的KTV團體包廂；而我，並不特別去揣摩那可能潛藏的第三個理由，只是自顧自地放開喉嚨，盡情融入這種同樂會的氣氛。這個晚上，羅大佑的講話並不像過去大家對他的印象那樣，總是要帶一些對社會對時事的看法；相反地，他反而選擇回到對歌曲最簡單的描述，以及跟聽眾直接的互動，就像是在一個大歌場裡頭。不管是〈未來的主人翁〉、〈亞細亞的孤兒〉、〈之乎者也〉，還是〈鹿港小鎮〉，這些在當年對我來說，有非常強烈衝擊與私密體會的歌曲，於今，都成爲這個大包廂當中，眾人一面看著螢幕般的鏡框舞臺，一面跟著縱聲高唱的空氣振動。而這種「大家唱」的空氣，當然跟當年我關在自己房間所聆聽的空氣是兩回事；但是，在這時候，誰管它呢？跟著唱，就對了。

一直到〈童年〉出現。

這首歌一點也不批判、一點也不黑色、一點也不intellectual，它就自自然然地從羅大佑的手指底下、如流水般傾瀉出來：「池塘邊的榕樹下　知了在聲聲叫著夏天……」。如此單純、如此原眞，沒有黑色白色的曲折包袱、沒有藍色綠色的矛盾衝突，沒有太多需要詮釋與再詮釋的意義。於是，在當下，它悄悄地從潛意識中釋放了我更早的少年回憶：在一個夏日午後，從姊姊的抽屜裏找到《童年》專輯的卡帶，記憶中，那個房間的明亮、那個抽屜的木質紋理、被陽光照耀的空氣分子、帶著一絲絲飛揚閃爍的小棉絮、略爲褪色的卡帶封面上張艾嘉的笑容……，歷歷在目。眼前，羅大佑的彈唱，就帶著這些點點滴滴的回憶，越過之後大學時代所有的省覺與閉鎖、深厚與淺薄、反叛與保守的對立，越過畢業之後所有這個工作那個工作、這個單位那個單

位、榮耀與墮落、堅持與背叛的磨蹭……，從二、三十年前，直接撲面而來；像一個無邪的小孩，帶著一點溫暖的微笑，赤裸裸地站到眼前。不知怎麼地，我不禁流下淚……。

走出演唱會場，好一陣子之後，我才明白這眼淚的意思。或許，十多年前那種醒覺與反叛之空氣的振動，在今天已經無法被真確地記憶，甚至複製了；但是，在那種空氣形成的更早以前，還有一些更原初的東西，關於真、關於善、關於美，關於超出各種文化表現形式之上的、更為純樸的空氣。那可能比前者更珍貴，但，卻也更容易被遺忘。

而事實上，在這個人生階段，我或許可以錯過對於十多年前之空氣味道的再回憶，但是，卻萬萬不可錯過對於二、三十年前的、更早的空氣味道的再回憶。那像是人生、社會與歷史的子宮，溫暖而濕潤；在那個點上，我想，陳映真、侯孝賢、陳坤厚、楊德昌、萬仁、張照堂，乃至鍾阿城、北島以及已經過世的顧城，也都曾各自保有他們自己的回憶，以及儲存與表達這回憶的方式；也只有在記憶了這個子宮的氣味之後，進一步新思想的啟蒙、新文化的創造以及新時代的開拓，或曰，醒覺與反叛，才有孕育其胚胎的動力來源與最本質的基礎。

但我不知道羅大佑是否意識到，這場2004年的演唱會將把某個或某些聽眾，帶到對子宮的記憶上頭；我寧願他在這個記憶的表達上是不自覺、不修飾的，而不是精雕細琢、再三安排的。二十年前，我們有一個用腦袋在創作歌曲的黑色羅大佑，二十年之後的今天，如果這個島嶼還需要什麼樣的空氣振動，來提供一絲絲的憑藉與方向感，提供一種新的醒覺基礎，我想，一個以心來演繹歌曲、以子宮作為共鳴腔的、無色的「羅大佑」，會是最好的背景聲音。

（2004年）

影徂心在：這鴨與那鴨

在北京一家烤鴨店，小二推來這隻鴨，
準備現場片皮片肉，讓我們大快朵頤。

不料，小二躊躇了一下，說：「這隻鴨
的皮質量不好，不夠酥脆，換一下好
嗎？」

我們問：「那怎辦？」

他說：「我給你們換張皮……，或是換
隻鴨？」

換張皮？！！！北京鴨也穿鴨皮夾克的
嗎？

後來他換了這隻鴨來。

果然鴨皮入口即化，真是名不虛傳。

這鴨

那鴨

Part 7

墨滴偏滑

一九六〇年代眺望淡水河的大學生

轉捩點

文化是什麼

多年以來，在台灣，我們對文化的概念，粗略地來說，大約可依左右兩派來劃分。右派的視文化為文化精英創造作品的整體過程，具備絕對的獨立性，而且在意識型態上有優先性，因而可以用來教化、提昇、指導其他一般大眾，賦予整個社會「藝術」或「文化」氣質；左派的，依循西方馬克思主義以降對文化的看法，援引階級、「文化工業」與「文化霸權」的相關概念，批判懷疑主流、親近喜好非主流或「民眾」，企圖藉下階層之力或之名去翻轉整個社會的意識型態與文化風向。

然而，以我多年在文化相關場域與產業工作的經驗，上述的兩個講法都無法滿足我的感受。右派的講法不管是「大師論」或「作者論」，不啻是在複製社會中原有階級的不平等與文化人的精英心態；尤有甚者，這類「大師」與「創作者」多半經由近親相姦的機制來複製，並且侷限在這島嶼極其有限的視野之內，在這種情況下，人民要被「提昇」到哪裡去？

而左派的講法，儘管懷抱批判與改革的氣質，但是所引用的，多半是來自數百年來西方成熟資本主義社會下的研究成果，對於如何套用在台灣這個代工經濟、次殖民、準資本主義社會，則缺乏足夠的反思。特別是，關於文化與社會的關係，多半只看到限於上層建築層次的文本分析、觀念批判等等，而極度缺乏下層建築層次的產業與組織

面向的認識與討論。這使得被移植過來的諸多說法，在本地的脈絡裡，顯得相對空洞無力。

自創品牌與文化代言

1987年左右，宏碁推出新的英文品牌「Acer」，拉開龍騰計劃的序幕。為了將「Acer」這個台灣的自創品牌推上國際舞台，宏碁花了上千萬的經費請國內知名的奧美廣告公司大作廣告，進行文化代言；這個廣告界的天價數字，還超過當年華航一年廣告預算的總和。

最近，在拍攝台灣資訊電子產業史紀錄影集的過程中，我閱讀到如上的資訊。這個訊息所帶給拍攝這樣一個影集之影像工作者的啟示，並不在於讚嘆宏碁作為台灣自創品牌的「神主牌」，所曾經擁有的大氣魄，而在於認清了，紀錄影像做為一種的文化代言產業，它與台灣產業發展之間的關係。

最簡單的層次是，相較於我的許多同學朋友所投身的、光鮮亮麗日進斗金的、正不斷要攀登世界頂峰的高科技行業，我所從事的這個紀錄影片的工作，在台灣，其實是一個低度開發的、準家庭代工的產業。特別是，當我們知道Intel曾花了上千萬美金請了好萊塢大導演喬治‧魯卡斯拍攝半導體的介紹短片，而我們總長度達六小時的紀錄影集其預算還不及該數字的百分之一時，這種感觸就更為深刻了。

不過，在閱讀了更多的資料，確認了戰後台灣代工經濟的本質之後，也就稍稍適懷了。因為，當此地的產業結構是以來料加工、出口替代為主，而不需要花大筆銀子做吃力不討好的自創品牌時，他們又會需要什麼文化代言？如果有，大約也僅止於印印給下游客戶（多半是國外）看的「卡答婁古（catalogue）」產品型錄，或拍拍簡單的介紹影片讓外賓有一點新鮮感而不會感到死板；而這種東西，重點在於清楚明瞭、朗朗上口、美觀大方（亦即此地一般產業對「廣告」的概念），並不需要進一步去做更為細緻、深入、需要反芻、不斷回味的感性企劃與行銷。

也因此，在整體台灣的影像工業當中，廣告業是相對先進的——它至少是有中小企業的體質與規模；畢竟，在內銷市場的層次上，還是需要一些專業的文化代言者來幫忙。但是，台灣的內銷市場並不大，它所能撐開的文化代言規模與深度，也就相對狹小；狹小到不足以讓其他的文化代言產業能夠達到與廣告相同的規模。

除非，台灣發展出面向世界市場的自創品牌。因為，唯有那些自創品牌的產業需要感性企劃與行銷來向看不見的潛在市場進行深度的絮根；而惟其市場的規模夠大時，在廣告之外的文化代言部門，如我所從事的電視紀錄片，才有進一步升級，向BBC、NHK、Discovery等等看齊的可能。

到目前為止，對各個不同部門（不管是中小企業規模的或是向我這樣跑單幫的家庭代工）的文化代言產業來說，戰後台灣最大的自創品牌，大約是「中華民國在台灣」以及相關的次品牌（如「生命共同體」、「社區總體營造」等等）。為了這樣的一組概念，不只是廣告部門，大約絕大部分的影像工作者都或多或少曾被捲入這組概念的包裝、延伸與詮釋裡頭。但是，我們看得到，這個自創品牌，先不說它成不成功，並沒有帶動整體文化代言工業體質的提昇；它所畫出的產業大餅，提供了許多工作機會，但是，絕大部分依然是以接近家庭代工的模式與品質在生產文化產品。

以電影來說，如果我們去看看諸如香港電影、法國電影以及美國電影，便可以明瞭那些發動國族自創品牌的機制（通常是政府與民族資本家），如何透過影像媒體感性行銷的強大特性，直接或間接利用這個看似「相對自主」的產業部門之產品，來再現、烘托甚且包裝那個自我認同的標籤：「多元又有俗趣的香港」、「有氣質又浪漫的法國」、「民主自由美國夢」。這種影像再現、烘托或包裝之得以完成的物質基礎，除了來自相關優惠與保護政策的實施，以及民族資本家的豢養（一如文藝復興時代，義大利城市的大商人豢養藝術家一般）之外，更在於將這個自創品牌放在全球的脈絡與市場當中去流通與作

用，以取得足夠的產值與邊際效應。

相對來看，我們的文化代言產業既缺乏如加工出口區或新竹科學園區那樣的優惠政策與保護措施，而所要去代言的那個「中華民國在台灣」，其所瞄準的市場其實依然限在內銷的層次；那麼，我們又要如何期待，除了廣告之外的文化代言產業，會有什麼出頭天呢？

因而，如果我們要期待台灣的文化代言工業能夠升級，是否該寄望於諸如宏碁這樣，有準世界級規模與企圖的自創品牌呢？但是，像宏碁這樣的企業算是民族資本家嗎？是哪個民族？在這個產業外移的年代，像我們這樣的影像黑手，有什麼能力跟著資本家繞著地球跑？更糟糕的是，在即將進入後PC時代的當口，宏碁這個台灣PC自創品牌的「神主牌」，也面臨史無前例的危機；這意味著，過去我們認為台灣少數有能力在國際上闖出一番名號的產業，其實有它結構上的問題；那麼，下一波可以在國際的層次上自創品牌的產業是什麼？

歷史的必然與偶然

其實，現在回過頭去看，我們不禁要問：宏碁當初的大手筆與大氣魄，會不會是台灣歷史上的一個偶然？

自16、17世紀，西洋人首次殖民台灣以來，台灣便以出口貿易，被編入世界體系的某個環節當中。在海洋帝國主義的時代，台灣是鹿皮、茶、糖等國際商品的生產地，然後是樟腦（火藥的重要成分）的生產地；接著，在日據時代，是「工業日本、農業台灣」此一角色分派下的殖民地。戰後，冷戰的結構底下，台灣接收或購買了美日先進國家裡頭中低階產業的某個環節，開展出以加工出口為主的經濟型態，成為「自由世界」的代工基地；即便是在70年代末以後，台灣的民間與政府分進合擊地發展資訊電子產業，但是，在最初的十幾年裡，基本上仍不脫中小企業尋找訂單或來料加工的本質。

簡而言之，數百年來，台灣被以西方資本主義為主的國際政經局勢卡在一個次級的、原料或中低階零組件供應地的結構性位置。在這

個位置上所發展出來的產業，除了供應有限的內銷市場之外，並無發展自創品牌的迫切需要（它甚且可能是一種浪費）。

如果硬要發展國際性的自創品牌，不管是自己澎風或是有機可乘，所面臨的，若非產品等級不高、不具戰略制高點的意義，便是遭到世界霸權的夾殺與肢解。不僅產業方面如此，在國族認同的領域，「中華民國在台灣」或「台灣共和國」這樣的自創品牌，也始終走不出島嶼的範圍。

在這種結構底下，我們要如何看待宏碁這個自創品牌的「神主牌」呢？儘管施振榮相當程度地把握住台灣中小企業的特性，提出「聯網組織」的概念，企圖在全球的層次上深化與擴張台灣中小企業的影響力；但是，在產業外移的風潮裡，這個聯網要聯到哪邊去？而包括像聯電與宏碁集團都曾經自豪的扁平化組織、集團內競爭、集體領導等等產業結構與管理風格，延續的依舊是中小企業分散經營、避免風險、哪裡有錢賺就往哪裡去的negative彈性作風，而非positive的拉高視野、單點集中力量、積極迎戰；這種變形蟲式的產業面貌，算是另類的自創品牌嗎？

什麼是「下一波產業」

遠在阿扁當選之前，我們便在「綠色矽島」的意念底下，進行這一系列電視紀錄片的企劃與研究。當時，我們所要拍攝的這個資訊電子產業，在全球的層次上還是一片大好；硬體上，半導體的需求量不斷擴張，PC的前景也還大致穩定成長；軟體上，.com公司一片榮景，Nasdaq與台灣的高科技類股都是一片長紅；台灣的政黨在不久之後也輪替了，看來會是有一番新氣象的。在這樣氣氛底下，我們對「綠色矽島」的前景預期是樂觀的，雖然大家還不太清楚實質的內容會是什麼。

曾幾何時，經過短短的幾個月，.com公司的泡沫破裂、Intel宣佈調降獲利率，在台灣，主機板廠商從921之後的兩百家跌到四、五十

家，PC成長趨於飽和的速度超過預期。而問題還不僅止於此，台灣內部政治的不穩定、股市跌了三成、環境問題的惡化、政治經濟失調造成失業、失業又造成社會不安，更深化了產業外移與結構退化的危機。這一連串內外在因素的改變，使得當初對「綠色矽島」的樂觀期待，變成一個笑話。這刺激了我們對目前形勢的多向度反省。

比方說，當初在進行企劃時，我們除了追溯台灣資訊電子產業二十多年來的發展歷程之外，也試圖要去回應「下一波產業是什麼」這樣所謂「前瞻性」的命題。「下一波產業是什麼」，其實是冷戰以來代工經濟結構底下所塑造出來的問題意識：因為台灣被賦予代工的任務，當上一波產品的成長趨緩甚或退潮時，我們自然會問：下一波是什麼？或者，下一批訂單在哪裡？

問題是，隨著冷戰結構的瓦解，西太平洋地區的代工基地從台灣轉向擁有大量廉價勞動力與土地的東南亞及大陸；失去資本家關愛眼神的台灣，還有什麼位置與立場去問「下一波產業是什麼」呢？如果我們還這樣問，豈不是自欺欺人？

但是，我們可以問什麼問題呢？

冷戰結構的瓦解，將台灣從代工基地的位置上「解放」出來；但是這個在客觀的條件與主觀的意願上缺乏自創品牌傳統的島嶼，卻慌了手腳。過去數十年所培養的實力，目前除了應付內鬥與經濟風暴之外，大約只能藉由中間階層的人力素質（特別是在晶圓代工部門）再維持數年的優勢。對於未來國際政治經濟局勢的變化，現在由地方土豪、派系與鄉野仕紳所支撐出來的政治結構（具有這類視野與計劃能力的技術官僚、學者等相關角色，在多年來利益分贓與內鬥的結構下早被相對邊緣化），已經毫無遠眺與因應的能力；而一開始就被嵌入全球商品生態鏈結的資本家，面對島內這樣的政治結構與社會情境，以及島外優異投資條件的誘惑，已經漸漸在做好外移的準備（連廣告公司都開始跑出去了）。

對於一個黑手影像工作者來說，面對這樣的局勢，就現階段而

言，在現實上也只能被動地等待新時代的來臨，不管那是更好還是更壞。因為，一如數百年來在這個島嶼上討賺的羅漢腳、佃農、挑夫、女工、作業員、清潔工、服務生等等，大家都是屬於無法任意遷徙的階級；即便近十餘年來台灣社會經過解嚴與社會運動的洗禮，民間的社會力量依然和戰前的反抗運動一樣孱弱，在主觀上缺乏強悍的自創品牌企圖，在客觀上則經濟基礎薄弱，並飽受政治部門的牽制。

簡單地說，這是區域霸權重組的年代，而台灣並未做好準備。過去的荷西爭霸、鄭成功征台、甲午之戰、二戰、韓戰等等國際戰爭，在不同歷史階段型塑出新的霸權生態；每一次的變遷，台灣都是被動的被編入某一霸權的陣營裡當二軍三軍。如今，台灣可能要再面臨一次這樣的命運轉折與角色編派，資本家死的死、「逃」的「逃」，正像跳船的老鼠一般，標示著這個轉折的來臨；而留在島上的人，在傳統上缺乏足夠的自創品牌準備（不管那是什麼）的情況底下，在心理上大約又要面臨祖先們曾經遭遇過的心理衝擊：錯愕、措手不及但又無可奈何。

只不過，這一次的變動，不知道會不會是以戰爭的形式告終？而在塵埃將落定之際，會不會再來一次乙未之役、霧社事件、二二八與白色恐怖？

五十年後

許信良團隊曾經企圖透過「新興民族」這樣一個概念來為台灣提出一種新的自創品牌的可能方向。

他們用猶太人來比擬台灣，認為猶太人在歷史上一直無法在國家的層次上自創品牌（直到近五十年才成功），但是猶太人本身的族群與宗教認同、為世界文明所做出的貢獻、所掌握的經濟實力，卻遠遠超出擁有一個國家所能達到的。許信良團隊因而樂觀地希望將台灣人視為華人範圍內的猶太人，而給台灣人一個新的定位。

相較於此，我想，在相同的「去國家化」的概念底下，其實吉普

賽人正好是另一個自創品牌的例子。近一千年來，從北印度往歐洲與北非擴散的吉普賽人，始終生活在每一個社會的最底層，被視爲下賤、不入流的品種。但是，他們一直保持住自己流動的文化特色、生活方式與族群認同，絕不輕言融入所謂的「主流價值」。

也就是在這樣的反照之下，對於台灣，現階段我們應該有了足夠的歷史縱深來看清自己在全球範圍底下、長時段（long dure）當中的結構性地位——包括生產方式、經濟角色、政治型態、勞動過程，以及因而產生的生活型態與文化活動；而這整體外在的客觀條件，從數百年前的過去到可預見的未來，大致不會有太大的變動。

可以變動的當然是我們自己的意志。在這其中，獨立依然可以是一種選項，做爲中國的一省或美國的一州也是另一種選項，持續開發或永續保育、不斷尋找下一個代工商品或自創品牌……等等，也都可以是選項；只不過，對於這些價值取向的思考，都必須放在一個具備全球視野的歷史縱深與連續性脈絡裡頭去思考，否則，就會變成是喊給自己爽的而已，祇具備短暫的在地政治經濟干擾作用，對整體的歷史進程而言僅僅是茶壺風暴、口水泡沫、過眼雲煙。

當然，上述的「去國家化」的思考也是一種選項，不管是「向上提昇」做猶太人第二，或者是非常有自覺地「向下沉淪」做吉普賽第二（某方面來說，這似乎更貼近台灣人的移民本質以及如蟑螂／變形蟲般頑強的生存性格）。

但是問題是，所有這些思考準備，相對於眼前正在發生的變遷來說，都已經嫌太慢，因爲我們從來就很少從這樣的角度去看待自己。所有前面提到的選項，已經來不及成爲有足夠力量、自發性（而非僅僅是被結構決定）的自創品牌。

面對著這波歷史的轉折，客觀上我們沒有太多可以做的，但是主觀上，我們可以開始試著從上述的角度去進行探勘、思辯；在下一波的霸權重組來臨之前（又會是另一個五十年嗎？），讓我們做好應變的準備。

（2002年完稿）

在思想滅絕的島嶼

——《青春之歌》的殘響

殘響(Reverberation)：

聲音產生之後，通過空間各處會形成反射聲。

聲源消失之後，餘音仍然會停留一段時間，

這種「餘音繞樑」的現象叫做

「殘響」。

　　我對於一九七〇年代台灣的認識，來自於一九九〇年代初期所做的民歌運動研究。在那過程中所蒐集到的許多資料，雖然大約只是關於那個年代的知識界與文化運動的少數側面，但也足夠讓我嗅出那時候年輕人（用時髦的話來說，他們該是「三、四年級」吧）與台灣社會的一些味道。而那味道，容或所用以表達的語言跟九〇年代初期不太一樣，但其中的精神與心靈樣貌——關於新社會的胎動與新文化的蜂起，卻是熟悉的；這使得我對一九七〇年代台灣一直都有興趣，比起其他的歷史階段來說，隨時隨地總有一股想一探究竟的念頭。

　　一九七〇年到一九九〇年不過是短短的二十年，如果用法國年鑑史學「長時間」（long duree）的量度來說，恐怕不過是一柱香的時間，但是在台灣的現實裡，其中所造成的隔閡，已經足夠讓兩代的年

《青春之歌：追憶1970年代台灣左翼青年的一段如火年華》，鄭鴻生著，聯經出版

輕人看似形同陌路。雖然，兩者之間還是有著共同的歌曲記憶，比方說金韻獎，但是要談到更爲幽微的、不被主流社會認識的旋律與節奏，如楊弦，甚至是李雙澤，或者是當時被知識份子鄙斥的許多「靡靡之音」，如劉文正、包娜娜等，兩代之間透過這些至今仍可聽到的樂音所折射出來的認識與情感，鐵定是不一樣的。

也因此，同樣是逮捕學生、鎮壓思想的情景，在《青春之歌》當中所描述的跟我在大學時代所遭遇的，對我來說，感受是截然不同的。

一九九一年春天的某個早晨，當所有夜貓子剛剛進入好夢的時候，我在賃居的住處被一通電話叫醒，是來自一個社團的夥伴。他說，三分鐘前，有幾個穿西裝的人把小我一屆的研究所學弟廖偉程從宿舍帶走了，不知是怎麼一回事，他有點擔心。我那天原本就計劃好一早要搭車到台北去做我論文的田野訪問，因此我要這位夥伴趕緊通知另外一位社團的朋友；之後，我就梳洗一番去台北了。

直到下午，完成了計劃中的資料蒐集，在走向台汽北站準備返回新竹的路上買了一份晚報；頭版頭條上斗大的標題，說廖偉程跟其他三人涉及「獨立台灣會」叛亂，可能以刑法當中的「二條一」唯一死刑起訴，證據就是當時雖然是禁書，但市面上不難買得到的史明台灣人四百年史。這把我嚇了一大跳，趕回學校的時候，大草坪上已經聚集數十位同學與老師，拿著大聲公在商討援救的事宜。

在當時，儘管大家都覺得在解嚴之後還會有這種扣帽子的文字獄，簡直是不可思議，但是有了前一年三月學運學生被拿來作政爭工

「造反有理」，一九六八年的美國大學生

具的經驗，我們還是不敢掉以輕心；有個專研台灣史的學姊還因為擔心下一波捉拿的對象就是她，而有精神耗弱的現象，幾乎夜夜失眠。但後來，九一年的這波學運席捲了整個台灣，最終看似是以成功收場：四個被關押的年輕人最後都被釋放了，而被我們視為幕後黑手的行政院長郝柏村，也被師生與社會輿論罵到臭頭；兩個月後大家更乘勝追擊，形成廢除刑法一百條的知識界大串聯。

現在回想起來，當時的氣氛其實是在緊張當中帶著些許暗自的樂觀的；我總感覺到這個文字獄根本就是bullshit，只要救援的行動夠堅定，形成的社會輿論壓力夠大，四個人的出獄應當是指日可待。如今，從目前大家比較熟知的語言來看，一九九〇年代會被標定為「解嚴的時代」，民間自由開放的氣氛已經成熟，是擋不住的發展潮流；保守勢力的反撲，充其量只是在自掘墳墓。因而，現在看起來，獨台會事件雖然對當事人造成一時的傷害，但終究只是歷史過程中的一個波瀾插曲。這種感覺，相對於台大哲學系事件發生之後，涉案學生們的惶惶惑惑、不知所終，事後大家各奔東西，或出國療傷，乃至二十餘年來不願或不敢回顧……，是非常不一樣的；也因此，《青春之歌》當中作者與主角不斷提及的創痛，大約是我們這些五年級學運世代所不容易體會的。

雖然有著這樣的差異，但是去閱讀《青春之歌》那一代的遭遇與心情，從一開始，對我來說並不是像拉張板凳坐在廊下、帶著青澀的思古幽情、隨著叮叮作響的風鈴聲，去傾聽一個「白頭宮女話當年」那樣，彷彿是在聆聽戒嚴時代前朝遺「少」的前塵往事。

因為，在對於民歌運動以及相關事件的不斷反芻過程中，我一直感覺到，我們這一代所使用的許多語言、概念與文化符碼，其實都源自一九七〇年代。校園民歌就不用說了，此外如「現代性」、「鄉土文化」、「本土化」（雖然跟後來的本土化意涵不大一樣）、「社會參與」等等標籤，「消費社會」、「城鄉差距」、「環境保護」等等議題，乃至世界觀與生活型態，都在經濟起飛有一段成績之後的一九七〇年代

台灣，透過戰後第一波學成歸國的留學生以及本地的年輕知識份子與非主流政客漸次提出；當中也不乏《青春之歌》裡頭描述的，透過三民主義的護身符來隱微地發聲的反帝左翼思想。這些種子在經過美麗島事件與中美斷交的催化之後，在一九八○年代的社會與政治劇烈變遷當中一一浮上檯面，或者成為新的體制、或者成為反抗體制的武器。像羅大佑在八○年代初所唱出的一些歌曲，「童年」、「鹿港小鎮」、「未來的主人翁」等等，某方面來說其實是總結了一九七○年代以降的一些集體情感與語言，而對不斷朝向新世紀邁進的台灣社會發出一些警醒的呼聲；那歌聲在我們年輕時候震撼了我們這一代，其能量至今不退。我們今天有許多夥伴在各個領域耕耘，不管是社區總體營造、環保運動、草根民主、性別運動、教育改革、勞工運動、音樂、影像、媒體等等，不論成功或失敗，何嘗不正是在一九七○年代所開出的各個議題之下，所不斷深化的鬥爭與努力？

也因此，我總試圖從一九七○年代年輕人的故事中，去抓出他們跟我們這一代、乃至跟台灣當下與未來時空的關聯性；試著從比較長時間的歷史量度來標定自己與他者的相對關係，而不要被我們這一代比較熟悉的「戒嚴／解嚴」斷代模式所侷限。

而我很驚異地發現，從《青春之歌》的脈絡來說，這種關係的建立，居然是通過幾個具體的人物。

我高二那一年的國文導師叫羅聯絡。至今我還忘不了他圓圓的、可愛的大頭顱，頭皮上面滿是疏疏落落的短短白髮，現在回想起來，像是一畝接近乾枯、有點弧度的麥田，每一株髮絲都泛著銀光。還有，他在講台上唸課本的時候從眼鏡後面露出敬謹而專注的小小眼神，似乎可以穿透掛在教室後面牆壁上的蔣公遺像，絲毫不受底下呼呼大睡學生的影響。

羅聯絡，出現在《青春之歌》第33頁的附註當中，他也是作者鄭鴻生的高中導師；現在，他應該已經作古了。

後來鄭鴻生告訴我，他高三那一年，《青春之歌》當中提到的那

個大家都不喜歡的校長終於離開了，新來的校長叫做李昇（李安導演的尊翁），大家對他印象都不錯；十多年之後，我高三，白髮蒼蒼的李昇校長榮退。

這彷彿是一個巧妙的時空交會，同一個老師、同一個校長，把《青春之歌》當中的那一代和我自己，分別放置在同一條線上的起點與終點。

現在想起來，像羅聯絡、李昇這樣的高中老師，多半是戰後隨國民政府來台的知識份子；他們當中有的並不完全接受國民黨僵固老化的那一套說法，而企圖保存自己的一些觀點；同時，同樣是在執教鞭，相較於在心理上長年遭到較大壓制的臺籍老師來說，他們或許也有比較多的空間可以不僅僅成為一個教書匠，而可以在授業解惑之外，還多少扮演了一點傳道的角色，而且可能是傳另外一種道。這批漂泊到東方島嶼的大陸知識份子，當年來台時年輕力壯，到了我們這一代進入高中或大學時，早已垂垂老已，但還是在生命的最後階段，試圖以他自己可能的方式，夫子自道地向下一代傳達他內在深層的想法。

在高二那一年學期結束時，羅聯絡送給全班同學一本他自己寫的、談存在主義與中國傳統文化的小書《存在與智慧》，薄薄的一本、橘黃色的封面，沒有美工設計，像是廟門口派發的善書一樣；當時雖然看不懂，但是我珍惜這樣的情誼，至今，還保留著那本小冊子。

這批人肉體的衰老或死亡，正逢國民黨統治力量的衰頹或轉型；而在這個時候，遲暮之年的羅聯絡贈送《存在與智慧》給成長在這個

一九七一年校園的保釣海報

階段的毛頭小子，其實象徵著我們這一代所經歷的某種另類的思想啟蒙，恐怕也在此後成為絕響了。當不久之後，本土化與經濟自由化的浪潮從九○年代的缺口湧入時，已經不再需要什麼「思想」、「哲學」之類的東西來支撐自己以及整個社會存活與發展的意義；相對地，發言位置與管道、權力與資源分配才是最核心的命題。從二十世紀末到現在，經過主流社會以商品化以及本土化對戒嚴體制進行細密的掃蕩，在台灣，思想已經蕩然無存，或曰不再需要；取而代之地，讓台灣人民能夠走下去的力量，轉而來自不斷精進的理財與生意手腕、行政管理、政治盤算、媒體操弄、以及讓法律條文疊床架屋的技巧……，或者，對大部分的老百姓來說，僅僅是前現代形式的布施行善積德，或者算命卜卦、簽注博彩等等求生本能而已；而這些生活準則，充滿機率、算計與工具性，基本上是不需要什麼深刻思想的。

因此，這是個思想滅絕的島嶼；而我，作為一個五年級中段班的老同學，在羅聯絡已經日暮西山、而我們這一代正旭日東昇的一九八○年代末，經歷了思想在島上走完了衰頹的下坡，開始完全覆滅的過程；至於《青春之歌》一書當中所描述的那群一九七○年代的年輕人，正當羅聯絡壯年之時，恰恰處於思想由盛走衰的轉折點上。

你問我說的是什麼思想，如果我說是三民主義之類的，不免會引來一陣訕笑。但三民主義也是一種思想，只不過它是不夠嚴謹的、被霸權化、專制化了的思想；與它同時期在台灣並存，但處境更艱苦而壓抑的思想，還有自由主義、存在主義、現代主義、新儒家……，以及在幽暗的角落暗自摸索的社會主義等等。這些思想，是人在歷史發展的侷限底下，不斷詰問個體存在意義、社會最終歸向與人類之超越可能的參考座標。

當年孫文提出三民主義作為中國革命的思想指導，毛澤東以中國式的共產主義作為改造舊社會、建設新中國的原則，五四運動則主張全盤西化；至於在西方，騎士精神與基督教始終是社會發展，乃至資本主義發展最主要的精神與心靈支柱，在日本有武士道，在印度有種

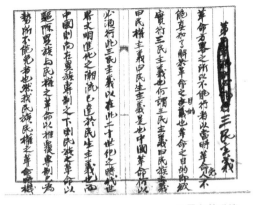

三民主義手稿

戒嚴時代的禁書

姓制度，在伊斯蘭國家有阿拉與可蘭經，在尚未完全滅絕的原住民社會有祖宗崇拜與泛靈信仰……。這些思想，有新有舊、有激進有保守、有成熟有不成熟，但都代表了各個社會中長年累月對本質思考的深層欲求與實踐；同時，也因為有傳統、保守、穩定壓倒一切的霸權思想的深刻存在，各種改革的、進步的、另類的、反叛的、「後」的思想才有相對成立的意義與能量。如此，在變動不居的社會中，人才能比較堅定地掌握到：不管是捍衛、保存、突破、猶豫、攻堅、守成還是轉進，自己的一舉一動，到底是為誰而戰？為何而戰？

而在二十世紀末的台灣，從教育體制上來看，「國父思想」被丟棄、「中國文化基本教材」早已不知所終；在缺乏替代的情況下，新一代的養成，完全沒有思想教育作為一種根基或參照，連壞的思想教育都沒有。影響所及，我們將可看到，或者已經看到，文史藝術的學習急速地往花瓶、多元入學分數或技藝的方向靠攏，法政與社會科學則向控制與管理技能看齊，傳播學科在市場導向的大環境底下失去了擔任思想代言人的一半身影，只剩下逐新營巧的另一半身影；整體來說，人文學科已經喪失了作為探尋人類本質之管道的自我認同、作為引領社會前進之發動機的生命力，以及，作為一種知識與美學本身的基本尊嚴。

與此同時，雖然台灣不斷引進西方思想，但是並不拜基督或反基督；這個島嶼不識可蘭經、對已經破敗不堪的原住民傳統信仰當作是看熱鬧或看笑話；講求台灣人的主體性，但說來說去就只是會相互剝削來比較誰會賺錢而已，而沒有絲毫深刻的哲學內涵，連發展哲學內

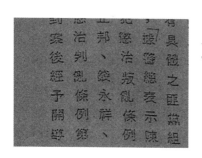

一九七三年台大哲學系事件
官方文件

涵的意圖與誠意都沒有；缺乏世界觀，更遑論世界史與世界思想的視野格局……；所有這些思想崩壞造成的結果，使得我們輕易地將混亂無準則當作開放與多元化來自我標榜，使得所謂的民主自由僅僅是一個空殼子，拿出去炫耀，恐怕還會被別人暗自訕笑而不自知……。

最令人難過的是，在這過程裡，我看到「知識份子」這個標籤，成為許多我們這個世代以降的年輕人，不斷要加以揶揄或者避之唯恐不及的符號。其實，intellectual這個詞，說穿了不過是代表一個社會中習慣進行深層本質思考的一群人罷了；而在我們這一代身上所呈現出來對之輕蔑的態度，正顯示了這個社會迴避或無能正視思想在島嶼滅絕之現實的一個心理徵兆。而這，正是我們的新一代正在經歷的「思想革命」——把「思想」的命根革掉。

1950年代，遭受顛沛流離之苦的儒者牟宗三，在《生命的學問》一書當中，痛陳中國的學術與文化，乃至整個社會，自明亡以來，即喪失了以生命來開出知識與學問的一種基本素養與驅動力。對他來說，「個人的盡性與民族的盡性，皆是『生命』上的事。如果『生命』糊塗了，『生命』的途徑迷失了，則未有不陷於顛倒錯亂者……，如果生命不能清醒凝聚，則科學不能出現，民主政治亦不能出現。」

我並不能完全接受將個體生命與民族生命綁在一起的觀點，但是，這一段在我年輕時代看來是多烘八股的文句，於今，卻有著深層的新意。舉例來說，記得在我的大學時代，關於「台灣」與「台灣人」的認同與相關知識開始在異議社團中發燒、散佈，經過十年，這認同以及相關知識已經成為當道顯學；在這過程中，我也不斷重新了解這塊生長了二十幾年的土地，但是，內心始終有些問題沒有得到解決——到底，驅動我們這些年輕的個體去「認識台灣」的根源力量是什麼？如果要談台灣人，那「人」的意義在台灣是什麼？最後，如果不同時去探索、回答這些哲學的、生命的本體問題，而只是在記憶性與知識性的課題上（台灣的歷史有哪些哪些、台灣的族群有哪些哪些、台灣的……）不斷打轉，我們究竟能獲得什麼、留下什麼？

十年來，我們聽了很多關於台灣「不是」什麼，如：台灣人不是中國人；至於台灣是什麼，大概最終極的說法是：「台灣是台灣人的台灣」。這個說法來自日據時代，此地的文化運動者反抗台灣作為日本內地延長的主張；在那樣的歷史脈絡底下，我可以理解這種相對性的論述所具有的召喚作用。時至今日，「台灣人」終於出頭天，「外來政權」被擊敗，而這樣的說法卻依然跟過去一樣強勁有效，這就令我迷惑了。當相對應的前提漸漸淡出，論述本身就可能會淪為一種喃喃自語的套套邏輯；除非它本身就是一篇經文、一種宗教信仰，但它是嗎？抱著這種論述不放的人，難道不察覺到這種危險嗎？在此刻，他們不會急著想要打造一種更積極的、更高層次的思想嗎？「台灣是台灣人的台灣」，像繞口令一樣，讓我想起最近購買的一本東南亞古地圖集，在書末的名詞索引中查「Formosa」一詞，底下說「see Taiwan」，再查「Taiwan」，底下說「see Formosa」，遂形成一種走不出去的封閉循環，委實令人啞然失笑。

　　這正是牟宗三所說的「生命不能清醒凝聚」。台灣社會的集體生命或個體生命所面臨的，是沒有辦法在全球歷史與文化脈絡底下，透過自我反芻的積累，來清晰、深刻而有效地由內在軀體說出一聲（或者多聲）清亮的「我是誰」，而只會說「我不是誰」，或者，腦袋不清楚、急就章地亂抱大腿（比方說，把台商比做成吉思汗。其實，台商更接近當時絲路上的阿拉伯商人，因為兩者都必須依附在政治—軍事複合的超級霸權底下求生存），或者，含含糊糊、囁囁嚅嚅地說不清楚；所有這些，正是思想滅絕的後果。

　　或許，從歷史過程來看，台灣始終會是一個思想無法著床生根的島嶼；原住民信仰的死亡、漢人宗族文化的逐漸崩解、日本殖民者人格教育的被拔除、中國古典文化與儒家思想被丟進不予回收的垃圾筒……，其實都是幾世紀以來全球政經變遷的大環境底下，在這個特定島嶼所形成的、對思想之強大抗藥性的具體展現。而《青春之歌》中所描述的，台大哲學系事件作為中國辛亥革命精神在台灣最後火種的

熄滅，不過是又一波思想在島嶼強行登陸之後的全殲。因此，對照著台大哲學系事件前後，哲學在年輕人心目中以及大學科系排行榜的上浮與下沉，我們可以發覺，當年南方朔形容台大哲學系是「中國自由主義最後的堡壘」，現在看起來，更像是「島嶼思想最後的廢墟」。

從那之後，本質性思考的空間在這個社會中被主流體制徹底邊緣化，只剩少數散兵游勇，以游擊隊的精神繼續活動著，所以三十年之後，我們還可以再次聽到當年一首又一首曾被縱意高唱的《青春之歌》。而一開始，聆聽這些來自遙遠時空的樂音與記憶，還有似曾相識、進而臭味相投的喜悅；但一旦思及思想滅絕的歷史事實，這些旋律節奏就變成了一段又一段在這島嶼兀自踱步、迴繞了三十年，而能量不斷衰減的「殘響」，帶著層層疊疊似有若無的回音，令聽者不禁恍惚迷離。

作為一個五年級樂迷，用這樣的心情去感受三、四年級的青春之歌，說來是十分殘酷的。畢竟，青春時代的樂音是人一生當中永難磨滅的旋律與節奏；而台下的年輕的聽眾聽不清楚這些過去同為年輕人樂音的本體，只聽到了殘響，簡直就是否決了舞台上這些人最原初的生命情懷。但對於像我這樣，曾經目睹思想嚥下最後一口氣的五年級來說，這感受應當不是殘酷，而毋寧是一種極為深層的尷尬。其實，我們這一代就像辛亥革命前的最後一批貢生——已經浸染了「舊時代」的氣味，但又匆忙剪了辮子想要趕上「新時代」的最後一節車廂。究竟，我們是處在什麼境地底下的一批人？在不斷往前疾駛的嘈雜列車上，沒有人想要問個清楚。

或許，我們都必須認清，在這個當下，大家都處在一個思想滅絕的時空裡頭；套用十年前自殺的北一女學生（她們是六年級）的遺言來說，就會是：「這個社會存在的本質，不適合思想」。眼前島嶼上的人，其存在的意義，其實是待價而沽地歡迎任何思想來租用他們的心靈，因此人所展現出的是東塗西抹、花花綠綠、變來變去的萬花筒面貌。如果，萬一有任何自主性的深層思考可以從在地萌生，那將會是

通過「以思想的匱乏對抗思想的存在」來取得一種本質是虛空的存有，並且這種存有必須比較接近玩笑，而不可被奉為思想……。

我不知道歷史上有任何的政治經濟條件會產生足夠穩定而長時間的環境，可以讓這種思想匱乏的本質狀態能繼續累積沉澱；畢竟，台灣始終變動不居，不是一個封閉的島嶼。或許在不久的將來，另一波不怕死的思想又會隨著時代的潮水強襲登陸，那將不會如絕大部分的歷史所描述的那樣，是思想與思想之間的衝突與替代，而會是思想的匱乏與思想的肉身、空缺與飽滿、虛無與實存，彼此之間相互廝殺的時刻。到那時候，八年級、九年級會在這史無前例的、絕對本質性的碰撞當中譜出他們的青春之歌；而今天我們曾走過的、唱過的、反芻過的，包括一、二、三、四、五……年級這幾代的歌聲，如果可以留下一紙紀錄，即便在未來都只是殘響，也將是下一代敲打出自己旋律與節奏時會需要的養分或借鏡所在吧？！我這樣期待著。

（2002年刊登於破週報）

游於技

志於道，據於德，依於仁，游於藝。

《論語》〈述而篇〉第六章

2003年的暮冬，最後一場雪已經降下；陽光灑遍整個多瑙河流域，穿透樹林與丘巒，落在白雪點點的黑土地上。收音機新聞說，這是歐洲百年來最明亮的一個二月。

我在一個大木匠（Zimmerman）的車上，跟著他去巡視幾個建築工地；這個大鬍子中年男子，一手握方向盤另一手同時熟練地捲著紙煙，煞車有點怪聲音的國民車疾駛在德西的鄉間馬路上，對向車輛呼呼擦身而過。

在退伍之後，大鬍子先生開始學習傳統德國木造屋的建築與修復手藝；經過二十年左右的光陰，已經是一家營造廠的老闆，手下有幾個徒弟，以及一群原本是失業者的年輕工人。近年來，德國經濟不景氣，但是他們的生意卻不太受影響；那個禮拜，有上千位建築工匠上街要求政府補貼，他卻跟我說，他小小的營造廠，案子根本接不完；因為，在這個講求回歸自然、保護古蹟的年代，他的專長恰恰是傳統工法、古建築維修與生態木屋營造。

厚厚的黑絨背心、袋袋褲，再加上一頂寬邊黑呢帽，就是這群傳統大木匠的標準裝扮，不管是在工地、在家裡，不管是刮風、或者下雨。事實上，這身行頭不是隨便人可以穿的，它代表著一種跟手藝息息相關的身分地位；眾所週知，德國社會向來有堅強的工匠傳統，而這種裝扮，跟隨著工匠傳統一路沿襲下來，已經數個世紀了。

在一本書中，我看到幾張相片：身著傳統服飾的工匠，拎著一個

二〇〇三年在德國工地訪問大鬍子胡伯特

包包，持著一根同樣屬於工匠階層標記的手杖，走村串巷地穿梭於日耳曼的鄉野之間，尋找需要修繕的平民房舍，一家過一家；這是年輕的Zimmerman出師之後，必須歷練的過程，德語稱為wanderschaft。在這些出外雲遊的年輕工匠耳朵上，多半會掛著一個金耳環；這跟航海時代的水手一樣，首先是多年辛勤工作所得的酬勞，化為便於攜帶的黃金；另一方面，萬一在遭逢江湖險惡、不測風雲，不幸客死異鄉的時候，這耳環就變成是給做最後彌撒之牧師的酬勞。像這些充滿傳奇色彩的工匠傳統，從中世紀以來，在社會上流傳了近千年。

有了這樣的歷練之後，Zimmerman才能在某地定居，發展自己的營造廠並招收學徒。這也使得Zimmerman有別於大部分被綁在土地上的農人，而有機會接觸到各個區域不同的政治經濟風貌與文化觀念——通常這是握有權力的人才能夠看得到的。尤有甚者，由於他們通常是為中下階層的業主服務，因此他們對社會的觀點，往往又會在有別於國王、貴族、主教與豪紳的脈絡與視角底下形成。

大鬍子木匠告訴我，傳統的Zimmerman因為見多識廣，常常都有著比其他民眾更為自由（liberal）的心靈；也因此，在德國歷史上的極權時期，比方說，俾斯麥當政或是納粹德國，當局都禁止Zimmerman的雲遊，以免出亂子。而這也使得Zimmerman的傳承在近代受到嚴重的打擊；戰後，傳統大木匠的技藝越來越少人學得到，新的工匠運用的多半是鋼筋水泥磚塊等工業化、標準化的建材與製程。

在這一長串關於德國工匠傳統的故事中，大鬍子吐出的「自由」這兩個字，吸引了我；我認知到，這是作為一個東方人的我，有生以來第一次不是從抽象的西方哲學觀念來了解這個字眼。

我隨之想起了文藝復興時期開始，曾在整個歐洲掀起一波波底層暴動、對抗保守教會與封建貴族的「自由農民」（free peasant）。好幾個世代的農民前仆後繼，進行了一兩百年不止息的抗爭；這些農民的血汗，在後來累積成十八、九世紀資產階級搞革命奪政權的資本，進而形塑出後來隨著帝國主義傳到東方的「自由」概念。那時候，在中

文世界，我們拜「脫亞入歐」的日本人之賜，得到了對於「liberal」與「free」這兩個字的漢字翻譯：「自由」。

但追本溯源，「自由」，對這些農民來說，大概還不會是如密爾、洛克、盧梭這些大思想家筆下那樣，是某種超越上帝的先驗、普世道理。農民日出而作、日落而息，「自由」不過是在他們跟賴以維生、日夜相處的土地之間，所形成的一種不屬於地主-佃農或農奴制度的人文關係。就如同Zimmerman的「自由」，並不是在他們一開始未當學徒之前就有對於自由的堅定信念，而是跟這個工匠的技藝、訓練過程、所經歷的社會網絡，以及透過這個過程所得到的報酬體系，有著不可分割的連帶。也正是在這種具備在地歷史內涵與社會生產實質的前提底下，我感覺到，在德國，「自由」才會像已有數百年歷史的屋舍紋理那般，深刻、厚重、踏實、穩穩地站在土地上，而不僅僅是一串硬梆梆的口號術語；後者就像半空中飛來的彷銀鉛塊，亮閃閃地頗炫目，但是如果打到頭，會暈眩。

大鬍子木匠在我面前，掏出一把不起眼的刀，另一隻手握住一根新刨好的木頭，刷刷刷兩三下就削出一個漂亮的榫頭，完美地接合在房屋的柱子上；那手腕，就如莊子所說的「庖丁解牛」，俐落乾淨、遊刃有餘。

因為有這樣純熟的工藝，因為有對於這種工藝之養成過程與歷史傳承的記憶，以及，因為有著這樣的社會，充分尊重技藝與工匠傳統，使得大鬍子木匠能夠扎扎實實地擁有自由的心靈，去面對它自己的專業、面對有需求的業主，以及將要矗立起來的屋舍。這使我想起自己所來自的地方；在「美的沉思：中國藝術思想芻論」一書裡面，作者蔣勳開宗明義討論了「工藝」。在遠古中國，從西周到東周，「工」跟「藝」逐漸脫離了關係；前者淪為社會底層不見史傳的工匠，後者則上升為精神美學層面的儒家士大夫養成必修課。於是，孔子才會說：「志於道，據於德，依於仁，游於藝。」

蔣勳的分析，讓我明白了晚清對西方科技「奇技淫巧」的批評、

或者提出「中體西用」主張以爲對應，其背後深邃的道理緣由，以及造成的效果。當「自由」是外來的字眼、精神層次的概念，而跟技藝、工匠傳統等在地社會生產的歷史脈絡脫離，我們就不容易踏實地體會到「自由的滋味」是什麼樣的人生況味，也不容易嗅聞出「自由的空氣」到底是什麼。

　　看著大鬍子木匠的黑絨背心沾滿了細細的木屑，像是黑土地上的斑斑白雪；從他長繭的雙手底下誕生的木造屋，即將跟所有其他歷經百年風雨的屋舍站在一起，收容來自四面八方的人們，共同催動喜怒哀樂、悲歡離合的人生故事。而大鬍子木匠，也將收拾起工具、打掃工地，掛著他的金耳環，再度啓程向下一個未知的村落飄游。我不禁想要稍稍改動孔子的那句話：「志於道，據於德，依於仁，游於技。」是否，經由這樣一字的改動，我們才可能更靠近百年來東方人在「liberal」跟「free」的課題上，所一直苦苦追尋的、屬於自己的核心價值？

（ 2004年刊登於金卡生活）

二○○三年在德國拍攝

大家都知道的自由女神

城市的空氣使人自遊

「城市的空氣使人自由（Stadt Luft macht frei）！」

中世紀德國諺語

　　最近，這個城市諸事紛擾，浮塵漫天，有幾個朋友想要在市中心公園裏頭髮小蠟燭給路過的人，讓自己給自己一個祝福。從她的網站上讀到這個消息，我腦海中隨即浮起的影像是：人們拿了蠟燭，點燃，各自盤腿坐在公園一角；隨著微弱的火光，調勻自己的呼吸，讓自己在這個不安定的城市，得到一支蠟燭時間的喘息、靜默與沈澱。這想象的畫面，使我想起最近正在構思的一個主題系列寫作：關於「自由」。

　　論者或許會說，自由者，解脫束縛是也，城市的不安定，正是自由最大動量的表現；如果要談「自由」，豈不該先談談這不安定，而不是什麼點蠟燭之類的小動作？何況，靜默與沈澱，即便不是以另一種束縛來馴服脫韁、越軌的心思與身體，也跟「自由」扯不上什麼關係吧？

　　然而，對我來說，長久以來，許多人僅僅將「自由」理解為解脫束縛，正是我之所以要寫這文章的原意。什麼是「自由」？這個命題，老實說已經有許多哲人學者皓首窮經、下過無數的定義或註腳；時至今日，風行草偃，街頭巷尾、黎民大眾都可以脊椎反射式地脫口而出：「自由，當以不侵犯他人的自由為尺度」、「自由就是反壓迫」、「自由就是只要我喜歡，沒什麼不可以」……等等，一大堆說起來理直氣壯、絲毫不會有任何破折號或刪節號夾雜其中的陳腔濫調；那麼，在這個時候，為什麼還要拿「自由」出來談論？

十九世紀末，在明治維新的風潮中，日本人脫亞入歐，將許多西方名詞介紹到東方來。在今天的現代漢語世界，一百多年前造的詞依然活躍，其中有許多是從古代漢語中尋找字源拼湊化合出來的：如「物理」（physics）、「化學」（chemistry）、「經濟」（economy）、「思想」（thought）、「革命」（revolution），還有「自由」（freedom、liberty）。然而，不知道有沒有人深究過，當初日本人是如何理解「自」跟「由」這兩個字的，以及，當這兩個字放在一起之後，如何跟"free"、"liberty" 對應？

正本溯源，且讓我們從「自」跟「由」這兩個字談起吧。

「自」是一個象形字，《說文》：「自，鼻也。」而從自己的鼻子擴展出去，就看見一個大大的「我」——是自己、是認知這個世界的起點；生活中，常有「指著對方的鼻子……」這樣的場景或話語，鼻子成為意識或潛意識當中，確立主體的主要象徵物。因此，《漢語大字典》上對「自」的解釋有七項，前面三個分別是：鼻子、開始、自己；這個字，無論就原始意義或延伸意義來說，樣子都是很明確的。

那麼，「由」呢？《集韻》：「由，因也」；在《漢語大字典》中，其可能解釋多達十九項：因緣、經歷、踐履、遵從、運用……等等。暫且抓出其中兩項來看，「因緣」者，不可預料之事；「踐履遵從」者，依循既有可預料之軌道；這個「由」字，恰恰同時蘊含了兩組既相克又相生的內涵，其實，是相當複雜難掌握的。

現在，重新回過頭來想「自」與「由」被拼湊化合起來的狀態，如果根據上面分別對兩字字義的考察，或許會是有點頭昏腦脹的。到

街頭藝人

底，自由自由，是一種自我的因緣？還是屬於自我的踐履遵從？抑或是，一種功利主義的自我利用？如果再看另一個解釋，《玉篇》：「自，由也」，「自」就是遵從自己，就是「由」；這豈不是一種套套邏輯嗎？更叫人暈眩了。

　　無怪乎，從小到大，一般所接收到的對於「自由」的印象，多半是教科書上印的「自由當以不侵犯他人的自由為尺度」、「自由就是反對束縛」類似這樣負面表列的說法，而幾乎看不到正面表列的陳述。因為「自由」其實是一個拼湊的外來語，它所指涉的具體概念 "free" 或是 "liberty"，有其西方歷史發展過程，烙印在人們腦海與身體上的具體事例與情感——從中世紀自由城市與自由農民的鬥爭、法國大革命資產階級的「自由、平等、博愛」，到美國以「自由民主」立憲、以自由女神像作為號召各國移民的象徵，"free" 與 "liberty" 首先是一個社會的概念，之後才上升成為思想與文化概念。但是在東方，我們去哪里找到相對應的歷史過程，以及因而烙印在我們腦海與身體上的具體事例與情感？

　　就近代中國而言，「解放」一詞或許較接近之，如：「解放」小腳、從文言文中「解放」，或是「解放」戰爭……這一連串從五四前後以降，具體發生在社會層面，從菁英到大眾的變化，使得「解放」得到它屬於中國特色的生命力；相形之下，「自由」這個詞似乎從一開始就是在思想層面上高高挂著，如果「自由」有任何具體形象，大約就會是像胡適或殷海光那樣一兩個高舉自由主義的菁英分子大頭照，而不是附著在像自由農民那樣，無法一個個叫出名字的社會階層上頭。

　　但是，即便如此，「解放」依然不能完全跟 "free" 與 "liberty" 對應。如果我們相信，西方的 "free" 與 "liberty"，不僅僅是後天鬥爭、打倒對立面的過程，而還有著一種像葛天無懷那樣、屬於先天的、人的自然狀態，那麼，單單「解放」一詞是無法充分說明這種自然狀態的。

且讓我們回到「自」的原始意義上吧。《說文》：「自，鼻也。」大家都知道鼻子的功能何在，呼吸、調息也；只要一息尚存，「我」就還在世間流連。有意思的是，為什麼要用「鼻子」來代表自我，而不是「心」、「首」、「目」、「口」等等其他也很重要的人體器官？

　　我們都知道，東方哲學視人體為宇宙天地的縮影，因此在根本的層次上，重視呼吸的調節；源自印度的佛家如此，源自中國的道家也是如此。吐納數息，是東方修行者的入門之道；注意力從鼻子開始，感覺空氣分子在鼻腔與腹腔之間的穩定進出，讓自己的意念沈澱，專注在身體本身作為一個先天的、生物的、內在小宇宙的物質性，而非任憑後天的想象意念與分類架構「牽著鼻子走」；進而覺知地體會身體物質性與外在大宇宙的動態和諧關聯……。我在想，當年佛陀的證悟，其意思是否就是在菩提樹下的環境中，徹底體驗了這種身體內在小宇宙的物質性？

　　佛教鼓勵人們藉由修行走上佛陀走過的路，第一步就是將心中後天林林總總的雜思與身體先天的生物韻律分離開來——這該是屬於東方的「異化」（alienation吧？！而鼻子以及其所負責的呼吸，正是走向這「異化」之路的第一步；因此，「自」就是鼻子，不多也不少。由它來作為一個覺知的、了悟的「自我」的象徵，可以說是當之無愧了。

　　然則，鼻子只是一個開端，它就像《愣嚴經》所說的「……以手指月示人，彼人因指當應看月」。「自」僅僅是那根手指頭，而不是月亮；如果有人企圖以「自」為"Ego"，以鼻子為世界的中心，「只要我喜歡，有什麼不可以」，那就入了我執、著了我相。

　　那麼，像嫦娥奔月那般，向往一個完全解放的自由世界，並且義無反顧地一頭向「月亮」撞去，是鼻子呼吸的本意嗎？恐怕這又是著了相、入了執。莊子跟惠子去橋上玩，莊子看了遊來遊去的魚，不禁脫口而出：「儵魚出遊從容，是魚之樂也。」且不論接下來惠子「子非魚，安知魚之樂」這樣著相入執的回嘴，莊子所見的，是那遊來遊

去的本身，非僅僅是魚，非僅僅是水。意即，那個月亮，並非眞的是一幅「魚幫水、水幫魚」的極樂理想世界，而是遊動本身。

「遊」同「游」，皆流動、不固定之意。透過鼻子，氣息產生遊動，生命在身體小宇宙內開始展現，精神得以警醒、產生覺知，因而可以近道、入道；莊子的「逍遙遊」，或是從這裏開始的。而在道家當中，特別強調精神的、內在層面的「遊」：「……外遊者求備於物，內觀者取足於身。取足于身，遊之至也。求備于物，遊之不至也。」《列子‧仲尼篇》，適正與佛家的內觀禪修相呼應。

於是，從佛意取「自」，從道心取「遊」，構成「自遊」，是否可以用來取代那文字本意不甚明晰的「自由」，來跟"free"、"liberty"對應，並且同時容納像葛天無懷那樣、屬於先天的、人的自然狀態，讓我們得以展開新一階段的探索與追尋？

回到這個紛亂與靜默共存的城市。中世紀德國諺語說：「城市的空氣使人自由（Stadt Luft macht frei）！」這句流傳千古的話，說明了當時的「自由城市」如何界定了城市人的狀態；"frei"這個字，不僅僅說出人從封建王權底下解放的感受，還指向了人自身價值的正面確立。在東方，當許許多多以對抗爲本質的「解放」已經初步達成，接下來，「自由」該是什麼？「只要我喜歡，沒什麼不可以」嗎？它的長遠、積極意義在哪裡？在此，讓我們作一字的改動，以「遊」代「由」，想象：「城市的空氣使人自遊」，這樣的說法，是否更能從東方的文化傳統出發，去把握其中的意涵？

（2004年刊登於金卡生活）

飛越太平洋的旅次

影徂心在：一億人的內需市場

簡單地說，我以為，若要求某種內在的研發→製造→流通的完整性以及自主性，一個以至少擁有一億人口的內需市場為基礎的經濟—政治—社會—文化複合體，是在當代的工業生產力底下，必須達到的最小規模。日本有一億人口，是一個最具代表性的實例。

我認為，在此規模之下，許多的經濟與創造能力可以掌握在自己手中；即便不掌握在自己手中，也會因為夠大，而可以有跟他國或其他地區談判協商的籌碼。

一般產業如此，我覺得文化也是如此。而唯有擴大其基底，各種反叛的、激進的、徹底的反省與創造才可以有更大的生長空間。

台灣的產業，早已將市場擴及台灣以外；但是台灣的文化創造，卻一直侷限於島內有限的需求。

這是一種極度的不對稱，除了讓我有窒息的感覺之外，現實上也造成許多懷抱理想的年輕文化工作者，若不往權力核

心緊靠，就往往僅能在溫飽邊緣徘徊；
同時，所能取得的資源也不足以反餽出
夠精采的作品。

或許製造業與服務業一離開台灣就可以
繞著地球跑，進行全球性的佈局與經
營，但是，文化工作必須面對自身的傳
統與語文，同文同種的地區當然是最首
要的，不能迴避的選擇。

以上的看法，基於我在台灣所經歷的現
實；如果我們這一代沒能夠把餅作大，
說再多文化創造或文化產業可能都是沒
用的。

（2003年完稿）

在異文化交界處

琴奏龍門之綠桐，玉壺美酒清若空。

催弦拂柱與君飲，看朱成碧顏始紅。

胡姬貌如花，當爐笑春風。

笑春風，舞羅衣，今不醉將安歸。

李白　前有樽酒行（其二）

　　2003年秋，跟著C導演的計畫，我第一次到關中，我們的第一個目的地是法門寺；從咸陽機場出發之後，要沿著渭水開兩個小時的車。在車上與司機先生閒聊，司機說：「這裏就是八百里秦川」，我想了想，脫口而出：「大小剛好是一個橫躺的台灣。」

　　這個不期而來的空間對比靈感，在不久之後引發了我更多的聯想。進入法門寺，我們到地宮拜見了佛陀的遺骨；雖說當初傳說中的八萬四千佛骨，流傳到中土的，並不只這一個，但是，它可能是佛陀的舍利在翻山越嶺，跋涉千里，沿著絲綢之路東來之後，進入關內中土的第一個落腳處。

　　這個區域、八百里秦川，又稱關中，正是千百年來關外遊牧民族不斷垂涎想望的所在，也是南來北往兵家必爭之地；或者因為政治：異族入侵、政權更迭、內戰政變……，或者因為經濟：絲綢之路的起

陝西扶風法門寺

點、西域商賈絡繹于道、胡姬胡樂笙歌四聞、葡萄美酒夜光杯……。這樣混雜的、變動頻仍的環境，當然需要有佛陀舍利來撫慰那些不安的心靈，不管他們是藍眼珠、棕眼珠或是黑眼珠。

於是，重要宗教寶物的落腳傳承，便深刻地指出這裏正是異文化接觸的介面。在法門寺，陪同我們出遊的另一位司機，帶著我們遊覽武則天的陵寢；在入口處旁的六十一番臣像都已被盜去頭顱；我半開玩笑地請司機將他的頭擺在石像的脖子上，照個像留念，當時才驚覺：這個司機的長相，還真有中亞人的味道哩！！

異文化的接觸帶來許多戰亂、流離與苦痛，但卻也因此在長久的交融與累積之後，深刻地催化了新文明的誕生；武則天所處的大唐盛世，就是這麼一個例子。新的文學、新的繪畫、新的音樂、新的信仰價值、新的飲食習慣，乃至新的美學觀念、社會組織方式等等，都在這個時期一一成熟，影響了此後一千多年的中國與漢字文化圈。「文起八代之衰」的韓愈、「黃河之水天上來」的李白、「菩提本無樹」的慧能、「臣無粉本，均記在心」的吳道子…，都在這個朝代；八百里秦川說大不大，卻產生數不盡的、承先啓後的各領域開創人物。即便五百年後，蘇東坡也還要說：「詩至於杜子美，文至於韓退之，書至於顏魯公，畫至於吳道子，而古今之變，天下能事畢矣！」而當時長安文明影響所及，更達於日韓等週邊國家；至今，大唐文藝復興的光芒，還在亞洲的各個角落閃耀著，久久不退。

遊牧民族彎弓射箭、馳騁漠北，對中原農耕民族所造成的直接衝擊，一直到十八世紀火槍出現，才告一段落。那時，排槍齊放、火炮

武則天墓前六十六番
臣像

震天，讓遊牧民族的騎射戰法走入歷史，不得不下馬乞降；因此，來自東北的清王朝終於一勞永逸地平定了西北回疆。然而，就在幾乎同時，另一個異文化卻正要揚帆，從東南沿海前來叩關。

我在岐山腳下，三千年前古公亶父站立過的周原，望著四邊的平原與丘陵。在這裏，周人曾經劃定了疆界、開挖水渠、制定井田制，進而觀四時天象、演周易八卦，一個成熟的農耕文化從此發展開來，一直往外拓散，三千年後傳播到數千公里外的一個小島，與關中一樣大小的台灣。

我想起家鄉的水田，阡陌縱橫，跟武則天陵墓旁的麥田沒什麼兩樣，都像是一張張沿著灌溉渠道而畫在土地上的格子地圖；同時，這也規範了農耕民族的基本方向感：座北朝南、山陰山陽、水頭水尾等等這類有關空間定向的語彙及概念，基本上就是因應灌溉農耕的作息需求與生態分佈而產生的。然而，如果將這種地理空間概念，放到大西北去，恐怕一點用處都沒有；那裏沒有阡陌、沒有溝渠、沒有樹林等等參考物可供辨識方位，只有一望無際的沙漠或草原；此外，就只有天上的星星。

而這星星，正是遊牧民族用以定向的主要依據。西元六二二年，穆罕默德借著星辰的指引，趁夜色從麥加逃亡到麥地納，一個偉大的宗教就此誕生；在這同時，阿拉伯海、印度洋與南中國海之間，忙碌地穿梭來往的阿拉伯商船，也靠星星作為導航的主要依據。一千年之後，這技術經由信奉伊斯蘭教的北非摩爾人傳到信奉天主教的西班牙與葡萄牙手中，於是，一個西方歷史上所謂的航海大發現與海外殖民

河西走廊的漢朝烽火臺

時代，就此轟轟烈烈地展開。

　　但是，中國並非沒有它的導航技術；鄭和下西洋使用了牽星板、航海圖、羅盤等等，也借重穆斯林的導航員（想當年張騫、班超等西部開拓英雄，也有他們自己的導航術吧），但終歸這些寶貴的技術經驗與人員並未在農耕文化的土地上生根。鄭和留下的許多工匠、技術手冊與史料，泰半在政治鬥爭當中被朝廷士大夫消音、摧毀；堅壁清野、「不許片板下海」，更成為明清之際，朝廷對付倭寇與海盜的主要策略———一如許多朝代以修築長城為對抗遊牧民族的唯一武器一般。但就在這時候，葡萄牙人已經摸索著來到澳門了。

　　於是，繼關中之後，東南沿海成為另一個異文化之間沟湧交會並產生巨大衝突的場域。政治上，炮艦叩關、條約滿天飛、租界航權、割地賠款；經濟上，這一帶是茶葉與絲綢的生為基地、自古即為海上絲路的起點，十九世紀之後，東西兩洋商賈更是絡繹於途、洋歌和樂四處可聞、洋貨和食遍地開花。「洋」取代了「胡」、「番」，成為指涉「舶」來品的定冠詞；北從上海、南到香港，西從廈門、東到台北……。

　　對於這段歷史的屈辱記憶，自鴉片戰爭以降，深深烙印在近幾代中國人的腦袋裏。但不知，兩千兩百年前經歷「白登之役」、皇帝被匈奴圍困的漢人，是否也有類似強烈的、揮之不去的屈辱感？

　　那時候的漢人大概一心只想報仇雪恥。八十年之後，漢武帝完成了所有中原人的這個心願，把匈奴驅逐到今天新疆以外的中亞地區，讓這些「胡」鬼子痛哭失聲：「失我祁連山，使我六畜不蕃息；失我

河西走廊有著印歐遊牧
民族血統的小朋友

焉支山，使我嫁婦無顏色。」並且，漢人進一步設立郡縣，確保了絲綢之路最早的暢通。但是，曾經馬踏匈奴的衛青、霍去病以及他們同時代的人，不會想到被他們數度擊垮的遊牧民族，會在兩三百年之後，再度回到關中，建立了無數的王朝，最後，並且參與催化了唐王朝以及大唐文藝復興的誕生。

就在大唐盛世達於頂峰的時刻，一個隨家人從國外搬回祖國的「海歸派」年輕人，見證了大唐王朝的興衰，寫下了無數令後世再三吟詠的詩句：「黃河之水天上來，奔流到海不復返……」如此豪邁的氣魄，似乎正是在中亞一帶樂舞風行、葡萄美酒醉人、異國佳麗雲集的環境中，才能讓誕生在吉爾吉斯的李白得以孕育出超脫傳統文化格局的表現能力與非凡才華，成為大唐文藝復興當中一顆耀眼的巨星。

今天我們回過頭去看那個時代的風騷人物，有不少帶著「海外」背景的，或是混血兒，甚或根本就是個「老外」。如在唐以前翻譯了無數佛教經典的鳩摩羅什，他所譯出的「般若波羅密多心經」，至今仍是最重要的版本；又如創立唐朝的李淵家族，在中原文化的基礎之上，有效地統合了來自四面八方的政治、社會與文化力量，成就了一個燦爛的世代。「八百里秦川」，就曾經是這麼樣一個地方。

而相對地，「八百里台灣」以及東南沿海這一帶，與海洋接壤，也已經歷了近兩百年華洋雜處的發展過程。當二十世紀末開始，這一帶紛紛由過去的防堵管制走向交流開放，船舶飛機在這個區域忙碌穿梭的時刻，是否，有一種什麼樣的時代精神，德語中所說的Zeitgeist，正在開始胎動？

在香港機場，我等待回台灣的班機。這個巨大的驛站人來人往，有著各種膚色、各種服飾的人種，各自前往不同的地方；驛站裏頭琳琅滿目的流行商品，吸引旅人的目光。說起來，千年以前在絲綢之路的起點，大約也就是這樣的景象吧？！除了飛機取代駱駝馬匹、電腦取代絲綢瓷器之外，原本安坐法門寺地宮的佛指舍利，近年來已經先後兩次來到這個區域；數十萬信徒，以一千五百年前唐朝人迎奉佛指

相同的熱情，接受佛光的洗禮與加持。而佛指所要撫慰的，應當正是兩百年來的因為處於異文化交界處所帶來的紛擾、戰亂、衝突、矛盾吧？！

　　時至今日，我們正面臨新一波創造性轉化的文藝復興挑戰；過去用以描繪中亞絲路風情的字眼如，樂舞風行、葡萄美酒醉人、異國佳麗雲集，今天似乎就落在美國加州或者法國巴黎的身上。而在這新絲路的起點處，許多華人「海歸派」從歐美回來，紛紛加入香港、台北、上海等地的文化風景裏頭，正在埋首創作新的詩歌、文學、電影……。

　　我看著機場裡形形色色的人，在那當中，會有一位或者多位新時代的李白嗎？

（ 2004年刊登於金卡生活 ）

周朝始祖古公亶父像

期待東亞地中海的文藝復興

　　溫世仁先生在世最後的一篇演講，提到如何「架構高台灣平台」，讓台灣年輕人有更深遠的視野與更堅實的競爭高度；對於米蘭昆來說，這正是在這個紛亂的時刻，要不斷自勉自惕的。前些日子看到對岸的國家領導人，邀請兩位教授進入中南海，為中央政治局上課，講解五百年來近代世界與國家的興衰發展；可以想見，在未來數年之內，彼岸將會一片上行下效、風行草偃，整體社會以及年輕一輩會因這樣的過程，而大步提昇精神文明的內涵、層次與高度。作為數十年來，較對岸更早與世界接軌的海島來說，此刻能不更加緊努力、以免被遠遠地甩在後頭嗎？

　　台灣的利基何在？正是隱藏在今期尚未發展完備的主文背後，米蘭昆所關切的焦點。鄭和下西洋，無疑正是架構高台灣平台的絕佳切入點；問題在於，我們能否用更開闊的心胸、更具透視力的視野、更深刻且積極的行動，來回應歷史所交到我們手上、但是卻可能會因閉關自守，而在倏忽之間永遠滑失的機遇？

航海

羅盤

千萬不要因為五百年前，鄭和可能沒有來過台灣，就對它沒有興趣、不以為意，以及進而缺乏感知與回應的能力。

讓「紀念鄭和」作為一場文明再造運動

A、傳統華人文明的核心

A-1、按照湯恩比的說法，文明的發展歷程是一個「挑戰—回應」的模式，那麼，構成今天我們比較熟悉的華人文明核心的漢文明，其所要回應的挑戰，絕大部分來自北方與西北方的遊牧民族入侵。

A-2、從這個挑戰與回應的框架當中，中原發展出細密的農耕技術與灌溉網絡，統一出長達數千年的陸塊文明，以儒家思想為主軸，構成今天華人文明的核心價值。

A-3、這個文明的另一些側面，是重農抑商、耕讀傳家、安土重遷、落葉歸根、嚴守華夷之辨。黃仁宇所說的「十五吋等雨線」，對於傳統的農耕文明來說，其實，就像是近現代的海岸線——在線的另一邊，是廣袤無邊的草原與沙漠大海；遊牧民族就像那飄忽不定的「海上盜賊」。而對於「盜賊」，傳統華人文明發展出萬里長城的防禦模式。

B、海洋文明的千年挑戰與回應

B-1、當十五世紀倭寇與西方人的挑戰先後從海上前來的時候，士大夫階層也僅能用這種發展自北方中原的思想文化與行為模式來加以回應。堅壁清野、不許片板下海等等，不啻正是萬里長城防禦模

麥哲倫

式的翻版。

B-2、然而，至少從紀元開始，因為農民革命以及北方外族入侵，而遷徙到東南沿海一帶的華人，就逐漸發展出與外族的海上貿易；在十五世紀的鄭和之前，戎克船就已經穿越南中國海、麻六甲海峽、進入印度洋，甚至遠達阿拉伯海、紅海。

B-3、繁華的國際海洋貿易，造就了南宋強大的海軍實力（這是後來元朝得以跨海遠征日本、占婆與爪哇的基礎），也造就了當時世界第一的繁華城市——「光明之城」泉州（在古籍中被稱為「莿桐」，那是許多台灣人先祖的故鄉），以及其他海上絲綢之路的出發港，如廣州。

B-4、這個以海洋貿易為基礎的華人與東亞次文明，重視的是開枝散葉、睦鄰友好、冒險犯難、不懼遷徙、理性計算。

B-4、這些數百年累積的海洋貿易基礎，也造就出像明朝初年沈萬山這樣的鉅富。明朝建國之初，許多重大工程的建設經費，都來自這位商人的捐輸。但是，最後他還是被皇帝砍了頭。

B-5、如果從宋朝開始算起，大陸東南沿海的海洋貿易與航海活動，至今已經上千年了，但是，在既有漢文明的歷史教育中，相對於對北方中原，甚至遊牧民族，有著汗牛充棟的文化詮釋與思想沉澱；而對於東南沿岸海洋活動與相關文化的描述、反芻與理解（包括文人的描述與詮釋），卻相當有限。

C、重視華人海洋貿易文明的因子

C-1、過去的漢文明對於商貿、對於海洋活動，一向缺乏足夠的認識，

鄭和航海圖

也缺乏足夠的信心。像有比較多紀錄的海上英雄鄭成功、戚繼光等等，並不因為他們的海洋活動而知名，而是因為他們是「民族英雄」；而在一貫反商的儒家士大夫體系裡面，我們更看不到商人的具體身影，最多最多，也就只有像沈萬山這樣的人物，因為對皇室的捐輸而得以留名。另外如馬可波羅的東遊，世人大多知道他是經由絲路進入中國，但似乎甚少注意到，他是經由海上絲路離開中國。而數百年來，台灣人的祖先飄洋過海的經驗早已凋零，後代子孫的文化記憶中，留存的大多是「水牛、赤腳、稻田」等等既有農耕文明的元素（就像是中山堂裡頭黃土水的「水牛群像」一般）。

C-2、進一步言，對於海外華埠在地的歷史與文化，以及與異文化互動的過程，也缺乏足夠的詮釋性理解與演繹。

C-3、相對地，大陸東南沿海一帶，包括台灣，數百年來，卻無疑是因為海洋活動與商貿而崛起的。時至21世紀的今日，台灣、珠江三角洲、長江三角洲、新加坡、香港，乃至太平洋彼岸的加州等等，還是華人開枝散葉、參與世界商貿活動、參與世界文明打造過程當中，最耀眼的幾個地方。然而，相對地，千年以來北方小農經濟有儒家思想的背書，東南沿海長時間的海洋與商貿經驗，卻得不到傳統文化人與知識份子對它進行不間斷的反芻、消化與再詮釋；放在今天華人要走向世界、參與文明創造、與各國共存共榮的歷史階段，其實是過去漢文明一個非常大的缺憾。

C-4、想起文藝復興時期的地中海，海上商貿活動絡繹不絕，而歐洲幾個主要城市的文明也跟著大放異彩。即便是遠在英吉利島的莎士

西方文藝復興定義了人與文明的尺度

比亞，也不能忽視這些海洋城市的魅力、水手與艦長的英勇以及商人族群的能量，而讓它們成為許多著名劇本的場景與主角，如「暴風雨」、「威尼斯商人」、「羅密歐與茱麗葉」等等；從而使得這些個族群在人類文明史上永垂不朽。許多近代的工藝技術與科學觀念，也在這個脈絡底下成長起來；達文西、哥白尼、伽利略等人的貢獻，就是其中的代表。　　　　　　　　　　　那麼，擁有上千年海洋活動與商貿經驗的東南沿海乃至南中國海，為何不能成為東亞的地中海？

D、東亞地中海的文藝復興：一場文明再造的運動

D-1、哈佛大學的教授費正清就以「大陸文明vs.海洋文明」來點明中國歷史長河當中的這個分野。以上的看法，基本上也是由此而來；但進一步思之，對於海洋文明的強調，並不是要跟大陸文明分庭抗禮，而是要去補充其不足、擷取其長處，幫助悠遠的華人文明以及亞洲文明，在21世紀走進世界。

D-2、因此，對於鄭和下西洋六百週年的紀念，最大的意義正是在此。透過這樣一位人物以及相關歷史事實的回顧與詮釋，讓海洋商貿文明能夠深刻、生動而活潑地走進漢文明的核心，與既有的大陸型農業文明共同攜手，讓世界可以迎接新世紀華人文明的新生。

D-3、這是一場以千年以來的華人企業家為主體的文明再造與復興運動；如今正蒸蒸日上的華人企業家們，不論規模的大小，都將是舞台上的主角。他們是否可以認識到這一點？他們是否願意付出心力與資源，投注在這個看起來跟產業實質收益不直接相關的「文藝復興」上？

D-4、但同時，知識份子、學者、文化人與媒體的參與與詮釋、演繹與辨證，將會是這個舞台的主要製作者與推手；而這正是當前流行的「文化創意產業」，應當著力的實質重點所在。

D-5、而用企業的語言來說，「東亞地中海文藝復興」，正是在代工製造與世界工廠的歷史階段漸漸過去之後，一場華人與東亞集體打造自有品牌的長遠運動。這將在品牌設計、感性行銷乃至企業內

在永續價值的追求過程中，形成最深邃、最廣闊也最具輻射能量
與感染力的本質基礎。

D-6、而台灣，作爲這個區域裡頭，各種思想與文化活動相對茂盛、各
階段產業發展深具經驗，同時具備溝通東西雙方、兼具大陸農業
與海洋商貿文明之能力的島嶼，能不儘快掌握既有本錢、集中火
力以佔領這場文明運動的制高點嗎？

D-7、然而，這場文明運動，會是再度往數百年來，資本主義社會的極
端價值傾斜——弱肉強食、不斷擴張市場、過度耗費資源、強調
個人英雄主義？抑或是可以在後殖民乃至去殖民的過程中，從中
國與東方文明講究動態平衡與協調、多元與集體共享的古老智慧
裡頭，汲取一點教訓與反思，而可以貢獻給未來的全體人類？將
是歷史交付給我們的嚴峻考驗。

（2003年完稿）

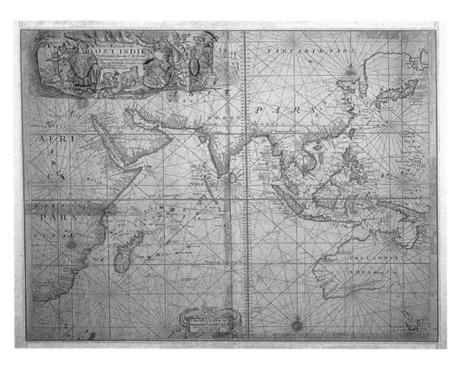

東南亞古地圖

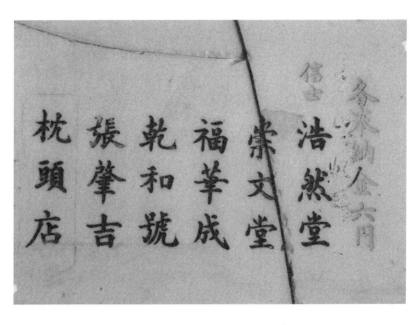

二十世紀初曾祖父捐了六元給台南武廟做修繕之用

後記

　　出版了這本書，可以說是了卻我的一椿心願。

　　或者因為不吐不快，或者因為接受邀稿，在1997年底回國後的幾年當中，雖然忙碌於拍片工作，但竟也寫了不少文字。去年開始，突然浮現把這些文字付梓的想法，只是很單純地想要結集出版，作為人生階段的一個紀念。但是在近幾年的氛圍當中，似乎我這樣的文字風格與題材內容，並不容易獲得出版商的青睞；曾經稍稍投石問路了一下，都不得要領。

　　幸賴高談文化，一天突然來信說想要幫我出書。嘿嘿，這真是天上掉下來的……，禮物。

　　而出版社也為這本書的雛型設計了一個很適切的架構，頗能呈現這些文字的不同面向與時空流變。她們的野心很大，希望盡可能搜羅我近幾年來的文字，但是，最終還是因為字數與編排的關係，割捨了一些。如果你還想看一些別的，可以到「米蘭昆電子報」或是「米蘭昆的Renaissance」部落格上頭去找一找。

　　這些文章，如果是應邀而寫，得要感謝底下的幾個單位：《破週報》、《南方電子報》、《誠品好讀》、《搖滾客》…，他們都是我多年的老友了。還有其他不同的雜誌、出版社與單位，感謝他們給我機會去思考並表達對許多不同事物的觀點。

　　也要感謝那些在我拍片過程中，接受我訪問拍攝的對象，以及幕後一同工作的夥伴；我要強調，本書中絕大部分的觀點與血肉，絕對

是得益於他們在經意與不經意之間，透過觀景窗、螢幕與麥克風，給我心靈與思考帶來的刺激、體會與點化。

另外要提到《金卡生活》，是今年才在上海創刊的一份雜誌，承主編及友人的垂愛，讓我每期都能夠跟讀者見面；而我也趁這個寫作專欄的機會，試著調整自己的文字風格，希望從過去的銳氣四溢，轉向更具包容性、柔軟度，但也更具韌性的心情與態度。

這種心情態度的轉變，其實已經醞釀一段時間了。除了來自外在政經環境的變遷之外，有許多部份是敏於我自身的工作。作為一個紀錄片工作者，常常要面對不同的人、事、物，這裡頭的差異衝突，不管是外顯或內蘊，除了要在作品上進行統整與協調之外，在我的內心，也要不斷進行統整與協調，才有可能繼續下去；而我發現，唯有不斷拔高自己的視野、柔和自己的心境，那種和而不同的諧音，才有出現的空間。是的，「和而不同」，那是屬於東方的智慧，我還在摸索當中…

就在這過程裡頭，去年中，在我啓程前往美國拍攝「殷海光」與「尹仲容」之前，前一天還愉快地跟舅舅、舅媽聚餐的母親，在清晨猝然去世。有一段時間，我陷入心情久久無法平復的內在糾葛裡頭。當時，在朋友的指引之下，我試著朝向佛與禪的道路去，藉著閱讀、聆聽音樂、聞香跟打坐，希望讓身體與心理能夠日漸通透澄澈。

生老病死，原本就是佛陀用以啓迪眾生的主要切入點；從母親過世的這個因緣開始，在許多的梵唱以及對於母親的回憶當中，使我漸漸體會到，過去隱藏在生活當中、被我忽略，或是被整個大環境壓抑甚至鄙夷的東方價值與哲思，乃至自身對於環境的體會，應當會是在這個時代，用以處理從小我（個人）到大我（全球化）之諸般問題的基本立足點之一。一如千年以前，那些敏於大我自然與社會觀察、銳於小我心境表達的東方文人與匠師，面對挫折、失敗、痛苦、悲歡離合，都能透過自己所嫻熟的技術工具與表達手法，來加以吸收、消化，再吐納成精純感人，乃至超越物我時空的傳世之作。

放在自己工作的領域，我期許，在東亞進行紀錄片工作，即便面對的是全世界不同的異文化以及各種不同的價值觀念與行為模式，自己內心深處的立足點也能夠有如行菩薩道一般，時時懷著渡人渡己的慈悲心情；或者，在影像表現技巧上，可以有一點禪門公案那樣的敘事蒙太奇味道。另一方面，透過電子媒體，紀錄片作為知識文化與普羅大眾之間的介面，我期望自己最終當如一個文化知識上的技術工匠，「志於道，據於德，依於仁，游於技。」最終能夠以純熟的技藝，悠游於不同的空間、時間、人際，以及層層疊疊的文化肌理之間；那才是真「自游」。

　　要謝謝幫這本書寫序的陳光興老師以及陳坤厚導演。對我來說，他們兩人共同的特徵是，即便在這個外在環境因過度僵硬而使許多人日漸虛脫的時刻，在內心深處，都還保有一處溫暖、柔韌的地方。謝謝他們，讓我可以觸摸、分享他們的這部分。

　　還有，謝謝我的家人，他們多年以來，始終默默地、不懈地支持我；謝謝M，她多年前放棄了自己穩定的工作，跟著我一同蹣跚地走過許多歡喜與困頓的起伏過程。我們的年華或將老去，但她永遠會是我重要文章的第一個讀者、重要作品的第一個觀眾。

（2004年9月）

國家圖書館出版品預行編目資料

穿梭米蘭昆／張釗維著.--臺北市：高談文化，
2004〔民93〕
　　　面；　公分——（Trace 05）
　　　ISBN　986-7542-57-6（平裝）

855　　　　　　　　　　　　　　　93017833

TRACE 05

穿梭米蘭昆

作　　者：張釗維
發行人：賴任辰
總編輯：許麗雯
主　　編：劉綺文
編　　輯：呂婉君　李依蓉　鄒湘齡
美　　編：陳玉芳
企　　劃：張燕宜
行　　政：楊伯江
出　　版：高談文化事業有限公司
地　　址：台北市信義路六段76巷2弄24號1樓
電　　話：（02）2726-0677
傳　　真：（02）2759-4681
http://www.cultuspeak.com.tw
E-Mail：cultuspeak@cultuspeak.com.tw
郵撥帳號：19282592高談文化事業有限公司
行政院新聞局出版事業登記證局版臺省業字第890號
製　　版：菘展製版　（02）2221-8519
印　　刷：松霖印刷　（02）2240-5000
圖書總經銷：凌域國際股份有限公司
　　　　　　電話：（02）2298-3838　傳真：（02）2298-1498
2004年10月出版
定價：新台幣320元整